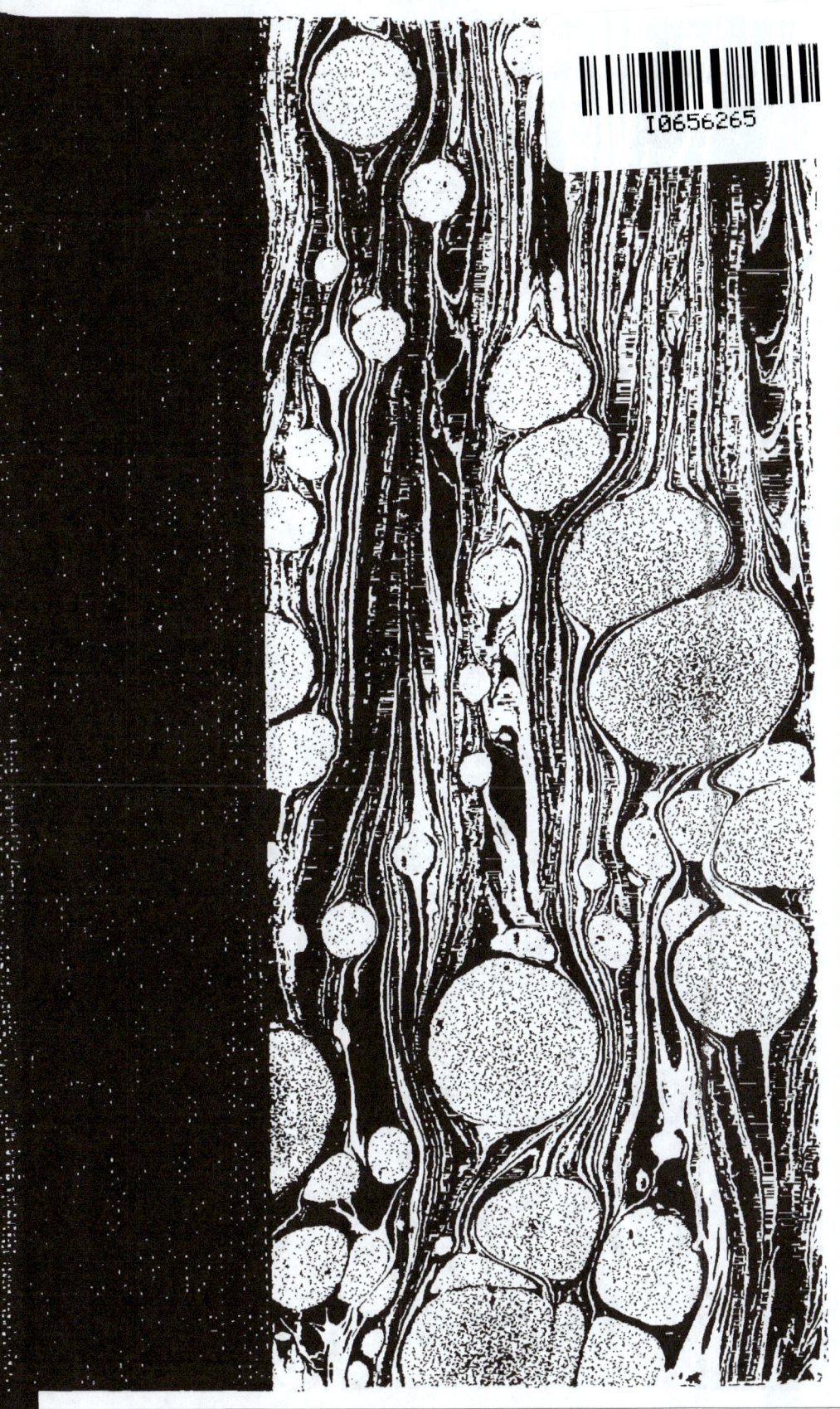

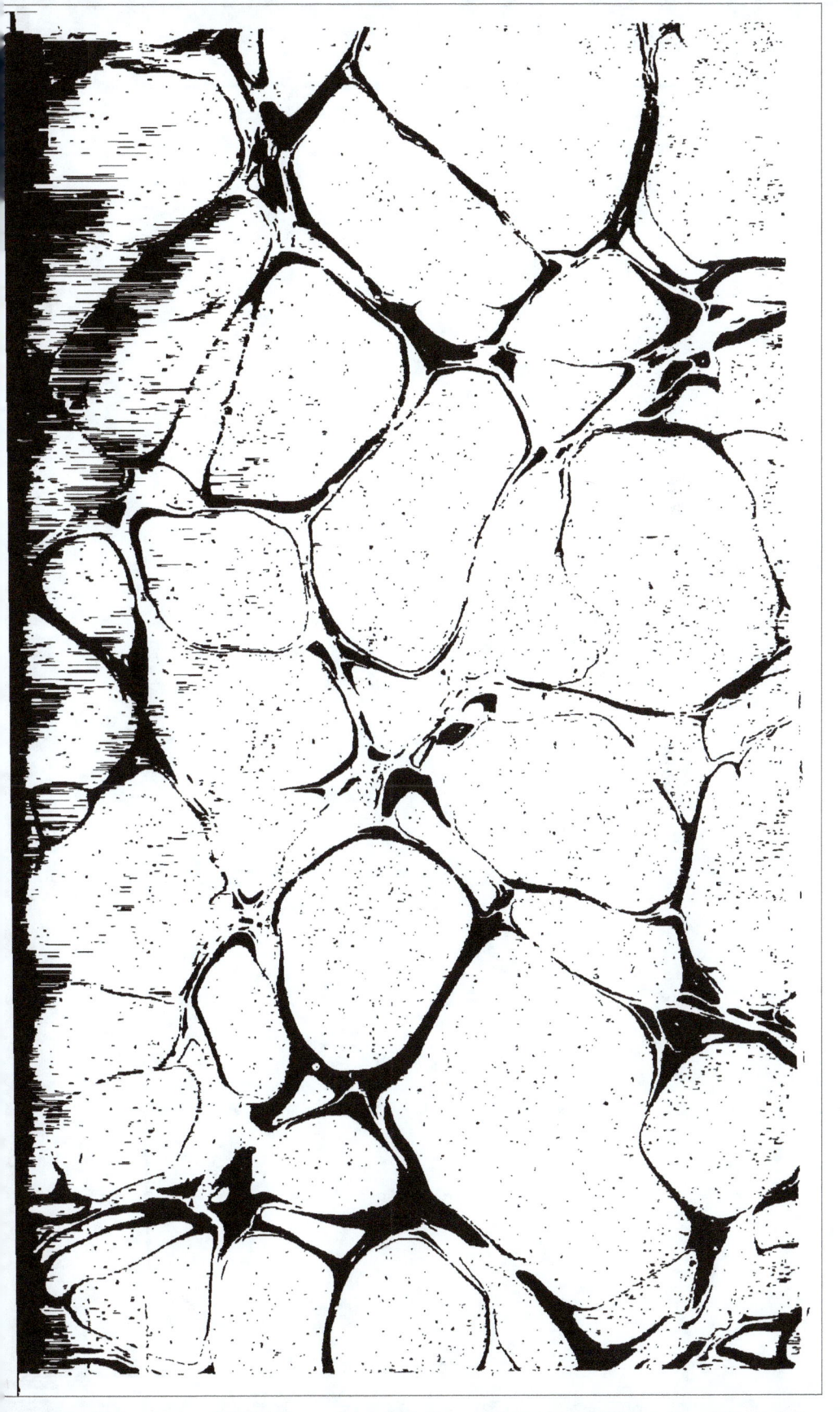

LE

GRAND PARANGON

DES

NOUVELLES NOUVELLES.

Nogent-le-Rotrou. — Imprimé par A. Gouverneur, avec
les caractères elzeviriens de la Librairie Franck.

LE GRAND
PARANGON

DES

NOUVELLES NOUVELLES

COMPOSÉ PAR

NICOLAS DE TROYES

ET

Publié d'après le manuscrit original

PAR

EMILE MABILLE

PARIS

LIBRAIRIE A. FRANCK

F. VIEWEG, PROPRIÉTAIRE

Rue Richelieu, 67

MDCCCLXIX

INTRODUCTION.

ES seuls renseignements que nous possédions sur Nicolas de Troyes sont ceux qu'il nous fournit lui-même en tête de son recueil.

« Cy commence le second livre du Grand Parangon des Nouvelles nouvelles, fait et escript par Nicolas de Troyes, simple sellier, natif de Troyes en Champaigne, à présent demorant à Tours. Non obstant, je ne veuil pas dire que de mon entendement j'aye fait toutes lesdites nouvelles, mais les ay retirées de plusieurs livres, les autres j'ay ouy raconter à plusieurs bons compaignons et d'aucunes que j'ay veu faire en mon absence et à moy mesme ainsi que plus à plain est escript au premier volume sy y voulez voir; et fut commencé à escripre au commencement du mois de may 1535. »

Il vivait donc sous François Ier, et était originaire de Troyes en Champagne. C'était un simple ouvrier, un sellier. Nous ne savons s'il excellait dans son art, mais ce qu'on peut affirmer, c'est qu'il savait lire, écrire et raconter avec un certain charme. En même temps qu'il couchait par écrit dans son *Grand Parangon* les *Cent nouvelles nouvelles*, le *Décameron* de Boccace, et un bon nombre d'historiettes, empruntées au *Violier des Histoires romaines* ou à d'autres recueils du même genre, il y insérait les anecdotes qu'il avait entendu raconter pendant ses voyages, le soir, dans les hôtelleries, et les contes qu'il avait composés d'après ses propres aventures. Il est difficile d'admettre que ce soit pour l'usage des ouvriers selliers ses compagnons ou des petits bourgeois ses voisins, que Nicolas de Troyes ait pris tant de peine; plus d'une, parmi ses nouvelles, dénote une certaine culture intellectuelle, l'habitude d'un milieu plus éclairé que celui que pouvaient lui offrir les gens de sa condition. Comme son contemporain, Philippe de Vigneulles, le chaussetier messin, et l'ingénieux conteur, le sellier champenois jouissait probablement de la réputation d'un joyeux compagnon, et à ce titre il était admis dans l'intimité de gens d'une classe plus élevée. Au XVIe siècle, d'ailleurs, la sellerie était encore un art de luxe, ceux qui l'exerçaient étaient de véritables artistes; il y avait des selliers attachés au service de la cour. Était-ce le cas de Nicolas de Troyes? Ainsi se trouverait expliquée la présence à Tours de l'ouvrier champenois. Charles VIII avait habité longtemps le

château du Plessis-lez-Tours ; sous Louis XII et
François 1er, Amboise était un des séjours or-
dinaires de la cour, et lorsque les événements
politiques appelèrent la présence du souverain
sur d'autres points du royaume, une partie de
la famille royale n'en continua pas moins d'y
faire sa résidence. L'histoire du *borgne Boutet*,
qui fait le sujet de la sixième ¹ nouvelle, donne
quelque vraisemblance à cette conjecture. On y
voit figurer un ouvrier sellier qui travaillait à
Amboise, et qui après un certain laps de temps,
venant retrouver sa femme à Tours, par un fait
indépendant de sa volonté, s'arrête en chemin à
Rochecorbon. Cette route, que Nicolas de
Troyes décrit si bien, il dut la parcourir lui-
même plus d'une fois.

Les différentes anecdotes qui font le sujet de
la septième nouvelle prouvent également que
l'auteur était bien renseigné sur certaines parti-
cularités de la cour de France, celles qu'il raconte peuvent être regardées comme authenti-
ques ; les noms qu'il cite sont réels ; par exemple
celui de l'écuyer Boucart. Ces considérations
nous portent donc à penser que Nicolas de
Troyes était attaché à la cour en qualité d'ouvrier sellier, et que son esprit naturel, sa mémoire, le tour qu'il savait donner aux baga-
telles qu'il racontait, l'avaient fait apprécier de
quelques-uns des grands personnages du temps,
qui l'avaient admis dans leur intimité.

---

1. Les numéros cités dans l'introduction sont ceux que
nous avons attribués aux nouvelles imprimées dans ce volume et non ceux qu'elles portent dans le manuscrit original.

Le *Grand Parangon des Nouvelles nouvelles* était composé de deux volumes écrits en entier de la main de Nicolas de Troyes, le second volume seul nous est parvenu. La perte du premier est regrettable, l'auteur donnait en tête les raisons qui l'avaient décidé à composer son livre et on a tout lieu de croire que les nouvelles qu'il renfermait étaient plus particulièrement son œuvre propre, tandis qu'un grand nombre de celles qu'il a insérées dans le second volume ont été empruntées à des recueils fort connus. Nous avons dû faire un choix parmi les cent quatre-vingts nouvelles qui nous ont été conservées et n'imprimer dans le présent volume que celles qui peuvent être considérées comme dues à la plume de Nicolas de Troyes et de nature à faire apprécier le genre de son talent.

A une grande simplicité de style, Nicolas de Troyes joint toutes les qualités qui constituent le véritable conteur. Ce n'est ni un savant, ni un traducteur, amoureux des tournures étrangères. Sa langue est celle du peuple, une langue éminemment française, qui n'a pas encore subi l'influence des poètes de la pléiade, ni été faussée par la fantaisie des grammairiens. A ce titre, le *Grand Parangon* a sa place marquée parmi nos meilleurs prosateurs du xvie siècle. Comparé à l'*Heptaméron* de la Reine de Navarre, auquel il est antérieur d'une douzaine d'années environ, il lui est supérieur par le style et la naïveté populaire de ses narrations. Si l'on était tenté parfois de reprocher à l'auteur quelques obscénités dans le choix de ses sujets, il faudrait remarquer qu'il est loin sous ce rapport d'avoir dé-

passé le narrateur des *Cent Nouvelles nouvelles*,
dont le recueil est considéré à juste titre comme
un des chefs-d'œuvre de notre ancienne littérature. En recherchant certaines scènes, Nicolas
de Troyes nous peint tout un côté de l'esprit de
nos pères. Si d'ailleurs plusieurs de ses nouvelles se distinguent par des détails trop crus il
en est d'autres que ne désavoueront pas les mo-
ralistes les plus sévères ; telles sont entre autres
les nouvelles III, VI, XII, XIX, XXII, XXV,
XXVI et XXVII. On sent en les lisant que leur
auteur appartenait à la classe moyenne, qu'il
avait été témoin de nombreuses injustices cau-
sées par l'arbitraire et qu'il essayait de réagir
contre certains abus de la société de son temps.
C'est là certes un genre de mérite qu'on cher-
cherait en vain dans les *Cent Nouvelles nouvelles*
et dans bien d'autres recueils du même genre.

L'œuvre de Nicolas de Troyes n'offre pas
moins d'importance pour l'histoire littéraire
qu'au point de vue de la langue. On sait
que les conteurs de tous les temps ont cherché
à lier leurs récits entre eux et à donner à leurs
œuvres l'unité qui leur manque par une fiction,
qui consiste le plus ordinairement à rendre les
différents personnages d'une même réunion tour
à tour auditeurs et narrateurs. C'est ainsi que
les *Cent Nouvelles nouvelles* ont été placées par
leur auteur dans la bouche des courtisans de
Philippe le Bon, duc de Bourgogne. La peste
de Florence a servi de prétexte à Boccace, pour
réunir les personnes qui dans le *Décaméron* pren-
nent les unes après les autres la parole. Dans
l'*Heptaméron* de la Reine de Navarre, des voya-

geurs égarés dans les Pyrénées, retenus par le débordement des eaux, cherchent pendant toute une semaine, à calmer par des récits, les ennuis que leur cause l'attente d'un pont jeté sur le Gave.

Cette fiction du pont se retrouve dans le recueil de Nicolas de Troyes. Chacune de ses nouvelles est racontée par une personne qu'une fonction imaginaire attache à un pont, et la preuve que ce pont n'est qu'une fiction, un simple moyen littéraire, destiné à donner au *Grand Parangon* le lien nécessaire, c'est qu'on y voit défiler les unes après les autres toutes les fonctions sociales, depuis les plus élevées jusqu'aux plus infimes. Après le prince, l'archiduc, le duc, le légat, l'archevêque, le grand écuyer, et l'écuyer du Pont, viennent le receveur-général, le prévôt, le médecin, le grenetier, l'huissier, le boulanger, le tailleur, le drogueur, le sellier, le chaussetier et le charpentier du Pont. Quelques-uns de ces fonctionnaires pontals, comme les appelle Nicolas de Troyes, sont désignés par leurs noms, ainsi le sellier du Pont, s'appelait Philibert de la Vigne, le drogueur, Jean Poterat de Troyes, l'archevêque, monseigneur de Torvilliers, le charpentier, Jean Pirethouin, le pelletier, Requin.

Les sources où l'auteur du *Grand Parangon des Nouvelles nouvelles* a puisé le plus ordinairement les récits qui lui sont propres, sont le sermon, l'anecdote et l'aventure personnelle. Deux nouvelles, celles qui dans ce volume portent les numéros X et LIII se distinguent des autres par l'ordre d'idées auquel elles appartiennent. Elles s'appuient l'une et l'autre sur le merveilleux, la féerie. La première a évidemment une origine orientale, la seconde rappelle l'histoire de Mélusine; elle a dû servir de type à un des contes de la *Nouvelle Fabrique des excellents traits de vérité*[1] avec lequel elle offre la plus grande vraisemblance. Les nouvelles I, II, III, V, VII, VIII, IX, XII, XV, XVII, XIX, XXII, XXIII, XXV, XXVI, XXVIII, XXVII, XXIX, XLVI et LV, contiennent le récit d'aventures réelles ou des contes populaires recueillis par l'auteur dans le cours de ses voyages.

Les sermonaires et les recueils d'histoires moralisées ont été largement mis à contribution par Nicolas de Troyes. Il a emprunté, au moins pour le fonds, un grand nombre de ses nouvelles au *Violier des Histoires romaines*[2]. Il faut

---

1. Nous citons cet ouvrage d'après l'édition de la Bibliothèque Elzevirienne (Paris, Jannet, 1853.) *Nouvelle Fabrique des excellents traicts de vérité, par Philippe d'Alcripe, sieur de Neri en Verbos.*

2. Le *Violier des Histoires romaines, ancienne traduction française des Gesta Romanorum;* nouvelle édition, revue et annotée par G. Brunet (Paris, Jannet, 1858). — Bibliothèque Elzevirienne. — La première édition de cet ouvrage célèbre fut faite à Paris en 1521, par Jehan de la Garde. — C'est un petit in-folio qui porte pour titre : *le Violier des Histoires romaines, moralisées sur les nobles gestes, faits vertueulx et anciennes croniques des Rommains,* fort récréatif et moral, nouvellement translaté de latin en françois. — Deux autres éditions ne tardèrent pas à suivre celle-là, faites l'une et l'autre par Philippe le Noir. L'une est sans date, l'autre porte celle du 20 septembre 1525. C'est un volume in-4°, en caractères gothiques, avec des figures sur bois. Une quatrième édition fut faite à Paris en 1529, par Denis Janot; petit in-4° en caractères gothiques. Comme on le voit par ces quatre éditions successives, au moment où écrivait Nicolas de Troyes, en 1535, *le Violier des Histoires*

avouer toutefois qu'en s'appropriant ces historiettes, il a su leur donner une certaine origina-
lité et une rédaction plus naturelle. Les dialo-
gues de Saint-Grégoire, les œuvres de Jacques de
Vitri et ces compilations si nombreuses au moyen-
âge où la fable est constamment mêlée à l'histoire
lui ont également fourni de nombreux thèmes.
Ainsi nous trouvons dans la *Fleur des Histoires*
de Jehan Mansel, vaste compilation manuscrite,
dans le genre du *Miroir Historial* de Vincent de
Beauvais, plusieurs anecdotes qu'il a évidemment connues [1].

La nouvelle XXXIV : Pourquoi frère Guillaume ne vendit pas son âne, est une broderie
faite sur le récit suivant :

« Jacques de Vitry raconte d'un chevalier,
qu'il laissa, pour l'amour de Dieu, toutes ses
grans possessions, honneurs et richesses et devint moine. Quant l'abbé le congnut et il veit
qu'il estoit saige homme, il l'envoya au marchié
vendre les asnes et les asnesses de celle abbaye,
qui trop vieux estoyent et usés, pour en rachap-
ter de plus jounes. Jaçoit ce que le chevalier y
alloit moult en vis, toutes foys y alla par obé-
dience. Quant les marchans luy demandèrent si
ses asnes estoyent bons et jounes, il leur respondit : Créez-vous, dit-il, que nostre abbé soit

---

romaines était dans toute sa vogue; il n'est donc pas éton-
nant qu'il lui ait emprunté le sujet de plusieurs de ses nouvelles.

1. La *Fleur des Histoires* est divisée en plusieurs parties.
Il en existe différents manuscrits à la Bibliothèque impériale.
Celui que nous avons consulté porte les n°ˢ 55 à 58 du fonds
français.

si povre, qu'il vendist ses asnes, s'ils luy estoyent encore bons et proufitables ? — Pour
quoy, dirent les marchans, ont-ils les queues si
pelées ? — Pour ce, dit-il, qu'ils chéent souvent soubz fais et on les relieve souvent par
leurs queues, si en sont toutes usées. Quant il
fut retourné à l'abbaye, un convers, qui avoit
été au marchié avec lui, l'accusa en chapitre et,
pour le pugnir, l'abbé lui donna la discipline. —
Hélas, dit le bon chevalier, vous sçavez, père,
comment j'ay laissé au monde, non pas asnes
et asnesses seulement, mais à grant planté de
possessions et richesses et suis cy venu non
point pour mentir, ou pour decepvoir aultruy,
mais pour saulver mon ame et vous voulez que
je me dampne ? Soyez certain que m'en gar-
deray si je puis. Ainsi ne fut-il oncques puis
envoyé dehors pour les besognes seculières.
C'est grand peril à tous religieux de soy occu-
per de besognes seculières. »

La nouvelle XXXVII « du cardinal qui devint pape par la puissance du diable » prend sa
source dans une ancienne légende relative au
pape Sylvestre II, que Jean Mansel rapporte en
ces termes :

« Je treuve ès chroniques que Sylvestre pape,
second de ce nom, fut moine premièrement et
depuis il fit hommage au diable, pour ce que le
diable luy promit que toutes ses besoingnes luy
venroyent à souhait et tantot fut tant sage, qu'il
eust à son eschole, pour apprendre, Othon,
l'empereur, et Robert, roy de France, et fut fait
arcevesque de Rains et enfin il fut fait pape. Et
ainsi comme il estoit privé du diable et parloit

souvent à luy, il luy demanda un jour combien
il viveroit. Le diable luy respondit qu'il ne morroit jusques il ·chanteroit messe en Jhérusalem.
Il fut moult joyeux de ceste response et luy
sembla bien qu'il estoit moult loing de sa fin, et
qu'il n'iroit mais à pièce en Jhérusalem. Mais il
advint en un quaresme, qu'il alla chanter messe
en une chapelle à Romme qui avoit nom Jhérusalem, et lors il oyt soudainement grans noises
de diables entour luy. Sy eut doubte de morir
et commencha à avoir desplaisir de ses péchés
et à soy repentir et retourner à la miséricorde
de Dieu. Quelque mauvais qu'il eust esté, il
confessa publiquement son péché devant le peuple, puis il se fit couper tous les membres dont
il avait fait service au diable et ordonna que
quant il seroit mort son corps fut mis sur un
benel. Ainsi fut fait ; mais les jumens menèrent
le benel droit à l'église du Lateran, où il fut
enterré honorablement. »

On trouve dans un autre récit l'origine d'un
des meilleurs traits de la nouvelle XL : « Comment le meunier vint en aide à son abbé. ».

« Un roy fut moult orgueilleux, fol et plain
de vaine gloire et oultrecuidance, et demanda
un jour à ses gens, qu'il leur sembloit de luy et
de sa valeur et combien on le vendroit s'on le
povoit vendre, comme on fait des autres choses.
Ses gens pour luy complaire, luy dirent qu'il
vauldroit tant qu'on le porroit priser sur terre
et qu'il n'avoit son pareil au monde. Il avoit un
fol en son hostel qui sault avant et luy dit :
Roy, veux tu sçavoir combien tu peux valoir ?
— Oui, dit le roy, je te prie que tu me le dye.

— Vrayment, dit le fol, il me semble que tu peux bien valoir trente deniers et non plus, car car si tu en valois trente, ce seroit autant que le tout puissant Dieu valut, quant il fut vendu. Le roy nota moult et prisa ceste reponse de son fol mieux que de tous les autres, commencha à soy humilier et ploura de pitié et laissa depuis les vanités de son beubant. »

L'événement dramatique, raconté dans la XIᵉ nouvelle, est une des historiettes, intercalées par Olivier de la Marche dans son *Traité du gage de bataille*. Le duel qui en est le dénouement a réellement eut lieu, mais l'histoire n'est pas entièrement d'accord avec le conteur sur la manière dont les faits se seraient passés. « Jacques Le Gris fut vaincu et suivant l'usage traîné et pendu au gibet. Cependant il était véritablement innocent, comme on l'apprit de la confession d'un malheureux qui fut depuis exécuté à mort pour d'autres crimes et qui s'accusa volontairement de celui qu'on avoit imposé à Jacques Le Gris. La dame de Carrouges pour réparer le tort qu'elle avoit fait à sa personne et à sa mémoire, se retira dans un couvent après la mort de son mari. » [1] Ainsi dit l'histoire, et le narrateur a largement usé de la licence accordée aux romanciers de travestir les faits au gré de leur imagination. Deux des contes du moyen de parvenir, *l'Achat d'un meilleur outil* et le *Chaudronnier pris pour le diable*, paraissent avoir été imités le premier de la XXXVIᵉ nouvelle de notre volume et le second de la sixième.

---

1. Dom Felibien, *Histoire de Paris*, II, p. 700.

La Célestine, qui fait le sujet de la nouvelle LI, tire son origine de la littérature espagnole. En 1527 parut à Paris chez Nicolas Bonfons, un petit volume in-16 intitulé : *La Célestine, tragi-comédie de Caliste et Mélibée, traduite en français sur une version italienne* (faute d'impression pour Espagnole). L'année suivante, 1528, parut chez le même libraire une nouvelle édition in-16, sans date avec ce titre : *La Célestine fidèlement repurgée et mise en meilleure forme, par Jacques de Laverdin, sieur du Plessis-Bouré, en Touraine, dediée à MM. de Laverdin ses neveux, tragedie jadis espagnole en 21 actes, en prose, sans distinction de scènes, composée en représentation des fols amoureux, lesquels vaincus de leurs désordonnés appétits, invoquent leurs amies et en font un Dieu, aussi pour découvrir les tromperies des maquerelles et l'infidélité des méchants et traitres serviteurs.* » Cette pièce, qui est plutôt une sorte de roman dialogué qu'une tragédie ou tragi-comédie fut depuis réimprimée plusieurs fois, notamment en 1558 [1]. C'est sur l'une des deux premières éditions que Nicolas de Troyes a rédigé sa nouvelle. Il n'a guère fait que remanier le texte, en supprimant certains détails inutiles.

Les nouvelles XXXVIII et XLI sont des imitations des chapitres XCXIV et XXXII du *Violier des Histoires romaines.*

Comme nous l'avons déjà dit, Nicolas de Troyes pour augmenter son *Grand Parangon* a

---

1. Voyez sur la Célestine l'histoire manuscrite du Théâtre-Français, par les frères Parfait. Bibl. impériale, Fonds Français, n° 9229 à 9232.

fait de nombreux emprunts aux *Cent Nouvelles nouvelles* et aux contes de Boccace. Les nouvelles tirées du premier de ces recueils sont au nombre de cinquante-neuf. Le texte en général en est assez correct et se rapproche beaucoup de celui publié dans la Bibliothèque Elzevirienne, par M. Thomas Wright, d'après un manuscrit de l'université de Glascow.

Les contes de Boccace sont au nombre de cinquante-cinq. Nous avons établi en tête de notre réimpression du *Parangon des Nouvelles honnestes et délectables,* qu'ils appartiennent à la même traduction dont s'est servi le compilateur de ce recueil et que cette traduction, différente de celle de Laurent de Premierfait, était antérieure à la traduction d'Antoine le Maçon, dont la première édition ne parut qu'en 1545. Antoine Le Maçon n'est donc pas, comme on l'a cru jusqu'ici, le premier qui ait traduit directement le *Décaméron* d'italien en français.

Le manuscrit du *Grand Parangon des Nouvelles nouvelles* est conservé parmi ceux de la Bibliothèque impériale, à Paris, sous le n° 1510, du fonds Français. C'est un volume in-f° en papier, de 384 feuillets ayant chacun de trente à trente-six lignes d'une écriture carrée et assez lisible. En tête se trouve une table de toutes les nouvelles contenues dans le recueil. Nous imprimons cette table ci-après telle qu'elle existe, en plaçant à la suite de chacune des nouvelles que nous n'avons pas jugées dignes de l'impression, l'indication de la source principale où elles ont été puisées ; pour les autres, nous nous contentons de donner la référence à l'ordre que nous avons adopté pour le présent volume. Cette table, croyons-nous, ne sera pas inutile aux bibliographes qui s'occupent de cette branche intéressante de notre ancienne littérature.

A la fin du xvie siècle on avait pris copie de quelques-unes des nouvelles de Nicolas de Troyes; nous avons vu une des copies, qui renfermait une cinquantaine de nouvelles environ. Il y en avait dans le nombre deux ou trois que nous n'avons pas retrouvées dans le manuscrit original. Le copiste avait-il eu entre les mains les deux volumes du Grand Parangon et ces nouvelles faisaient-elles partie de celui qui est perdu? Nous inclinons à le croire, sans cependant pouvoir en fournir de preuve décisive. Nous avons imprimé deux de ces nouvelles sous les numéros LIII et LIV.

Commencé au mois de mai 1535 le *Grand Parangon des Nouvelles nouvelles* fut achevé d'écrire le 1er jour de mars 1536, ainsi que le porte une note placée par Nicolas de Troyes à la fin de son manuscrit.

E. M.

CY COMMENCE

LA TABLE DU GRAND PARANGON

DES NOUVELLES NOUVELLES.

La première nouvelle du second volume du Grand Parangon des Nouvelles nouvelles, racomptée par le seigneur de Fontenay, receveur général du Pont.

D'une maquerelle appellée Celestine, des filles qu'elle vendoit, puis les refaisoit pucelles, des amours de deux compaignons et des grant finesses que font les femmes à d'aucuns amoureux qu'elles ont, avec plusieurs autres matières bonnes et proffittables pour apprendre du bien et du mal.

Imprimée ci-après, nouvelle LI.

La II° nouvelle, racontée par le seigneur de Saint-Maixent.

D'une fille, qui fit aller trois compaignons amoureux d'elle, coucher en ung cimetière, et y furent veiller, l'un en abit de mort, l'autre en abit de gendarme et le tiers en abit de diable.

Imprimée ci-après, nouvelle XIII.

D'une maquerelle qui fit jouyr. des amours d'un jeune fils à sa maistresse, et comment elle fit aller son mary en ung jardin lui disant que son vallet l'atendoit et y alla ledit mary et fut bien batu.

Boccace. — *Décaméron*, VIIᵉ nouvelle de la septième journée.

La IXᵉ nouvelle, par le docteur Lescot.

Du fils d'une roigne qui engrossa sa mère puis s'en fouyt et la dite roigne tua l'enfant après qu'elle en fust accouchée et ne s'en vouloit confesser et comment par la Vierge Marie elle fut décellée et confessa son péché et en obtint remission.

Violier des Histoires romaines, chap. XXIII.

La Xᵉ nouvelle, par le légat du Pont.

D'un juif qui demoroit à Paris et à l'aveu de son compaignon se fit crestien après qu'il eut esté à Rome et qu'il eust veu comment les crestiens se gouvernoint.

Boccace, *Décaméron*, deuxième nouvelle de la première journée.

La XIᵉ nouvelle, par le grenetier du Pont.

D'un homme qui eut trois femmes l'une après l'autre, qui toutes trois se pendirent à un arbre, lequel estoit en son jardin.

Violier des Histoires romaines, chapitre XXXII.

La XIIᵉ nouvelle, par le furet du Pont.

D'une hostesse qui jugea les souhais d'un gentilhomme, d'un marchant et d'un cordelier, et comment à l'adveu de l'hostesse le cordelier s'en alla sans rien payer.

Imprimée ci-après, nouvelle XXIX.

La XIIIᵉ nouvelle, par maistre André des Ars.

D'un empereur à qui un docteur enseigna sept choses dignes de mémoire bien proffitables pour lui et pour l'empire.

Violier des Histoires romaines, chapitre XXXIII.

La XXe nouvelle, par le légat du Pont.

D'un empereur qui trouva un bon serviteur, auquel il fit inviter à un banquet tous ses amis, mais ledit serviteur lui amena tous ses ennemis, lesquels à la fin furent tous amis dudit empereur.

Violier des Histoires romaines, chapitre XVII.

La XXIe nouvelle, par le célestin du Pont.

D'un bourgeois de Hainaulx, qui fut amoureux d'une jeune femme qui estoit sa voisine, et son mari la trouva couchée avec ledit bourgeois, mais jamais n'en sceut voir que le corps, car ledit bourgeois lui cachoit le visage dont le mary eut grant fantasie, mais à la fin elle lui passa.

Cent Nouvelles nouvelles. — Nouvelle Ire.

La XXIIe nouvelle, par Jehan Darda.

D'un empereur qui faisoit célébrer la nativité de son fils à peine de la mort, mais un homme rompit l'édit et besongna ledit jour, et de la response qu'il fit audit empereur.

Violier des Histoires romaines, chapitre LV.

La XXIIIe nouvelle, par monseigneur l'amant de Bruxelles.

D'un clerc d'un procureur de parlement, amoureux de sa maistresse, qui cacha ses couillons en son ventre et disoit à son maistre qu'il n'en avoit nuls, dont il le creut et à ceste cause lui bailla sa femme en gouvernement.

Cent Nouvelles nouvelles. — Nouvelle XIII.

La XXIVe nouvelle, par le panetier du Pont.

D'une jeune fille qui avoit le mal des broches, laquelle creva à ung cordelier, qui la vouloit mediciner, un seul bon œil qu'il avoit, et aussi du procès qui s'en suit après.

Cent Nouvelles nouvelles. — Nouvelle II.

La XXVe nouvelle, par le foretier du Pont.

D'un viel medecin qui fut amoureux d'une jeune femme et de la response qu'il fit.

Décaméron. — X^e nouvelle de la première journée.

La XXXIe nouvelle, par Jehan des Vignes.
D'un ivrongne qui se fit confesser à un moine, et puis après sa confession, il vouloit qu'il le tuast afin d'aller en paradis.

Cent Nouvelles nouvelles. — Nouvelle VI.

La XXXIIe nouvelle, par le sire Alain de Saintes.
D'une jeune fille qui vouloit tuer son enfent, et un laboureur l'en garda, et de ce qui advint aux bons moines de Taillebourg.

Imprimée ci-après, nouvelle XXVII.

La XXXIIIe nouvelle, par le chanoine du Pont.
D'un marchant qui fut destroussé en un bois et mis à pied, mais à la fin Dieu et monsieur Sainct Julien le firent si bien trouver qu'il ne perdit pas grand chose.

Décaméron. — IIe nouvelle de la deuxième journée.

La XXXIVe nouvelle, par le procureur pontifical du Pont.
D'un painctre, de la femme de qui un curé fut amoureux, et eut les couillons coppés en faisant le crucifix.

Imprimée ci-après, nouvelle XX.

La XXXVe nouvelle, par Jaloigne du Pont.
D'un gentilhomme qui pensoit coucher avec sa chamberiere et coucha avec sa femme, puis après y fit aller coucher un sien compaignon d'armes.

Cent Nouvelles nouvelles. — Nouvelle IX.

La XXXVIe nouvelle, par Pierre du Rollet.
D'un seigneur qui vouloit avoir quelque terre d'un abbé par force s'il ne lui donnoit responce de trois

D'un marchant de chevaulx qui vint à Naples, et du grant larrecin et tromperie qui luy fut fait et comment à la fin il fut recouvert de toutes ses pertes, à l'adveu des larrons, qui le menerent prendre la despouille d'un arcevesque, lequel on avoit enterré le jour de devent.

Décaméron. — V^e nouvelle de la seconde journée.

La XLIIIe nouvelle, par Jehan Hihou du Pont.
D'un gentilhomme qui gagea à une damoiselle, que s'il estoit couché avec elle, qu'il luy feroit dix fois pour une nuyt et les fit et davantage, mais il y en avoit de sèches, lesquelles furent estimées bonnes par le rapport du mary même de la damoiselle, qui jugea sans y penser.

Imprimée ci-après, nouvelle XLVIII.

La XLIVe nouvelle, par le grenetier du Pont.
D'un gentilhomme qui fut amoureux d'une damoiselle et elle coucha trois nuits avec luy en guise d'homme, et de la grand douleur qu'il en eust quant il le sceut.

Cent Nouvelles nouvelles. — Nouvelle XXVI.

La XLVe nouvelle, par l'archeduc de Niort.
D'un trompeur qui fit vendre à son voisin sa propre vache, non cuidant que ce fut sa vache et en receut l'argent.

Imprimée ci-après, nouvelle II.

La XLVIe nouvelle, par monsieur le fourrier du Pont.
D'un sommelier de cheux le roy, à qui on mit coucher une grant ydole de boys dedans son lit, en lieu d'une jeune femme, laquelle il pensoit avoir.

Imprimée ci-après, nouvelle VIII.

La XLVIIe nouvelle, par monsieur de Beauvoys.
De trois marchans qui alloint en voyage avec leurs femmes et avoint fait vœu de non coucher avec elles

dont il gaingna la gageure ; mais à la fin la trayson fut descelée dont le marchant fut griefment pugny.

Décaméron. — IXe nouvelle de la deuxième journée.

La LIIIe nouvelle, par monsieur de Beauvois.
· D'un curé d'Orléans, à qui des sergens avoint des-robé sa fille et les convia à disner et les fit venir à l'oferande, puis après les vitupera devant tout le monde et s'en allèrent sans disner.

Imprimée ci-après, nouvelle IX.

La LIVe nouvelle, par le sommelier du Pont.
D'une damoiselle qui fit coucher sa chamberière avec son mary, et alla entendis coucher avec ung autre jeune gentilhomme, dont le mary s'en aperceut en besongnant sa chamberière.

Cent Nouvelles nouvelles. — Nouvelle XXXV.

La LVe nouvelle, par le grenetier de Chalons.
D'un homme appellé Jehan Hihou qui trouva un autre homme couché avec sa femme et comment ils appointèrent tous deux.

Imprimée ci-après, nouvelle L.

La LVIe nouvelle, par le drogueur du Pont.
D'un cordelier qui avoit une fille en sa chambre, dont il fut fessé par le gardien et dit qu'il ne menti-roit jamais, mais bien s'en vengea en ne vendant leur asne.

Imprimée ci-après, nouvelle XXXIV.

La LVIIe nouvelle, par Jehan des Nos.
D'un marchant, qui acheta une lamproye, mais sa femme luy fit entendant qu'il n'en avoit point acheté, dont le mary fut esbay, mais par abilleté la femme se sauva et mengea la lamproye avec ung cordelier à l'adveu d'une sienne voisine.

Cent Nouvelles nouvelles. — Nouvelle XXXVIII.

La LVIIIe nouvelle, par monseigneur de Milly.
D'un marchant qui fut jaloux de sa femme pour

garda pas bien, mais à la fin, s'en avisa après qu'il l'eut aperceu.

Cent Nouvelles nouvelles. — Nouvelle LII.

La LXVe nouvelle, par monseigneur l'amand de Brucelles.

De deux mariés et mariées, lesquels furent changés à l'esglise, en les espousant prindrent l'un pour l'autre, à cause qu'il n'estoit pas jour.

Cent Nouvelles nouvelles. — Nouvelle LIII.

La LXVIe nouvelle, par le boulenger du Pont.

D'un boulenger qui fut amoureux d'une chamberière et en venant querir la paste, l'avoit embranchée, et sa maitresse y survint, qui les departit, mais le boulenger empoigna la maitresse et luy bailla ce que la chamberière devoit avoir.

Imprimée ci-après, nouvelle XXIV.

La LXVIIe nouvelle, par dame Colette la Girarde.

D'un bon vallet, d'une abbaye de Nonains, qui toutes les besongnait dont elles se contentèrent fort de luy.

Décaméron. — 1re nouvelle de la troisième journée.

La LXVIIIe nouvelle, par Jean de La Lande, sieur du Pont.

D'un curé amoureux d'une damoiselle, lequel fut prins au piège et la demoiselle et sa chamberière avec un loup, et comment son mary les pugnit.

Cent Nouvelles nouvelles. — Nouvelles LVI.

La LXIXe nouvelle, par le cellier du Pont.

Des cordeliers d'Orléans qui firent semblant que l'esperit de la prevoste revenoit et comment ils furent pugnis.

Imprimée ci-après, nouvelle V.

La LXXe nouvelle, par Martin de Cambray.

De trois marchans qui avoint leurs trois femmes,

mounier qui avoint esté à Saint Jacques et vouloint faire bastir une chapelle pour avoir remission de leurs pechés.

Imprimée ci-après, nouvelle XII.

La LXXVIIe nouvelle, par Chauderis du Pont.

D'un homme qui fut amoureux d'une dame et s'en alla hors du pays pour l'amour d'elle, et depuis fut tué ung homme qu'on disoit que c'estoit luy, dont le mary de la dame fut mis en prison, disant que luy l'avoit tué, mais le dit amoureux revint, qui verifia toute la matière et mit le mari de sa dame hors de prison.

Décaméron. — VIIe nouvelle de la troisième journée.

La LXXVIIIe nouvelle, par Michel Martin.

D'un homme qui trouva ung autre couché avec sa femme, mais il eschappa vaillamment, puis fit l'appointement avec sa femme moyennant ses robbes et bagues qu'elle luy bailla, puis après la renvoya.

Cent Nouvelles nouvelles. — Nouvelle LXVIII.

La LXXVIIIIe nouvelle, par monseigneur de Villiers.

De quelques joyeux passetemps qu'ont eus d'aucuns roys de France en allant à la chasse.

Imprimée ci-après, nouvelle VII.

La IIII^{xxe} nouvelle, par le chancelier du Pont.

D'un gentilhomme qui combattit ung diable en soy confiant au baptême qu'il avoit receu, et son vallet y fut après pour le combattre, mais il y demora.

Cent Nouvelles nouvelles. — Nouvelle LXX.

La IIII^{xxI}^e nouvelle, par le marchant joyeux.

D'un marchant qui acheta l'oferte d'un curé de toutes les femmes qu'il avoit labourées, mais le marchant fut deceu de sa femme qui y vint comme les autres.

Imprimée ci-après, nouvelle XVII.

La IIII^{xx}VIIIe nouvelle, par le chausetier du Pont.

D'un homme qui avoit sa femme bien malade et luy requeroit pardon de ce qu'il ne l'avoit voulu besongner pensant luy faire desplaisir et de la responce qu'elle luy fit.

Cent Nouvelles nouvelles. — Nouvelle XC.

La IIII^{xx}IXe nouvelle, par Michau Thiebaux.

D'un gentilhomme qui fut amoureux d'une jeune damoiselle et la desroba à son père et l'enmena hors pays et en une hostelerie fut assailly de quatre ribaux qui le tuèrent, et vouloint avoir la compaignie de la fille et elle mesme se tua par despit.

Cent Nouvelles nouvelles. — Nouvelle XCVIII.

La IIII^{xx}X^e nouvelle, par Anthoine Godin.

D'un riche marchand qui laissa sa femme pour aller en marchandise et luy conseilla au departir que si elle avoit affaire d'homme, qu'elle se print à quelque sage et honneste homme, laquelle chose elle fit et trouva un sage clerc, qui la fit jusner XXX jours au pain et à l'eaue, puis après elle n'avoit plus cure de se faire fourbir.

Cent Nouvelles nouvelles. — Nouvelle C.

La IIII^{xx}XIe nouvelle, par Jehan de la Guigne.

D'un marchant de Portugal qui disoit mal du roy de France et un autre marchant le battit, puis après s'en voulut venger, mais le roy de Portugal luy remonstra bien la faulte qu'il avoit faite.

Imprimée ci-après, nouvelle XXVI.

La IIII^{xx}XIIe nouvelle, racomptée par Pierre le Bateleux.

D'un comte de Rossillon, lequel par despit de sa femme s'enfouyt hors de sa comté, puis longtemps après, ainsi qu'il pleut à Dieu y retorna et ayma sa femme bien et loyalment.

Décaméron. — IXe nouvelle de la troisième journée.

La IIIIˣˣXIXᵉ nouvelle, par Jehan Mollu du Pont.

De deux chevaliers frères d'armes dont l'un tua l'autre et luy tira le cueur hors du ventre pour tant qu'il estoit amoureux de sa femme à laquelle le fit menger et est fort pitéable.

Décaméron. — IXᵉ nouvelle de la quatrième journée.

La Cˑ nouvelle, par monseigneur de Villemor.

De la grande infortune de deux amoureux romains qui se partirent de Romme pour tant que leurs parens ne se vouloint consentir qu'ils eussent l'un l'autre en mariage.

Décaméron. — IIIᵉ nouvelle de la cinquième journée.

La CIˑ nouvelle, par maistre Antitus.

D'un jeune fils et d'une jeune fille qui furent mariés bien jeunes et s'en alla le marié longtemps à Paris, et quant il revint sa femme luy demanda qu'il avoit fait de son petit membre, qu'elle en vouloit faire ung coing pour mettre auprès de l'autre.

Imprimée ci-après, nouvelle XXI.

La CIIᵉ nouvelle, par Jehan de la Lande.

De la fille d'un chevalier qui voulut coucher en une galerie pour ouyr le chant du rossignol, mais ce fut affin que son amy put venir coucher avec elle et si bien y vint que on luy trouva le rossignol en la main.

Décaméron. — IVᵉ nouvelle de la cinquième journée.

La CIIIˑ nouvelle, par le fils de Saint-Quenet.

D'un homme qui se laissa morir et avoit trois fils, mais des biens de ce monde il n'avoit qu'ung coq, ung chat et une faucille, mais les dis enfens les portèrent si loing qu'ils en furent tous riches et est fort joyeuse.

Imprimée ci-après, nouvelle X.

La CIVˑ nouvelle, par l'endormeur.

De deux amans qui en l'isle de Cicille furent attachés dos contre dos honteusement à milieu de la ville, pour tant que le roy de Cicille les avoit trouvés conchés ensemble.

parolle qu'elle dit au juge, eschappa le dangier de justice et son mary fut blasmé et deshonoré pour elle.

Décaméron. — VIIe nouvelle de la sixième journée.

La CXI[•] nouvelle, par Jehan le Houx.
D'un gallent qui bailla à une dame XXX beaux escus faux pour coucher avec elle, mais à la fin tout le fait fut avéré et faillit dire la vérité.

Imprimée ci-après, nouvelle XXXI.

La CXII[•] nouvelle, par Jehan d'Arras du Pont.
D'un moine nommé frère Ciboulle qui cuidoit faire entendent au peuple que la plume d'un papegaux estoit la plume de l'ange Gabriel quant il vint annoncer l'incarnation du fils de Dieu.

Décaméron. — X^e nouvelle de la sixième journée.

La CXIII[•] nouvelle, par Lancelot du Lac.
D'une femme que son mary avoit trouvée en paillardise, laquelle accusa à ses parens, et elle par sa finesse luy imposa la chose de quoy elle avoit esté accusée et fut fort blasmé le mary des amis d'elle.

Décaméron. — VIIIe nouvelle de la septième journée.

La CXIV[•] nouvelle, par Jehan Vitart.
D'un jeune gallent de marchant qui donna cent escus pour coucher avec son hostesse, puis après son mary par fortune en fut adverty et luy fit rendre les cent escus et à sa femme fit bailler un petit blanc comme à une paillarde.

Imprimée ci-après, nouvelle LV.

La CXV[•] nouvelle, par monsieur de Crespy.
D'un compaignon qui promist revenir dire des nouvelles de l'autre monde à un sien compagnon qu'il avoit, quant il seroit mort.

Décaméron. — X^e nouvelle de la septième journée.

La CXVI[•] nouvelle, par Jehan d'Espaigne.

La CXXIII^e nouvelle, par le receveur du Pont.

De deux hommes qui demandèrent trois conseils au sage Salomon, l'un comme il pourroit estre aymé, l'autre comme il pourroit chastier sa femme, et l'autre comme il pourroit congnoistre que sa femme l'aymast.

Décaméron. — IXe nouvelle de la neuvième journée.

La CXXIV^e nouvelle, par messire Emar de Prie, chevalier du Pont.

D'un empereur qui avoit une femme la plus paillarde du monde, tellement qu'elle avoit douze compaignons abillés en damoiselles qui couchoint avec elle, quant l'empereur n'y estoit pas, mais à la fin tout fut sceu et fut bruslée la dicte emperière et toutes ses damoiselles.

La CXXV^e nouvelle, par Monseigneur.

D'un homme qui roboit tout le monde, lequel print dedans un bois ung abbé qui alloit à Sennes pour avoir guérison de son estomac et ledit larron le mena en son chasteau et le guerit.

Décaméron. — IIe nouvelle de la dixième journée.

La CXXVI^e nouvelle, par l'huissier du Pont.

D'un gentilhomme, qui pour l'amour qu'il avoit à une femme qui, par force de maladie on pensoit qu'elle fut morte, et fut enterrée, et le gentilhomme l'alla cercher de nuyt à son sepulcre pour avoir un baiser d'elle et fit tant qu'elle revint de mort à trespas.

Décaméron. — IVe nouvelle de la dixième journée.

La CXXVII^e nouvelle, par maistre Jehan Pirethouyn, charpentier du Pont.

D'un homme qui desiroit une jeune damoiselle pour être sa mie, laquelle luy manda que s'il vouloit faire monstrer au mois de janvier un jardin plein de fleurs

avoir une à l'adveu de sa chamberière, qu'un jeune gallent luy donna.

Imprimée ci-après, nouvelle LII.

La CXXXIV⁰ nouvelle, par Alison des Bordes.
Des pitoyables fortunes qui advindrent à une noble femme nommée Bricole, qui perdit son mary, et ses enfans par longue espace de temps, puis après les retrouva.

Décaméron. — VI⁰ nouvelle de la deuxième journée.

La CXXXV⁰ nouvelle, par le Peloux.
D'un orfevre de Paris qui fit coucher un charretier, qui luy avoit amené du charbon, avec luy et sa femme, et le dit charretier se jouait à sa femme par derrière dont il se aperceut.

Cent Nouvelles nouvelles. — Nouvelle VII.

La CXXXVI⁰ nouvelle, par le bailly du Pont.
Des grandes infortunes tant par terre que par mer qui avindrent à la fille du soudan de Babylonie et des grans murdres qui survinrent pour elle.

Décaméron. — VII⁰ nouvelle de la deuxième journée.

La CXXXVII⁰ nouvelle, par Jehan Mollu, marchant du Pont aux Caves.
D'un comte qui fut à Angiers nommé Gauthier, qui fut banny de son pays pour tant qu'il ne vouloit complaire ne obeyr à la mauvaise voulenté de la femme du fils du roy de France, duquel il estoit lieutenant et est très piteuse.

Décaméron. — VIII⁰ nouvelle de la troisième journée.

La CXXXVIII⁰ nouvelle, par le sergent du Pont.
D'une nonain qu'ung moine cuydoit tromper, lequel en sa compaignie amena son compaignon qui devoit bailler à taster à elle son instrument et de la responce qu'elle lui fit.

Cent Nouvelles nouvelles. — Nouvelle XI.

.La CXLV° nouvelle, par-le grenetier du Pont.

D'un gentilhomme qui fut amoureux d'une damoiselle dont se donna garde ung autre gentilhomme qui le luy dit et de l'entretenement d'eux envers la demoiselle comme vous orrez.

Cent Nouvelles nouvelles. — Nouvelle XXXIII.

La CXLVI° nouvelle, par maistre Gaucher.

D'une jeune jouvencelle qui par une honneste parolle reprit et rendit confus l'evesque de Florence.

Décaméron. — IIIᵉ nouvelle de la sixième journée.

La CXLVII° nouvelle, par le chaussetier Pontal.

D'un jacobin qui coucha avec sa commère et pour ce que le mary vint d'aventure, la femme luy fit entendant que le jacobin estoit venu prier Dieu pour son filleul, qui d'aventure estoit devenu malade.

Décaméron. — IIIᵉ nouvelle de la septième journée.

. La CXLVIII° nouvelle, par maistre Guillaume de la Bouge.

D'un gentilhomme qui donna pour cinquante escus de velours à une barbière pour faire son plaisir d'elle et comme son serviteur trouva façon de le ravoir.

Imitée du Décaméron. — IIᵉ nouvelle de la huitième journée.

La CXLIX° nouvelle, par maistre Jehan Cailleu, protonotaire du Pont.

De deux amans qui aymoint une jeune femme veufve qui ne savoit riens l'un de l'autre, dont la dame se despecha de tous deux honnestement pour une requeste qu'elle leur fit.

Décaméron. — Iʳᵉ nouvelle de la neuvième journée.

La CL° nouvelle, par le commissaire général du Pont.

D'un chevalier qui en attendant sa dame besongna trois fois avec sa chamberière qu'elle avoit envoyée pour entretenir le dit chevalier, afin que trop ne luy

D'un jacobin et d'une nonnain qui s'estoint boutés
en ung preau pour faire armes à plaisance dessoubs
ung poirier où s'estoit caché ung qui savoit leur fait
et leur rompit tout leur affaire comme vous orrés
ci après.

Cent Nouvelles nouvelles. — Nouvelle XLVI.

La CLVII⁰ nouvelle, par Jehan des Choux.
D'un président sachant la deshonneste vie de sa
femme la fit noyer par sa mulle, qui la mena en la
rivière à cause qu'elle n'avoit bu de huit jours.

Cent Nouvelles nouvelles. — Nouvelle XLVII.

La CLVIII⁰ nouvelle, par monseigneur de Crespy.
D'une femme qui ne vouloit souffrir qu'on baisat,
mais bien vouloit qu'on lui rembourast son bas et
abandonnoit tous ses membres fors la bouche.

Cent Nouvelles nouvelles. — Nouvelle XLVIII.

La CLIX⁰ nouvelle, par le maistre d'hotel pontal.
D'un homme qui veit sa femme avec ung homme
auquel elle donnoit tout son corps entièrement, excepté
le darriere qu'elle lessoit à son mary, lequel la fist
habiller, presens ses amys, d'une robbe de bureau et
sus son derrière une pièce d'escarlate.

Cent Nouvelles nouvelles. — Nouvelle XLIX.

La CLX⁰ nouvelle, par Denis de Han.
D'une damoiselle de Maubaye qui s'abandonna à
ung charretier et refusa plusieurs gens de bien et de
la responce qu'elle fit à un noble chevalier qui luy
reprochoit plusieurs choses comme vous orrez.

Cent Nouvelles nouvelles. — Nouvelle LIV.

La CLXI⁰ nouvelle, par le resceveur du Pont.
D'une damoiselle qui espousa un berger, et de la
manière du traicté du mariage et des paroles qu'en
disoit un gentilhomme frère de la dite damoiselle.

Cent Nouvelles nouvelles. — Nouvelle LVII.

céans, mais l'hoste les trouva faisant sa besogne et des paroles qu'ils eurent.

Cent Nouvelles nouvelles. — Nouvelle LXXI.

La CLXIX· nouvelle, par monsieur de Thulemas, chevalier du Pont.

D'un gallent demy fol et non guères sage qui en grant avanture se mit de mourir et estre pendu au gibet pour cuyder faire desplaisir à la justice.

Cent Nouvelles nouvelles. — LXXV.

La CLXX· nouvelle, par le chanoine du Pont.

D'un Florentin qui servit le roy d'Espagne, qui estoit mal content des biens que le roy faisoit aux autres et ne luy en faisoit point.

Décaméron. — 1ʳᵉ nouvelle de la dixième journée.

La CLXXI· nouvelle, par Philippe de Laon.

D'un prestre chapelain à ung chevalier de Bourgogne, lequel fut amoureux de la gouge du dit chevalier et de l'aventure qui luy advint à cause des dites amours.

Cent Nouvelles nouvelles. — Nouvelle LXXVI.

La CLXXII· nouvelle, par monseigneur de Bouilly.

D'un berger qui fit marché avec une bergère qu'il monteroit sur elle afin qu'il veist de plus loin par tel sy, qu'il ne l'embrocheroit non plus avant que le signe qu'elle mesme fist de sa main sur l'instrument du dit berger, comme cy après plus à plain vous porrez ouyr.

Cent Nouvelles nouvelles. — Nouvelle LXXII.

La CLXXIII· nouvelle, par monseigneur de Calabre.

D'un gentilhomme qui fut amoureux d'une très belle jeune dame mariée, lequel cuyda bien parvenir à la grace d'icelle et aussi d'une autre jeune damoiselle voisine d'icelle dame, mais il faillit à toutes deux.

Cent Nouvelles nouvelles. — Nouvelle LXXXI.

la besongna deux foys, dont sa femme s'esveilla à la dernière, se leva et la battit cruellement.

Imprimée ci-après, nouvelle XLIV.

La CLXXIX^e nouvelle, par Nicolas de Troyes, grenetier du Pont.

D'un marchant de Paris qui avoit une belle femme, laquelle alla en voyage et devint grosse et elle accouchée donnoit de grans peines et travaux au pouvre mary, et aussy y est déclaré les grandes finesses que plusieurs femmes font endurer à leurs pouvres marys qui leur veullent obeyr, et aussi pourrés veoir plusieurs finesses des matrones et chamberières qui gouvernent leurs maistresses.

Quinze Joies du mariage. — Nouvelle Ire.

La CLXXX^e et dernière nouvelle, racomptée par le prince du Pont.

D'une jeune fille de Bresse, laquelle estoit amoureuse d'un jeune compaignon, et songea ung songe merveilleux tant que l'un par mort soudaine perdroit l'autre, ainsi qu'il fut de verité et est fort pitoyable.

Décaméron. — VIe nouvelle de la quatrième journée.

LE

GRAND PARANGON

DES

NOUVELLES NOUVELLES.

LA PREMIÈRE NOUVELLE.

PAR MAISTRE FERRAND DURETTE.

*Comment ung homme de Poictiers gaingna un bon
pourceau en lui disant toute la nuit gnif gnaf.*

UNE nouvelle digne de risée advint une foys à Poytiers. Vray est qu'il y avoit un bon compaignon chapelier, appellé Morthemer. Cestuy Morthemer estoit bon compaignon, et n'estoit pas des plus riches de la ville; mais il beuvoit voulentiers et estoit tousjours joyeux, et délibéré, et prest de soy trouver en toute bonne compaignie de gens de bien. Advint qu'ung sien

cousin le convia à souper, avec trois ou quatre
autres voisins, lesquels firent bonne chère. Après
souper vont deviser de plusieurs choses, et entre
les autres, l'hoste, qui leur avoit donné à souper, leur va monstrer ung beau grant pourceau,
lequel il avoit fait tuer ce dit jour, et tous le
regardoint, et chascun à sa fantasie l'estimoit
cela qu'il povoit bien avoir cousté. Si va dire
ce chapelier Morthemer : Je ne sçay qu'il peut
avoir cousté, mais je vouldroye qu'il m'eust
cousté mon bonnet de nuyt et que il fust en mon
saloys, en ma cave. Le maistre de céans, qui
avoit fait tuer le pourceau, estoit bon compaignon et riche assez, lui va dire : Vien ça, Morthemer, je te vas faire ung marché; se tu veulx
avoir mon pourceau, je le te donne en pur don,
tesmoings ces gens cy, par un si, que d'icy à
demain six heures du matin, tu ne bougeras de
devant mon pourceau, tout debout, tousjours le
regardant et en disant continuellement : Gnif,
gnaf; gnif, gnaf. Si ainsi le veux entreprendre,
je le te donne en pur don. A donc, dit Morthemer : Monsieur de céans, je vous remercye du
don qu'il vous plaist de me faire, et je l'accepte
en la présence de ces gens cy, et tout à ceste
heure je vas commencer à faire mon gnif gnaf.

Alors commença à dire tousjours : Gnif, gnaf;
les autres le regardoint et buvoint d'autant et
à luy, mais jamais ne changea son propos. Comment, dit le maistre de céans, par Dieu, je cuyde
qu'il veut avoir mon pourceau. Les autres de la
compaignie parloint à luy, mais jamais ne changea son propos, si non tousjours regardant le
pourceau, et disant, Gnif, gnaf, tant qu'il vint

qu'il estoit après la minuyt, tousjours continuant son dire.

Quant le maistre de céans vit que c'estoit à bon escient, si fut bien estonné, et part et s'en va querir le curé, auquel il dit qu'il y avoit en sa maison ung homme hors de son sens, et luy prioit le venir veoir. Le curé y vint à la bonne foy, non sachant l'entreprinse et vint veoir le dit Morthemer, tout debout devant le pourceau, tousjours disant : Gnif, gnaf. Puis le curé luy dit : Mon amy, pensez à Dieu, laissez-moi ce gnif, gnaf, et vous souviengne de la Passion et vous ferez bien, pensez en luy et en la vierge Marie, et laissez ces fantasies là. Mais pour beau parler qu'il sceut faire, jamais ne changea son propos. — Ah sang bieu, dit l'hoste, je suis prins, je le voy bien, c'est à bon escient. Et luy dit à part : Je te prie, Morthemer, laisse tout cela, je te donne ung escu du bon du cœur, et t'en vas et me laisse là mon pourceau. Mais jamais ne changea son propos, si non tousjours disant gnif, gnaf; et les autres de la compaignie s'en rient. Mais à fin de compte, six heures du matin vont sonner, et estoit beau jour, et clair, tellement que le pourceau fut gaingné et l'emporta Morthemer en sa maison, car il avoit gaingné loyalement, au rapport de tous les assistans, dont l'hoste ne fut pas joyeux.

LA DEUXIÈME NOUVELLE.

PAR L'ARCHEDUC DE NIORT.

Comment Guillemin, par sa tromperie, fit vendre à son voisin sa propre vache à la foire du Sarrain, le dit voisin non cuidant que ce fut la sienne, et comment il en receut l'argent.

UNE chose digne de mémoire, et d'estre racomptée entre les plus grans affronteries du monde, est d'une finesse et abileté, avec larrecin bon et fin, qui advint n'a pas longtemps au pays de Touraine. Vray est que en ung village près de Tours, avoit quelque bon compaignon, qui guères ne valoit, et vouloit tousjours faire bonne chère et n'avoit de quoy. Advint ung jour qu'il n'avoit ne croix ni pille, et ne sçavoit où en prendre. Si se va adviser d'une grant finesse. Il y avoit ung pouvre bonhomme, qui demoroit auprès de là, et de tout le bestial du monde, il n'avoit que une vache, et enpensa en luy mesme que bien la lui desroberoit. Si s'en vint à luy et luy dit : Viens ça, mon voisin, veulx-tu demain venir à la foire au Sarrain? Car le Sarrain est distant de Tours de trois lieues, et y avoit lendemain bonne foire. — Saint-Jehan, dit le bonhomme, je seroys bien content d'y aller à l'esbat; mais je n'ay pas grant argent, et d'aultre part je n'y ay guères affaire.— Or ne te soucie, ce dit-il,

voisin ; il y ara quelqu'un qui payera nostre
escot ; nous ferons quelque marchandise. — Or
bien, dit-il, je suis content. Alors, dit Guillemin,
celuy qui le vouloit vendre et trahir, puisque
nous allons le matin à la foire, nous souperons
ensemble. Si se accordèrent tous deux et sou-
pèrent et firent bonne chère.

Après souper, celluy Guillemin print congé
de son voisin, luy disant adieu, et dit que bien
matin le viendroit esveiller, pour aller à la foire.
Lors part et s'en va, et quant vint sur le minuyt il
vint desrober la vache à son voisin, et avoit ung
garson tout fait, auquel il dit : Mène moy ceste
vache au Sarrain, à la foire, et je te pairay, et
me atens en tel lieu. Si se accorda le garçon et
mena ladite vache au lieu où il luy avoit dit. Puis
s'en vint le dit Guillemin heurter à la porte de
son voisin, luy disant qu'il estoit temps d'aller.
Si se leva et s'en vont tous deux à la foire ; puis
vont commencer tous deux à deviser, et dit le
voysin à Guillemin : Or ça, voysin, que vas tu
faire à la foire ? — J'ay, dit-il, une vache et
environ une douzaine de moutons, lesquels je
vouloys vendre et y voys pour ceste affaire. —
Par ma foy, dit le voisin, à qui il avoit desrobé la
vache, je n'y voys, si non pour te faire compaignie, et pour desjeuner là. — Or bien, dit Guillemin, ne te soucie point de cela, il y ara quelqu'un qui payera l'escot, qui ne s'en vante pas.
— Il n'y aroit guères affaire, dit le bonhomme. —
Par adventure moy tout le premier, dit Guillemin.
Et quant ils furent arrivés au Sarrain, Guillemin
va regarder le garson qui avoit la vache et la
gardoit là où il luy avoit dit. Si vint à luy et luy

demanda s'il avoit point veu le garson qui ad-
menoit les moutons. Si dit le garson que non.
Alors le paya et contenta Guillemin, et le garson
s'en va.

Puis, dit Guillemin à son voisin : Je te prie,
voisin, tandis que je iray veoir si mes moutons
viengnent, ne te bouge point d'icy, mais si
d'aventure quelqu'un vouloit achapter la vache,
vens la comme pour toy mesme, et je m'en fye
en toy, et je payeray le desjuné. — Voire ! mais,
dit le voisin, combien la vendray-je ? — Dit Guillemin : Vends la six francs si tu peux ; elle les
vaut bien. — Voire ! mais, dit le bonhomme à
qui estoit la vache, mais qui n'en sçavoit rien,
et s'il s'en falloit quelque chose, me veulx tu
advouer ? — Ouy dea, dit Guillemin, pense tu que
je y vise de si près ? Je m'en voys veoir se mes
moutons viengnent.

Alors part ledit Guillemin et s'en va cacher
derrière une haye, car il n'avoit ni douzaine de
moutons ni demye, mais estoit là pour regarder
quant la vache seroit vendue. Si vint plusieurs
marchands après ceste vache, tant que ung
entre les autres achepta ladite vache, cent dix
sols ; mais en la vendant, il estoit bien advis au
bon homme que c'estoit la sienne vache, et n'en
osoit sonner mot. Or, quant Guillemin vit que
la vache fut vendue, emmenée et l'argent receu,
il estoit caché derrière la haye, et pour cause,
saillit vistement et vint à son voisin et puis luy
demanda de la vache. — Ha ! par ma foy ! dit le
voisin, je l'ay baillée pour cent dix sols. — Or
bien, dit Guillemin, c'est tout ung. Dieu me doint
gain ailleurs. Par adventure, que je me récom-

pense sur mes moutons. Puisque nous avons argent frais, allons boire. — Allons, dit le bonhomme, qui avoit grant soif. Et vont très bien desjuner, et despendirent cinq sols, et Guillemin bailla autres cinq sols au bonhomme, pour la peine qu'il avoit eue de vendre sa vache. — Hé comment! dit le bonhomme à Guillemin, ne vous en voulez vous pas revenir? — Hé comment! dit il, mes moutons ne sont pas encore venus. Il n'est possible de m'en aller encore; mais allez vous en, si vous voulez, car je m'en vois au devant d'eux.

Et Guillemin part et s'en va faire ses besongnes et grosse chère, car il avoit de l'argent frais, qui guères ne luy coustoit : et le bonhomme prend son chemin pour s'en retourner en sa maison. Et quant sa femme le vit venir de loing, Dieu sçait comment elle va le commencer à saluer, luy disant : Et d'où, tous les mille diables, venez vous à ceste heure? Il est bien temps de venir! Que le grand diable vous casse le cou! — Hé dea! dit le bonhomme, ma mye! Que avez vous vrayement? vous estes bien effaronée; je viens du Sarrain, de la foire, là ou j'ay fait bonne chère et ne m'a rien cousté, et si ay gaingné cinq sols. — Vrayement, dit la femme, vous avez bien gaingné! De dix ans, vous ne gaingnerez la perte que vous avez faite anuict. Que le grant diable vous casse le cou! — Hé dea! dit le bonhomme, et que avons nous perdu, ma mye?—Nostre vache est perdue, que la belle mort vous puisse saisir le bec! Vous aviez bien affaire d'aller là yvrogner et faire la perte que nous avons! — Comment! dit le bonhomme, nostre vache est perdue? Ah! par ma foi, je l'ay vendue à la foire, et me cuydoys bien doubter que c'estoit la nostre, mais je ne sçavois que dire, parce que je cuydoys l'avoir laissée en la maison. — Vous l'avez vendue, meschant homme! Et de quoy vivrons nous maintenant? Vous estes malheureux! Or, dit elle, allez vous en à tous les diables, et emmenez vos enfans et les norissez comme vous l'entendrez, car jamais je ne hanteray avec vous. — Ah dea! dit le bonhomme, ma mye, ne vous courroucez pas si fort. Lors luy compta toute la manière comme il avoit fait et comme il trouveroit bien façon de la ravoir, et fit adjourner celuy à qui il l'avoit vendue ; mais il perdit son procès, car c'estoit luy mesme qui luy avoit vendue, et par ainsi vous pouvez veoir et congnoistre la grant malice, tromperie et larrecin, que fit icelluy Guillemin au bonhomme.

LA TROISIÈME NOUVELLE.

PAR LE HILLOT.

Du gendarme qui embla le drap d'une robbe à ung cordelier et du bon sermon que fit le cordelier pour ravoir son drap.

IL est vérité que une foys en Gascongne, près de Castel-Jaloux, advint que ung beau père cordelier passoit par pays, et avoit avec luy ung autre jeune religieux ; et ce jeune religieux portoit quant et luy

quatre ou cinq aulnes de beau gris cordelier,
lesquels on avoit donné audit beau père pour
luy faire ung abit. Et ains qu'ils passoint leur
chemin, ils vont rencontrer ung gendarme, bien
monté et bien en point, avec luy quatre ou cinq
chevaulx. Si arresta ledit beau père le gendarme,
et lui demanda douc il venoit et où il alloit. —
Sans faulte, dit le beau père, monsieur je m'en
vois retirer en nostre couvent. — Et quel drap
est cela que porte ce beau père ? — Monsieur,
dit-il, c'est du gris que l'on m'a donné, pour me
faire ung abit. — Et combien y en a-t-il, dit
le gendarme ? — Monsieur, dit le cordelier, je
pense qu'il y en a cinq aulnes. — Comment !
dit-il, il ne vous en fault pas tant à faire une
robbe. — Si fait, Monsieur, et davantage. —
Pardieu, dit le gendarme, vous en avez trop,
il m'en fault avoir la moitié, pour faire une jac-
quette à ung de mes vallets. Et de faict luy osta
son drap et en print la moitié et lui rendit le
demorent. Le cordelier ne se pouvoit contenter
de son drap et dit au gendarme qu'il avoit mal
fait, et que sans faulte il le rendroit quelque
jour. — Rendre ! dit le gendarme, pardieu ! tu
n'en aras jamais rien. — Sans faulte, dit le beau
père, vous le rendrez quoy qu'il tarde et fut-ce
au bout du jugement. — Comment ! dit le gendarme, le terme vaut l'argent, et par la mort
bieu ! je le prendray tout au prix. Et de fait luy
osta le demorent de son drap et s'en va à tout.
Le povre cordelier demora dessaisy de son drap
et s'en va son grant chemin, en tirant à Castel-
Jaloux. Si encontra quelques gens, à qui il
demanda s'ils cognoissoint point à qui estoit

ce gendarme et on luy respondit qu'il estoit de la bande de M. d'Allebret. Si les remercia et s'en va à Castel-Jaloux, et estoit à ung samedy au soir.

Quant il fut arrivé, le lendemain matin demanda congé de prescher, de quoy beaucop de gens furent bien joyeux, mesme M. d'Allebret, qui y estoit, et vint à son sermon et plusieurs autres. Si blasma fort les vices et péchés, disant que il y avoit beaucop de mauvaises gens par le monde, les ungs pires que chiens enragiés ; les autres pires que diables et les autres pires que Allebridains, car il les estimoit pires que diables. Et quasi à chascun bout de champ blasmoit fort les Allebridains, tant que monseigneur n'en estoit pas fort content. Si mit fin en son sermon, et incontinent monseigneur commanda que le beau père lui fust amené, qui avoit ainsi blasonné ses armes. Si y vint prestement, et aussitôt que monseigneur le vit luy demanda en se courre-çant que lui avoint fait les Allebridains qu'il les blasmoit si fort. — Ah! monseigneur, dit le cor-delier, pardonnez-moy, je ne pense pas vous avoir forfait. Si luy compta de point en point comme il y avoit ung gendarme de sa bande qui luy avoit osté son drap et dit que jamais n'avoit trouvé homme qui luy fit le tour. Monseigneur voyant ce beau père ainsi désolé de son drap et congnoissant aussi qu'il estoit homme de bien et grant clerc, fut bien marry de l'affaire, manda soudain le capitaine, qui vint parler à luy incon-tinent ; si luy demanda qui estoit ce gendarme de sa bande qui s'en alloit devers Bourdeaux. Si luy dit : Monseigneur c'est ung tel. Si le ren-

voya querir en poste : luy venu, parla à Monseigneur, lequel luy monstra le cordelier à qui il
avoit osté son drap et le blasma très-fort et fit
faire deux robbes toutes neuves aux deux cordeliers, et du meilleur drap qu'il sceut trouver,
et aux dépens du gendarme, puis le cassa et
bannit de sa compaignie. Et si le cordelier n'eust
sonné mot, son drap estoit perdu.

LA QUATRIÈME NOUVELLE.

PAR NICOLAS DE TROYES.

*De la finesse d'ung curé qui avoit caché ses escus
en son jardin et qu'ung cordonnier desroba, puis
après les reporta où il les avoit prins, cuydant
en avoir plus largement, mais n'eut riens du tout.*

IL fut une foys, au pays de Champaigne,
en une petite ville, ung curé, lequel
estoit fort riche et des biens de ce
monde il avoit tant et plus, et avoit
plusieurs revenus par les villages, tant d'ung
costé que d'aultre. Or avoit ce dit curé ung
jeune clerc, lequel estoit son nepveu, en qui il
se fioit, mais il ne luy monstroit pas là où il
mettoit son argent. Si s'advisa ung jour ledit
curé, que pour seureté de son argent, il ne le
lesseroit point en ses coffres, en sa maison, mais
avoit ung jardin derrière cheux luy, auquel il
mit tous ses escus, dedans ung pot de cuivre ;

et quant il recevoit quelques rentes qui luy
estoint deues, il les portoit de nuyt dedans ce
pot, au milieu de son jardin.

Or avoit il ung sien voisin, cordonnier, lequel
avoit aussi ung jardin, auprès du curé, et aucune foys en s'esbatant au soir, en son jardin,
il vit ce curé fouiller dedans son jardin. Si se
doubta de quelque chose et se advisa à ung soir
environ minuyt, d'y aller veoir et y alla et trouva
tous les escus du curé. Mais vous devez sçavoir
qu'il n'en fit pas à deux foys, car il emporta tout,
reservé le pot ; et restouppa le pertuys, au moins
mal qu'il peut, tant qu'il n'y paroissoit en riens.
Et ung jour entre les autres, après que le curé
eut receu quelqu'argent, le cuyda porter avec
l'autre, mais il n'y trouva que le nid, dont il
fut merveilleusement estonné, et estoit quasi
demy enragé, et se courrouçoit à son nepveu,
et le vouloit tuer, en luy disant qu'il l'avoit desrobé ; mais tousjours se deffendoit le povre garson, luy disant : Mon oncle, je ne pense pas vous
avoir forfait, mais dites moy que c'est que vous
avez perdu ! Si ne le vouloit pas dire le curé,
car il n'osoit ; mais bien luy dit qu'on luy avoit
desrobé quelque chose dedans le jardin, depuis
peu de temps. Alors, dit le jeune gars, par ma
foy, mon oncle, si vous avez perdu quelque
chose dans le jardin, je n'en mescroy que le cordonnier, car il n'y a pas longtemps que je le vis
sortir environ minuyt, par dessus les hayes du
jardin. — Comment, dit le curé, es tu bien
asseuré de cela ? — Ouy, je vous promets, mon
oncle, dit le garson.

Si ne fit nul semblant le curé de tout cela que

luy avoit dit le garson, mais s'en vint au cordonnier, en le saluant : Bon jour, voisin, bon
jour, dit le curé, et puis comment va ? — Très
bien, à vostre commandement, dit le cordonnier, qui avoit les escus. Il ne povoit qu'il ne
se portit bien. — Or ça, dit le curé, mon voisin, il faut que vous me faciez une paire de bons
souliers, bien doux, pour cheminer, car je veulx
aller en quelque lieu à pié. — Et bien, dit le
cordonnier, monsieur, je vous en feray une paire
de bons. Et luy fit des souliers les meilleurs
qu'il eut jamais. Il alla faire son voyage à pié,
à une cure qu'il avoit ; et quant il fut revenu,
il vint veoir son cordonnier, et luy dit que jamais
en sa vie ne chaussa soliers si aysés que ceulx
là, luy demandant combien ilz valloint. Lors,
luy dit le cordonnier : Monsieur, baillez cela
qu'il vous plaira, rien si vous ne voulez. — Ah !
vrayement, dit le curé, je vous payeray à vostre
appetit. Lors tira une grant bourse qu'il avoit,
où il avoit environ cinquante nobles et plus de
soixante escus. Et quant le cordonnier vit cela,
luy va dire : Pardieu ! monsieur, vous avez bien
des escus et d'autres belles pièces d'or. — Par ma
foy ! dit le curé, mon voisin, mon amy, elles
sont en vostre commandement ; vrayement, j'en
ay bien d'autres, Dieu mercy, à vous, et si espère
que dedans huit jours on me apportera d'une
de mes cures ung cent de nobles à la rose, les
plus beaux que vous vistes oncques en vostre
vie, et d'ung autre costé bien deux cens escus
au soleil, lesquelz tiendront compaignie, se Dieu
plaist, à bien ung millier d'autres et en vostre
commandement. — Dea ! voisin, dit le cordon-

nier. — Et vrayement beau sire pour l'amour
de vous, quant vous arez affaire de cent escus,
pour avoir du cuir et des peaulx pour vostre
mestier, ou autre nécessité, je les ay en vostre
commandement. — Monsieur, dit le cordonnier,
je vous remercie humblement. Alors print congé
le curé du cordonnier en luy disant adieu et
qu'il n'espargnast riens. Et le curé s'en va en sa
maison, minuyter, pensant comment il raroit ses
escus.

Le cordonnier, d'autre costé, pensoit à ces
beaux nobles à la rose, que le curé luy avoit dit;
et disoit en luy mesme que s'il portoit là les
nobles et escus et qu'il ne trouvast riens, il
n'aroit garde de les y laisser. Si se délibéra la
nuyt ensuyvent de reporter tout cela qu'il avoit
prins ; et de fait y remit tout par avarice, pour
cuyder avoir le demorent. Quelques jours après
le curé alla fouiller à la tasnière et retrouva tous
ses oyseaulx, dont il fut merveilleusement joyeux.
— Ah ! par la foy de mon corps ! dit-il, vous n'y
retornerez jamais ; mais leur changea de place.
Quelque temps après le cordonnier retorna veoir,
s'il trouveroit ses beaux nobles, avec les escus
qu'il avoit reportés ; mais il n'y trouva plus que
le nid, dont il fut merveilleusement marry, et
disoit en luy mesme : Ah ! malheureux que tu es !
Ton avarice te fait perdre une belle avanture !
Et se arrachoit les cheveulx, de despit qu'il avoit,
et pensoit et disoit : Ah ! curé, tu as esté plus
fin que moy. Non obstant il falloit qu'il print
pacience.

Quelque peu de temps après il vit passer le
curé par devant cheux lui, si l'appella et luy dit :

Monsieur, autre foys, de vostre grace, vous a pleu me présenter de me prester cent escus ; s'il vous plaisoit de vostre grace les me prester à ceste heure, vous me ferez ung gros plaisir, car j'en ai nécessairement à faire. Saint Jehan ! dit le curé, mon voisin, mon amy, vous avez trop tard parlé ; car j'ay acheté une grosse métairie, là où j'ay mis tout mon argent, tant que il m'en fault emprunter. Et s'en va, luy disant adieu. Lors demora le cordonnier tout pensif, et courroucé d'avoir perdu si beau butin. Et par ainsi vous pouvez veoir et congnoistre qu'avarice est cause de beaucoup de maux.

LA CINQUIÈME NOUVELLE.

PAR LE CELLIER DU PONT.

Des cordeliers d'Orléans qui faisoint semblant que l'esprit de madame la prevoste revenoit et comment ils furent punis.

Vous devez sçavoir et entendre qu'il n'est riens si véritable que cette nouvelle, arrivée n'y a pas longtemps. A Orléans y a ung couvent de cordeliers, auquel il y avoit de bonnes pièces de cordeliers, et pour venir à mon propos, vous devez sçavoir qu'audit Orléans y avoit aussi la femme du prévost de la ville, qui estoit honneste femme, et bonne envers Dieu, ainsi que l'on disoit. Or est

il ainsi qu'elle estoit maladive et elle se voyant
ung peu à son aise fit chanter messes, matines,
vigilles de mors, tout ne plus ne moins que qui
l'eust mise en terre ; torches, chandelles, cierges
et toutes autres cérimonies que l'on peut faire
à ung enterrement, et par trois foys, en quelqu'espace de temps, et en sa présence propre fit
faire lesdits services, tout ne plus ne moins que
qui l'eut mise en terre. Après quelqu'espace de
temps, bien peu après, elle, se voyant pressée
de maladie, fit son testament et ordonna d'estre
enterrée auxdits Cordeliers, sans nul service,
seulement avec quatre petites chandelles d'ung
denier la pièce, sans autre chose, car elle disoit
avoir fait faire son service en sa présence et
par trois fois. La maladie la pressa et rendit l'esprit à Dieu. Ce fait, elle fut enterrée aux dits
Cordeliers, ainsi qu'elle avoit ordonné.

Iceulx cordeliers, voyant qu'il n'y avoit nulle
pratique, ne de chanter, ne de sonner, ne torche,
ne chandelle, ne autres choses, furent marris
jusqu'à l'ame, et s'en vindrent au prévost mary
de ladite défuncte, luy demandèrent s'il vouloit
faire aulcun service, pour sa feue femme, —
laquelle chose dit qu'il ne feroit, ne n'estoit délibéré d'en faire, car elle vivant par trois foys
avoit fait faire son service. Iceulx cordeliers,
bien marrys, s'en retornèrent et tindrent conseil
en leur couvent qu'ilz pourroint faire, veu que
cest homme icy estoit si rusé, et ne faisoit faire
aulcun service pour sa femme. Quelque peu de
temps après leur conclusion faicte, vont dire à
tous les voisins que l'esprit de la prévoste revenoit tous les jours, qu'il les tormentoit tant,

que c'estoit une chose merveilleuse, tellement
qu'il leurs fauldroit renoncer au couvent si on
n'y mettoit ordre et qu'ils ne povoint exercer
le service divin, pour le tabut qu'ils avoint de
cet esprit. Et qu'il falloit parler audit prévost,
pour la faire desterrer et enterrer son dit corps
aux champs en quelque voirie, et qu'elle n'estoit
pas digne d'estre enterrée à leur église. Et pour
venir à leur fin de leur grant cautelle, et mauvaistié, et ypocrisie, ils avoint prins ung jeune gars
de leur maison, lequel ils avoint mis dessus
une vaoulte de leur couvent, lequel contrefaisoit
l'esperit, et pour mieulx couvrir leur malice,
firent venir de leurs voisins et autres gens de
bien pour veoir et oyr la fantasie de cest esperit; lesquels environ minuyt ouyrent le dit garson, bien instruit de cela qu'il devoit dire, à
plaine voix criant, après la conjuration par eulx
faite, disant qu'il estoit l'esperit de la femme du
prévost et que il estoit dampné, par faulte que
on luy avoit point fait faire de service, pour le
salut de son âme. Cela fait, depuis ne parla.

Or devez sçavoir que tous les assistans furent
merveilleusement esbays et en firent le rapport
au dit prevost, qui en fut bien estonné et plusieurs autres de la ville auxquels ils avoint
compté l'affaire, lesquels assemblèrent plusieurs
docteurs et autres gens de bien, pour consulter
de ceste matière : et après plusieurs disputacions par eulx faites, entreprindrent de aller
veiller une nuyt audit couvent, pour veoir et oyr
tout le fait de ceste matière. Et y allèrent une
granté quantité de gens de bien, lesquelz, environ la minuyt, ne faillirent pas à ouyr le rabas,

comme les autres. Si en eut d'aventure quelqu'un plus hardy que les autres, lequel avoit
bien ouy la voix et luy sembloit bien advis que
ce n'estoit point voix d'esperit, trouva façon de
monter sur la vaoulte, avec de la chandelle, et
quelqu'un qui luy aydoit, et là trouva le jeune
garson, qui contrefaisoit l'esperit, lequel il amena
devant tous les assistans et fut mené ledit garson
à la justice; lequel confessa tout le cas, et comment on luy avoit fait faire. Si fut ordonné de
par messieurs de la justice, que tous les cordeliers fussent prins et mis en prison, laquelle
chose fut faicte. Et en tous lesdits cordeliers
bien examinés, fut trouvé qu'il y en avoit quatre
bien principaux, à faire ceste entreprinse, et dix
autres qui leur avoint aydé à leurs affaires, et
tout le demorant des autres, n'en sçavoint rien.

Lesquels quatorze fut ordonné par la court,
avec le jeune garson, estre menés à Paris, en la
cour de Parlement, pour veoir et ouyr leur procès; mais en les menant le jeune garson se perdit. Si furent longuement à Paris prisonniers,
tant que après fut leur procès fait, et ouy, après
leur déclaration faicte et avérée à ung jeudy,
huit jours devant la my-karesme, l'an MDXXXIIII,
furent condamnés lesdits cordeliers; c'est assavoir que l'ung d'eulx prescheroit par trois jours
en public, devant l'hostel du dit prévost, la fau-
ceté et grant trayson laquelle ils avoint faite,
au grant prejudice dudit prévost, et grant déshonneur de sa feue femme, et avec ce ils tien-
droint prison deux ans au pain et à l'eaue, puis
après bannys du royaulme de France et autres
matières dont je me déporte d'en parler. Et par

ainsi, vous pouvez veoir et cognoistre une partie des grans abus que faisoint ces beaux pères de Saint-François d'Orléans.

LA SIXIÈME NOUVELLE.

PAR LE BORGNE BOUTET.

Du borgne Boutet qui en passant son chemin de nuit cheut en une maison par le tuyau d'une cheminée, et ceulx de la maison, pensant que ce fust ung diable, s'enfuyrent.

AINSI comme on racompte plusieurs choses nouvelles, il en advint une près de Tours, digne de mémoire. Vray est qu'audit Tours, avoit ung jeune compaignon marié, lequel estoit cellier, et avoit nom Jehan Daniel, mais on l'avoit surnommé et l'appelloit on le borgne Boutet. Or pour déchiffrer son surnom, vray est que de sa jeunesse, il avoit demoré cheux ung cellier nommé Anthoine Boutet, et de soy mesme étoit homme laid et avoit de gros yeulx blancs renversés en la teste, et quant il regardoit fermement faisoit paour à ceulx qui le regardoint, tant estoit laid ; et pour ce l'appelloit on le borgne Boutet. Or vous devez sçavoir que cestuy borgne Boutet avoit esté à la cour assez longuement sans revenir, et n'avoit pas grant argent, et taschoit fort, à ung dimenche au soir, de gaigner la ville de Tours, pour

ce que je vous dy qu'il n'avoit point d'argent.
Si se approcha dudit Tours, une lieue près, au
lieu nommé Roche-Corbon, mais il estoit toute
nuit et vouloit gaingner la ville, pour aller coucher avec sa femme, et d'aventure en chemin il
lui print voulenté d'aller au retraict, et se tira
ung peu à l'escart hors du chemin. Après qu'il
eut fait, il ne povoit retrouver son chemin, car,
comme je vous dy, il faisoit bien noir ; et estoit
toute nuyt et tastoit d'ung costé et d'autre, mais
il ne povoit retrouver son chemin. Or, comme
vous sçavez, ou devez sçavoir, il y a en ce pays
là des caves, dont les cheminées sont ainsi justes
comme la terre et ne passent guères davantage.
Or y avoit il en une de ces caves cinq ou six
hommes et femmes, lesquels soupoint ensemble et avoint très bien à soupper, qui ne pensoint en rien, et tout ainsi comme le pouvre
borgne Boutet cerchoit son chemin, comme je
vous ay ja dit, trouva le tuyau de ceste cheminée, lequel estoit assez large et luy pensent descendre au chemin, bouta là les deux pieds et se
laissa couler tout le long de la cheminée en faisant ung grand bruyt comme si ce fust tonnerre,
et cheut à bas, noir comme ung diable, tout
debout, avec ses grans yeux blancs renversés.
Mais quant ceulx qui soupoint le virent ainsi
noir et hydeux, le plus hardy de la compagnie
s'enfouit le premier et tous les autres après. Car
ils pensoint trestous proprement que ce fust
ung diable qui fut venu pour les tenter ; et quant
le gallent veit qu'ils s'en estoint tous fouys, luy,
qui enrageoit de faim et de soif, se mist à table
et commença très-bien à souper et à grinoter,

et y avoit assez à repaistre. Et devez sçavoir
que lesdits voisins, qui estoint là à souper, s'en
estoint fouys querre le curé, disant qu'il estoit
venu ung diable en leur maison, qui les avoit
tous fait enfouyr. Le curé à grant peine le povoit
il croire, mais quant il veit qu'ils estoint si
effréez, il les creut et print l'estole en son col,
avec son clerc, qui portoit l'asperge et l'eau
benoiste, et vindrent jusques en la maison. Quant
furent là, le curé dit : Or, regardez si vous le
verrez encore. Ung d'eulx regarda par ung pertuys de l'huys, car il avoit fermé l'huys, et veit
qu'il mangeoit très-bien à bon escient, et le
monstrèrent au curé. A ce dit le curé : Je vous
promets que ce n'est point ung diable, car ung
diable ne mangeroit point. Si ouvre l'huys et
dit : Je te conjure de par Dieu le tout puissant,
si tu es ung esprit, que tu parles à moy. Se tu
es mauvais, se t'en vas sans faire mal à personne
du monde. Et à la vérité dire, le curé en estoit
tout effroyé. Lors il parla et luy dit : Hé dea !
monsieur, que voulez-vous ! en m'en allant en la
ville par fortune je suis cheu icy dedans; ils s'en
sont tous fouys, je n'en puis mais. Alors qu'il
eut parlé, le curé fut asseuré et entra hardiment,
tout dedans; et luy compta tout son affaire le
dit borgne Boutet, dont le curé fut joyeux, et
fit revenir le maistre de leans, avec tous les voisins, lesquels furent tous joyeux, quant ils furent
asseurés que ce n'estoit point ung diable, et
firent trestous bonne chère ensemble jusque le
lendemain matin que le borgne Boutet se retira
à Tours en sa maison.

———

LA SEPTIÈME NOUVELLE.

PAR MONSIEUR DE VILLIERS.

De quelques adventures bien veritables et joyeux passe temps que ont eus d'aucuns rois de France en allant à la chasse.

UNE chose vraye et veritable, et digne de mémoire, est ce qui advint à plusieurs rois de France; et premier au roy saint Louys. Vray est qu'une fois le roi saint Louys, estant à la chasse entre Melun et Fontainebluau, dedans ung bois, auprès d'une petite montaigne, après qu'il eut couru longuement un cerf, se vint trouver en ung carrefour, dedans ledit bois, tout seul, auquel lieu va rencontrer trois brigans, larrons, espieurs de chemins, lesquels le vont empoigner et saisir pour luy copper la gorge, pensent que ce fut quelque gentilhomme qui eust argent. — Ah! messieurs! dit-il, ne me faites rien, je vous prye, j'ayme mieulx vous donner tout et me sauvez la vie. Et des troys, y en avoit deux qui enrageoint toujours de le tuer; mais l'autre ne le vouloit jamais, ne qu'on luy fist mal, si non de prendre cela qu'il avoit, mais toujours les deux le persuadoint fort. Quand il vit qu'il ne se pouvoit despêcher d'eulx, et qu'il ne venoit personne de ses gens, si fut estonné et leur dit : Messieurs, je vous prye avant que me tuez,

que je sonne de ma trompe deux ou troys coups
et puis faites de moy ce qu'il vous plaira. Nonobstant quelque chose qu'il dist, jamais ces deux
larrons n'avoint autre opinion, si non qu'on le
despêchast soudain; mais l'autre toujours le
gardoit, tant que à son adveu on lui octroya à
sonner de sa trompe troys coups; laquelle chose
il commença à sonner; mais devant qu'il eut
sonné ses trois coups, tous les gentilshommes
qui le cerchoint de tous costés ouyrent le son
et se rendirent à luy, au son de la trompe plus
de deux cent chevaux, lesquels arrivèrent de
tous costés, et furent prins les troys gallents,
qui vouloint tuer le roy. Le roy pardonna à
celuy qui l'avoit gardé, mais les deux autres il
fit pendre et estrangler incontinent.

Or depuis ce temps-là vous devez sçavoir que
le roy Louis XII régna en France, lequel se
trouva pareillement tout seul dedans ung bois à
courir après ung cerf. Si se trouva d'aventure
devant l'huys d'une bonne femme, à laquelle il
demanda à boire, car avoit grant soif, merveilleusement, et luy pria quelle luy baillast à boire
pour argent, auquel elle respondit qu'elle n'avoit
point de vin. Si luy dit le roy : Hé comment!
ma mye, estes vous en ceste maison icy sans
vin ? — Ma foy, monsieur, dit-elle, j'en ay bien
ung traversier qui n'est pas percé, mais si je
vous en avoye vendu une pinte, j'en poirois la
gabelle au roy aussi bien que si j'avoie vendu
toute la pipe. — Hélas! ma mye, dit-il, ne vous
souciez, le roy n'en sara ja rien, percez le hardiment. — Ha! monsieur, dit-elle, il est tant de mauvaises langues, mais pour vous faire service et

pour ce que je voys que vous avez si grant soif,
je m'en vois le percer. — Or allez vistement donc,
dit le roy. Si s'en va la bonne femme vistement
en la cave et parce que elle demoroit trop à
venir, le roy là vint veoir quelle faisoit, mais
elle tiroit le vin et parce qu'elle avoit trop ha-
vané à le tirer, elle lascha un gros pet. — Hola!
hola! dit le roy, qui cela avoit ouy, ma mye,
n'en tirez plus de la sorte. — Ah pardieu! dit la
bonne femme, monsieur, si le burez vous, puis
qu'il est tiré. — Saint Jehan! dit-il, vous le burez
tout par vous. Mais la bonne femme n'entendoit
pas qu'il l'eust ouy peter. Si aporta son vin,
dont le roy en but et la contenta, puis après s'en
alla cercher ses gens.

Après quelqu'espace de temps, ledit roy se
trouva une autre foys dedans ung bois, luy
estant seul, et va trouver ung bonhomme qui
faisoit des ballés. — Vien ça! mon amy, dit-il,
combien veux-tu la pièce de ces ballés? — Par
ma foy, monsieur, dit-il, je les baille pour
ung denier la pièce. — Saint Jehan! dit le roy, tu
n'es qu'ung fol d'en faire si bon marché. — Ha
Dieu! monsieur, dit le bonhomme, encore ne
trouvay-je pas à qui les vendre. — Si, luy dit le
roy, m'en veux-tu amener une charretée jusques au chasteau de Bloys et je t'en bailleray
ung liart de la pièce. — Par ma foy! monsieur, dit
le bonhomme, vous n'y gaignerez pas. — Hé! ne
te soucie, dit le roy, amène m'en une charretée
samedy matin, tu en aras ung liart de la pièce et
voilà un escu que je te baille d'erres, mais ne
me faulx pas et quant tu seras à Bloys si tu
trouves marchant vens les moy et ne me les

baille point à mains d'ung douzain la pièce. —
Saint Jehan ! dit le bonhomme, je les garderoy
beaucoup. — Or ne les baille point à mains, dit
le roy, et quant tu seras au chasteau, demande
Pierre d'Amboise et on te fera parler à moy. Et
ainsi fut leur marché accordé. Si s'en part le
roy et sonna sa trompe, pour ralier ses gens,
qui vindrent à luy incontinent, puis après s'en
retorna à Bloys.

Quant vint le samedy, le bonhomme ne faillit
pas à amener ses ballés. Or la nuit du vendredy,
quant le Roy s'en alla coucher, il défendit à tous
ses gentilshommes et officiers, qu'il n'y en eust
pas ung, le samedy matin, qui entrast en sa
maison qu'il n'eut ung ballet tout neuf au poing.
Tous les gentilshommes advertis de ceste affaire,
le samedy matin, vont trouver le bonhomme,
qui vendoit les ballés ung soul la pièce, et les
luy vouloint oster par force. Mais le roy avoit
envoyé ung homme exprès pour le garder, qu'on
ne luy fist point de tort et les vendit trestous à
un soul la pièce, car ils estoint contraints de
porter un ballet neuf. Quant ce bonhomme se
vit tant d'argent, il fut bien esbay, car jamais
en sa vie n'avoit si bien vendu les ballés. Si, se
adventura et vint au chasteau et demanda Pierre
d'Amboise ; le roy y vint incontinent, car il
avoit averty ses gens, et quant le bonhomme le
vit, il le salua comme il avoit acoustumé, non
pensent que ce fut le roy. Après la salutation
faicte, il va dire au roy : Par ma foy ! monsieur,
le jour que vous me trouvastes, ce fut une journée bien eureuse pour vous ; car en vostre vie
vous ne fistes marché si bon pour vous que

cestuy là, ne où vous gaingnissiez tant. Vous ne
fistes pas ung fol marché comme d'aulcuns en
y a. — Comment ! dit le roy, avons nous tant
gaigné ! Où sont mes ballés ? les avez vous ad-
menés ?—Comment ! monsieur, dit le bonhomme,
vous m'avez dit que je les vendisse. Ha ! par
ma foy, ils sont tous vendus, aussi bien que
jamais je vendis ballés. Et si vous dy ung cas,
que vous y gaignerez plus de quinze francs. Vous
ne fistes jamais si bon marché. — De par ma
foy, dit le roy, j'en suis joyeux d'avoir si bien
gaingné. Lors dit le bonhomme : Tenez, monsieur, regardez que voilà d'argent ! — Or bien,
dit le roy, garde le encore et t'en va disner. Si
le fit disner le roy, et après disner, le roy se
trouva devant luy, accompagné de plus de cinquante gentilshommes. Si fut le bonhomme à
ceste heure là bien estonné, car il cuyda bien
penser que c'estoit le roy. Si luy dit le roy qu'il
print tout l'argent et luy bailla tout et l'envoya,
dont le bonhomme fut bien joyeux.

Une autre foys se trouva le roy Françoys,
aussi pareillement à la chasse, près Saint-Ger-
main en Laye, acompaigné de cinq ou six gros
seigneurs et les plus principaux et mignons de
sa court, lesquels avoint couru tout au long du
jour après ung cerf, et estoint enragés de faim,
et encore pis, ils ne savoint là où ils estoint
dedans ce bois et ne savoint là où aller pour
repaistre. Si virent ung cloché de loing et alors
vont tous piquer de ce costé, et tant allèrent
qu'ils arrivèrent là et demandèrent à ung homme,
quel logis c'estoit ; il leur dit que c'estoit ung
riche prioré et que le prieur avoit bien de quoy

disner. Si vont tous celle part et hurtent à la
porte; il vint ung homme, qui leur demanda
qu'ilz demandoint. Si dit l'ung des gentilshommes qu'ilz demandoint le prieur. Si y vint
incontinent et leurs dit : Messieurs, que demandez vous? — Monsieur le prieur, dit l'ung, nous
voicy cinq ou six gentilshommes, qui venons de
la chasse, enragés de faim, et ne savons là où
aller disner, il fault que vous nous en baillez,
s'il vous plaist. — Comment! dit le prieur, estes
vous tous gentilshommes? Hé vrayement! vous
soyez les très bien venus. Je suis gentilhomme
comme vous, et pour l'amour de gentillesse, je
vous traicteray bien. — Monsieur le prieur,
dirent-ilz, nous vous remercions. Incontinent
les mit en une chambre, les chevaulx en l'estable,
tant que tout fut bien traicté. Des sortes de
viandes il n'en fault ja parler, car tant en eurent
qu'ilz furent tous contens et de vin et de viandes.
Après, le prieur les vient veoir. — Or ça, messieurs, estes vous bien ayses? Le vin est-il bon?
— Foy de gentilhomme, dit le roy, monsieur
le prieur, nous voicy bien, Dieu merci à vous?
— Saint-Jehan! dit le prieur, si fault il que vous
tastiez d'un autre vin que voicy. Lors leur en
bailla, mais jamais ne burent de meilleur vin.
— Comment! dit l'ung, et quel vin est cy? quel
cru est-ce? Dit le prieur : c'est du vin de
Denise, monsieur. — Quelle Denise? dit l'autre.
—Hé! de ma chamberière, dit le prieur. Alors se
prindrent tous à rire, disant que Denise estoit bien
pellée de boire de tel vin; et après qu'ilz eurent
tous disné et fait bonne chère, il fut question
de veoir Denise, laquelle chose fit le prieur et

leur monstra Denise, sa chamberière, qui estoit
une très-belle jeune fille, dont furent tous
joyeux de la veoir et de la bonne chère que leur
avoit fait le prieur. Si dit le roy à l'ung de ses
gentilshommes, que l'on donnast dix escus au
prieur pour leur despense, lequel argent fut incontinent baillé au prieur, qui leur regitta leur
argent en leur disant qu'ilz n'estoint point gentilshommes de bailler argent et que s'ils vouloint
là demorer huit jours, qu'il leur feroit la plus
grant chère du monde. Le roy le mercia en riant
et luy dit qu'il vint à Paris, aux Tournelles, et
qu'il luy feroit boire de bon vin et luy monstreroit son amye, comme il avoit fait la sienne.
— Par ma foy! dit le prieur, je vous veux aller
veoir dedans deux jours d'icy; mais vous me
promettez une chose, c'est de me monstrer le
roy, car j'ay grant envie de le veoir. Si luy promirent et prindrent congé de luy, luy disant
adieu, et Dieu sçait s'ilz en comptoint de
bonnes, en chemin, du bon vin de Denise, et
comme ilz avoint fait bonne chère et que c'estoit ung maistre prieur et bon compaignon.

Si se retira le roy à Paris avec sa bande, mais
il ne tarda pas trois jours de là que voicy venir
le prieur aux Tournelles et demandoit l'ung des
escuyers du roy, ainsi comme bien l'avoit averty
qu'il demandast. Incontinent l'escuyer Boucart
vint à luy, si le congnut le prieur incontinent, et
le mena en une chambre pour faire bonne chère,
et luy dit : Monsieur le prieur, ne vous ennuyez
point, je m'en voye querir mes compaignons,
qui estoint avec moy cheux vous. — Et où sont-ils ?
dit le prieur. — Ilz servent le roy, dit-il. Lors

courut l'escuyer Boucart dire au roy que le prieur estoit venu. Si y vint le roy incontinent et le disner fut prest souldain et disnèrent en chambre, là où estoit le prieur, et firent la plus grant chère du monde et burent de bon vin. Si dit le roy au prieur : Monsieur le prieur, vous m'avez fait boire du bon vin de vostre amye Denise, je vous veulx faire boire du bon vin de mon amye Claude. Alors luy fit boire du meilleur vin qu'il but oncques en sa vie, dont il fut bien esbay. Puis après fit venir la royne, en grant pontificat, accompaignée de plus de trente damoiselles. Lors le roy la print par la main et dit au prieur : M. le prieur, vous m'avez monstré vostre amye et je vous monstre la mienne. Si fut le pouvre prieur bien estonné à ce coup là, et congnut bien à son traing que c'estoit le roy et la royne. Si se mit à deux genoulx et luy cria mercy; luy suppliant que s'il avoit forfait qu'il luy pardonnast. Le roy le fit lever, et se prindrent tous à rire, fors luy qui n'en avoit point d'envie. Lors le roy luy fit bailler, pour la bonne chère qu'il luy avoit fait, une bonne abbaye qui valoit bien cinq ou six mille livres de bon revenu, dont le dit prieur fut bien joyeux.

Et par ainsy vous pouvez veoir et congnoistre qu'on ne perd rien à faire service aux gens de bien.

LA HUITIÈME NOUVELLE.

PAR LE FOURRIER DU PONT.

D'ung sommelier de cheux le roy François Ier à qui on mit coucher une grant ydole de bois dedans son lit en lieu d'une jeune femme.

UNE chose digne de mémoire, à Coucy les Bois, en Picardie, près de la Fère, n'a pas longtemps advenue, est que le Roy, à présent Françoys de Valois, estoit là à la chasse avec plusieurs gros seigneurs. Le roy avoit ses officiers logés auprès de luy et entre les autres avoit ung de ses sommeliers logé près de là, lequel avoit veu une jeune femme au logis de l'ung de ses compaignons, dont il fut fort amoureux et appétoit merveilleusement à coucher avec elle, et de fait venoit souvent boire et menger avec ses compaignons, et apportoit du meilleur vin de cheux le roy, non pas pour l'amour d'eulx, mais pour l'amour de la dame. Tant y hanta que ses compaignons s'en apperceurent, et de fait leur compta comment il estoit tout plein amoureux d'elle; mais il battoit à froid, car la dame eut mieulx aymé estre morte que de faire ung vilain tour. Et ainsi comme les deux compaignons dudit sommelier estoint en leur chambre et devisoint des amours folles de leur compaignon, vous devez sçavoir que leur hoste estoit procureur de la pa-

roisse et avoit céans fait apporter une grant
ymage de boys, vieille et antique, toute ver-
moulue, laquelle avoit servy autrefoys d'une
ymaige de Nostre Dame, avec ung grant crucifix. Si va dire l'ung d'eux, en regardant
l'ymage : Je vouldroys qu'il m'eust cousté ung
bon banquet, et que monsieur le sommelier eust
ceste nuyt couchée avec luy ceste ydole en lieu
de nostre hotesse dont il est tant amoureux. —
Ha! par ma foy! dit l'autre, il luy seroit bien
deu. Si vont entreprendre tous deux, qu'ils luy
en feront bien user, et de faict, quant ils le virent,
luy vont parler de ses amours pour le mettre
en traing. Après plusieurs devises, il va dire
qu'il vouldroit avoir baillé ung couple d'escus et
couché la nuyt avec la dame. Dit l'ung de ses
compaignons : Je te promets, ma foy, que si tu
veulx bailler un escu d'erre, que je m'en fais
fort de mettre coucher la dame de céans, ceste
nuyt, en ton lict avec toy, et avec ce payeras le
banquet. A cela, dit il, il ne tiendra pas. Alors
leur bailla ung escu à tous deux et firent l'entreprinse, qu'ilz la mèneroint en sa chambre coucher dedans son lict, et leur bailla la clef de sa
chambre, pour la mener quant ils aroint temps
et espace, et s'en alla faire son office pour servir
le Roy à soupper. Et en tandis les deux compaignons, qui avoint la clef de la chambre, quant
il fut nuyt, vont prendre ceste grande ymage
vielle de bois, et la vont très bien coyfer d'un
beau curvechef et la mirént au lict entre deux
beaulx draps, tout ainsy coyffée qu'elle estoit,
et avoit le visage torné devers la ruelle du lict,
très bien couverte, puis après le vont appeler :

Monsieur le sommelier, vous avez cela que tant avez désiré ; tenez vostre promesse, car elle est couchée dedans vostre lict il y a plus d'une heure. — Ah! par ma foy, dit il, je la veulx veoir. Alors s'en vont tous trois en la chambre, et celuy qui en avoit la clef ouvra l'huys tout doulcement et entra dedans avec une chandelle allumée. Les rideaux du lict estoint tirés, et les tira ung petit, en luy disant qu'elle dormoit en la monstrant au sommelier, et quant il la vit ainsy coyffée, il se contenta aulcunement et pensoit sans point de faulte que ce fut elle.

Si sortirent tous hors de la chambre et luy emporta la clef et s'en allèrent tous trois banqueter et faire bonne chère à l'eschansonnerie du roy. Après que chascun fut retiré, monseigneur le sommelier, qui avoit fait bonne provision pour banqueter avec sa dame, s'en vint en sa chambre et trouva encore là la dame, dormant ce luy sembloit. Si se despouilla tout doulcement tout nud et se jetta au lict, cuydant venir embrasser la dame tout doulcement ; mais quant il la trouva si très dure, il fut bien estonné et eut grant frayeur et se leva tout souldain et print la chandelle, puis regarda et vit que c'estoit cest grant dyable d'ydole, laquelle il avoit veu au logis de ses deux compaignons. Si fut bien esbay et marry tout ensemble et jettoit tout par terre en disant en luy mesme, que par la mort bieu ses deux compaignons s'en repentiroint. Si se coucha tout doulcement, bien marry et dolent du tour qu'ilz luy avoint joué. Et se endormit jusqu'au jour. Mais vous devez sçavoir que les deux compaignons

ne se tindrent pas à tant qu'ils ne l'allassent dire
aux plus grans mocqueurs de la court, lesquels
vindrent le matin en luy apportant à desjeuner
pour le traveil qu'il avoit eu la nuyt, lequel en
eut si grand honte qu'il eust voulu estre à cent
lieues de là ; mais il falloit qu'il le print en pacience.

LA NEUVIÈME NOUVELLE.

PAR MONSIEUR DE BEAUVOIS.

De la vengence et vitupération qu'ung curé d'Orléans
fit de trois sergeans qui lui avoint desrobé sa fille
et qui s'en allèrent sans disner et bien vitupérés.

IL n'y a pas longtemps qu'à Orléans,
hors de ladite ville, en ung lieu appelé
Saint-Jehan-le-Blanc, y avoit ung curé
honneste homme et délibéré, qui despendoit bien son revenu, dont il avoit assez et
entre les autres choses estoit un peu bas devant,
et avoit une belle jeune fille, laquelle il entretenoit en sa chambre ordinairement. Or est-il
ainsi, que il avoit des paroissiens d'assez faulce
sorte et ne vouloint point aller à l'oferande
quant il disoit sa grant messe au dimanche :
d'autre part ils cognoissoint bien que il avoit
du revenu assez, et leur estoit d'avis que l'argent qu'ils portoint à l'offerte, que c'estoit pour
norir sa fille et povoint bien dire vray ; tel-

lement que il n'y alloit pas la quarte partie de
ses paroissiens à l'offerte. Ung jour entre les
autres il avoit un sien prochain voisin auquel il
devisoit avec luy, et parloint des autres paroissiens qui n'alloint point à l'offerte, que c'estoit
mal fait et incitoit fort icelluy voisin d'y aller,
luy disant que son bien en aumenteroit et qu'il
luy profiteroit beaucop. Si luy fit response icelluy voisin que de là en advant il estoit délibéré d'aller à l'oferande tous les dimanches et
bonnes festes. Et de fait il y alla grant espace
de temps, tellement que le curé en estoit tout
joyeux, car il y en avoit d'autres qui alloint à
l'offerte à son adveu. Ung jour entre les autres,
le curé trouvant son voisin tout joyeux, lui demanda : Or ça, voisin, comment vous trouvez
vous maintenant d'aller à l'oferande tous les dimanches ?— Par ma foy, dit-il, monsieur, je m'en
trouve bien, Dieu mercy, et vous estes très
homme de bien, car depuis que vous m'avez si
bien remonstré, il m'en est amendé de plus de
sept sols, et serois bien content et bien ayse
que vous la fissiez plus souvent. — Et voire ! mais,
dit le curé, comment savez-vous si justement
que il vóus est amendé de plus de sept sols. —
Si fais, monsieur, dit le voisin, car je l'ay bien
compté, car quant je vois à l'oferande et je
boute ung denier au plat, je prends ung liart ;
si je mets un double, je prendray ung demy
douzain, s'il y est. Si n'en y a, je prendray
deux ou trois liars si je les puis attrapper. —
Comment dyable ! dit le curé, et y allez-vous
ainsi ? — Voire ! mais, dit le voisin, comment
profiteray-je si je ne faisoys cela ? — Or bien, dit

le curé, je vous défens de n'y venir plus. — Je
suis content, dit le voisin.

A tant se passa celle fantasie du curé et de
son voisin, mais il eut pis ; car il y eut quelque
mauvais garson d'Orléans qui desroba la fille du
curé ; tellement qu'elle fut perdue plus de huit
jours, mais à la fin la recouvra et luy demanda
où elle avoit esté. Si luy compta tout le cas et
que c'estoint quatre sergens de la ville qu'elle
luy nomma qui l'avoint ainsi tenue huit jours. Si
n'en fit le curé nul semblant ; car il n'y eut sceu
que faire pour son honneur ; mais bien pensa en
son cœur de s'en venger. Si ne tarda pas longuement que ledit curé se trouva à la ville et
d'aventure trouva les quatre sergens qui avoint
tint sa fille. Si les salua honnestement sans faire
nul semblant et aussi eux ne pensoint pas qu'il
le sceust. Si leur dit : Messieurs, Dieu vous
doint bonne vie ; je vous prie que me faciez
ung service. Vous devez sçavoir que j'ay des paroissiens de grosse conscience et ne vont à l'oferande non plus que chiens, et pour les inviter
à venir, vous viendrez demain, qui est dimenche à l'oferande, et jetterez chascun ung grand
blant au plat que je vous bailleray. Et dès lors
leur bailla à chascun ung grant blant, leur disant :
Messieurs, je vous prie, ne faillez pas et je vous
promets de bien aprester à diner, et ferons
grosse chère. Si furent contens lesdits sergens
et promirent leur foy d'y aller le lendemain au
matin. Ne faillirent pas, pensant très-bien disner, et vindrent à l'église, là où le curé disoit
la grant messe, et quant vint à l'oferande, tous
quatre ils allèrent et jettèrent chascun leur grant

blant au plat que le curé leur avoit baillé. Après cela fait, il n'en y eut pas ung depuis qui vint à l'offerte. Ah! messieurs, dit le curé, je ne sçay quelles gens vous estes ; vous ne venez à l'offerte non plus que chiens et vous y deussiez venir faire vos oblations et recongnoistre votre créateur. Ne voyez-vous pas icy devant vos yeux les plus méchans gens d'Orléans, qui ne sont pas de la paroisse, qui y viennent bien. Voyez en là ung appelé Lorpidun, qui il y a plus de dix ans qu'il a gaingné à estre pendu et estranglé. Voilà ung autre, Jehan Peschat, qui il n'y a que quinze jours qu'il fut foité par les carrefours de la ville de Bourges. En voilà ung autre appelé Colas Mignot, qui est ung faulx tesmoin réprouvé, et tua ung homme au bois de Sarcotte. En voilà ung autre appelé Thenot Tespien, qui est ung larron réprouvé et sacrilége, lequel eut le foit à Paris, la corde au col et pour le marché eut la fleur de lis en l'espaule : or ça, vous voyez bien clèrement que encore ils recognoissent leur créateur et viennent à l'oferande et si ne sont pas de la paroisse. Et quant il leur eut bien remonstré, il s'en va achever de dire sa messe, et les quatre sergens sortent hors de l'église bien courrecés. — Ah! mortbieu, dit l'ung, ce ribault curé nous a bien payés. — Sang bieu! dit l'autre, il nous a contenté de bien peu de chose, mais allons voir cheux luy et emportons le disner. Si furent en sa maison et n'y trouvèrent qu'ung clerc, qui leur dit que il n'y avoit ny pot au feu ni escuelles lavées. Et s'en retornèrent en la ville d'Orléans tous confus. Et voilà comment le curé paya les sergens, car autre chose ne leur povoit il faire pour son honneur saulver.

LA DIXIÈME NOUVELLE.

PAR LE FILS DE SAINT-QUEVET.

D'ung bonhomme qui en mourant avoit trois fils mais des biens de ce monde n'avoit qu'ung coq, ung chat et une faucille, et comment cependant lesdits enfans devinrent tous riches, et est fort joyeuse.

POUR continuer à entretenir nos nouvelles, il n'est pas permis de dire tousjours vérité, qui ne le sçait certainement ? Mais aucunes foys fault dire quelque chose de joyeux pour resjouyr une compaignie.

Vray est qu'une foys avoit ung pouvre homme de village, mécanique, non marié, mais avoit de sa feue femme trois beaux enfens masles, tous grans, et touchant des biens de ce monde il n'en avoit pas granment. Or advint qu'iceluy bonhomme alla de vie à trespas, et ses trois enfens vindrent à estre héritiers de ses biens, dont il n'avoit pas guères grant peine à départir, tellement que en tout le bien il n'y avoit qu'ung coq, ung chat et une faucille, laquelle chose fut bientot départye ; car chascun en print sa pièce. Or advint que le plus viel des troys eut le coq en

sa part. Si se advisa qu'il le porteroit si loing en
pays estrange qu'il vaudroit de l'argent et se
mit à chemin et tant chemina par ses jornées
qu'il arriva en un pays, bien estrange, outre la
terre d'Indie, là où il trouva à ung soir, luy
estant logé en ung bon logis, ung charretier,
lequel alloit querir le jour à charretées, dont le
dit compaignon fut bien esbay. Si luy demanda
s'ils ne povoint avoir le jour autrement que par
l'aller querir. Il lui fit response que non, et que
cela coustoit beaucop au roy de leur pays. Car
ledit roy avoit une beste merveilleuse appellée
la soudepoudre, laquelle faisoit de sa matière
les gros lingos d'or dont le roy estoit enrichy
et tout le pays; mais aussi la dicte beste ne
mengeoit sinon du safran et despendoit beaucop au roy, mais aussi les gros lingos d'or
qu'elle ponnoit estoint une chose merveilleuse
et de grant proffit pour le royaulme. Mais tant
y avoit que jamais ceste beste ne ponnoit les
dits lingos d'or que le jour ne fust venu, et
estoit contrainct le roy d'envoyer querir le
jour à belles charretées, autrement il n'en eust
point eu.

Si fut bien esbay le compaignon qui avoit le
jau d'ouyr ces nouvelles, et se retira par devers
ledit roy pour veoir s'il pouroit point avoir argent de son jau. Luy estant arrivé, fit assavoir au
roy qu'il avoit quelque chose qui luy duysoit bien,
dont le roy le fit venir incontinent devant luy et
luy dit qu'il avoit aporté une beste merveilleuse
du Pont d'Entrion, portant bec de corne, cry de
diable, pas de larron, barbe de chair, qui res-
veilloit les corps baptisés sans âme et avec ce

faisoit venir le jour sans l'aller querir. Dont le roy fut plus joyeux que de tout et voulut que ladite beste fust esprouvée et fit coucher le compaignon en sa chambre avec son jau, pour veoir comme le jour viendroit, et quant vint l'heure de minuit le coq va commencer à chanter. Alors dit le roy : Mon amy, que dit l'oyseau ? — Sire, il dit que l'on estrille les chevaux. Après environ deux heures après minuit, commença encore à chanter. Lors dit le roy : Mon amy, que dit l'oyseau ? — Sire, dit le compaignon, il dit que l'on selle les chevaux. Après, à quatre heures recommença à chanter ; le roy demanda derechef que il disoit. — Sire, dit il, il dit que le jour monte à cheval pour venir. Après, sur les cinq heures, recommence à chanter et le roy lui demande qu'il disoit. — Sire, dit le compaignon, il dit que le jour est venu. Lors ouvrirent les fenestres et virent le jour beau et clair, dont le roy fut merveilleusement joyeux, et bien proposa en luy mesme d'acheter celluy oyseau quoi qu'il luy deust couster. Si fit traiter le compaignon merveilleusement bien et tous gentilshommes et autres venoint veoir ceste beste par miracle ; dont le compaignon estoit bien joyeux, et va commencer à déchiffrer les vertus qui estoint en l'oyseau, en disant que du Pont d'Entrion avoit apporté celle beste merveilleuse, laquelle portoit bec de corne, barbe de chair, cry de diable et pas de larron, qui de son cry a resveillé plusieurs baptisés sans âme, du cry et du son des baptisés sans âme a resveillé plusieurs corps baptisés en corps et en âme, qui se sont jettés sur ung des quatre évan-

gélistes, s'en sont allés droit au grant habitacle
où l'eaue se distille par ung fil de soye, et ne
cessent de jetter et torner plusieurs peaux de
mors et ne cesseront de crier et de braire jusques à tant que le fils ayt mangé le père,
emmy le ventre de la mère. Quant le roy ouyt
dire les grans merveilles de la beste, fut bien
esbay et dit qu'il l'aroit quoy qu'elle dust couster. Si pria au compaignon à qui estoit la beste,
qu'il lui déchiffrast en bon langage les grands
merveilles de la beste et les propriétés d'icelle.
— Sire, dit le cómpaignon, entendez : bec de
corne est le bec du coq, barbe de chair sont ses
barbillons; et avec ce il a cry de diable et pas
de larron. Le baptisé sans âme est une cloche,
de laquelle on a resveillé l'homme qui est baptisé en corps et en âme, lequel homme s'est
jetté sur ung des quatre évangélistes, qui est la
peau de beuf, de quoy l'on fait des souliers, et
aprés ces choses s'en va à l'esglise qui est le
grant habitacle, où l'eaue se distille par ung fil
de soye, qui est l'asperge, faite de soye de pourceau, s'en va torner plusieurs peaux de mors
qui sont peaux de mouton, de perchemin, où
l'on chante au luterin, et ne cesseront de crier
et de braire jusques ad ce que le prestre qui
chante la messe ayt usé le corps de Dieu. Le
prestre est le fils qui mange le père; cest Dieu
emmy le ventre de la mère, c'est nostre mère
l'esglise.

Quant le roy ouyt ces grans merveilles, fut
bien esbay et acheta l'oyseau dudit compaignon,
tant pour faire venir le jour que pour ses autres
vertus, et luy en donna dix mille frans, dont le

compaignon fut bien joyeux, et avec ce luy
donna un bon cheval, robbes et abillemens à la
mode de la cour. Puis print congé du roy ledit
compaignon, et s'en revint en son pays veoir
ses frères avec force d'or et d'argent. Et furent
bien joyeux de sa venuë et leur racompta comment il avoit vendu le coq, et l'or et l'argent
qu'il en avoit eu.

Si dit l'autre frère, qui avoit la faucille, qu'il
se vouloit aussi bien aventurer comme son frère,
pour veoir s'il pourroit trouver façon d'en faire
son proffit, comme avoit fait son frère. Si se
met à chemin et tant chemina par ses jornées,
qu'il arriva en une estrange contrée, laquelle est
dix jornées par delà la terre prestre Jehan;
auquel pays arriva en la saison que l'on faucille
les blés et là trouva ceux du pays qui tiroint les
blés hors de terre avec la pointe d'une alaine.
Si fut bien esbay de les veoir ainsi faire, et
leur dit qu'il avoit ung engin merveilleux, pour
amasser les blés; et que s'ils vouloint, qu'il leur
en monstreroit l'espérience. De laquelle chose
furent bien contens. Et alors se mit le compaignon en besongne et vous faucilloit les blés tant
que c'estoit une chose merveilleuse, dont ilz
furent tous bien esbays, car il en faisoit plus en
ung jour que n'eussent pas fait mille personnes.
Si ordonnèrent entre eux d'acheter ledit engin
en communauté de la ville, et dirent que la
chose estoit nécessaire, car ung homme seul en
faisoit plus en ung jour que mille autres, et
achetèrent l'engin et luy en donnèrent une grosse
somme d'argent tant qu'il en fut content; si s'en
revint par devers ses frères, bien garni d'àrgent,

Dieu mercy ! Et leur compta les lieux là où il
avoit esté et comment sa faucille avoit besogné,
dont ilz furent bien joyeux.

Et alors prent voulenté à celluy qui avoit le
chat de le porter si loing en estrange pays, qu'il
vaudroit de l'argent, aussi bien que les autres
avoint fait leur profit de leur bien. Si print
congé de ses frères et se mit à chemin, et tant
chemina par ses jornées, qu'il passa la mer
Rouge et tout le pays d'Indie et la petite Egyte,
et se vint jetter en une estrange terre qui est
quasi le grant chemin à tirer en Paradis ter-
restre, et là sont Gots et Magots, Tartarins,
Barbarins et plusieurs bestes sauvages et autres
diverses choses, car le roy du pays prenoit plaisir à veoir plusieurs choses nouvelles. Et estoit
le dit roy, entre plusieurs autres bestes, persé-
cuté de rats et de souris, tant qu'il estoit sub-
jet, à disner ou à souper ou à autres repas,
d'avoir une garde merveilleuse de gens d'armes,
pour le garder des rats et des souris, qui quasi
le mangeoint, et luy coustoit beaucop celle garde
à entretenir, tant que le compaignon qui avoit le
chat en fut adverty. Si se retira devers la cour
d'icelluy roy, pour veoir s'il luy pourroit vendre
sa beste, et quant il fut arrivé à la dicte court,
si se retira devers les maistres d'ostel et leur
fit assavoir la propriété de la beste, disant que
si le roy l'avoit qu'il ne lui fauldroit point de
garde et que c'estoit la plus souveraine beste
de quoy jamais homme ouyt parler, et par ceste
beste pourroit sauver ledit roy ung merveilleux
argent.

Si parla ledit maistre d'ostel au roy et luy fut

dit la propriété de la beste, dont le roy fut
joyeux, et le lendemain matin à l'heure du disner, le roy fit retirer arrière sa garde, et le
compaignon estoit là avec son chat, lequel il
tenoit entre ses bras. Les tables furent dressées,
pain, vin et viandes dessus, et y avoit plusieurs
gentilshommes, dames et demoiselles de la court,
plus de cinq cens qui estoint venus pour veoir
le passe-temps. Alors le roy se mit à table et
rats et souris de venir et de sauter sur la table
pour menger la viande, et le compaignon laisse
aller son chat après, et rats et souris de fuyr, et
ce maistre chat les vous estrangloit deux à deux ;
tellement qu'en peu d'heures ce maistre fit si
bonne et belle bataille qu'il n'en demora pas ung
devant le roy ; dont le roy fut merveilleusement
joyeux de veoir si beau passe-temps et quant
vint le soir à souper il en fit autant, mais il n'y
en vint pas tant de la moytié, et quant le roy
vit que la beste fut bien esprouvée, il la print
pour sa garde et en donna au compaignon dix
mille escus, dont il fut bien joyeux. Puis après
print congé du roy et print chemin pour retorner en son pays. Après qu'il s'en fut allé, le roy
se va adviser et dit à ses gens : Hé dea ! nous
n'avons point demandé à ce compaignon que
mengeoit celle beste ; car possible est après
qu'elle ara mengé tous les rats et souris, qu'elle
se lairoit mourir de faim. Si fut advisé d'envoyer
après luy ung homme en poste, lequel y alla
pour luy demander que mengeoit la beste. Si
luy fut dit qu'elle mengeoit de tout. Et ledit
poste le dit au roy, qui fut bien esbay ; car
quant les rats et les souris furent tous chassés

et mangés, le pouvre chat morroit quasi de faim.
A ce, dit le roy, nous sommes tous perdus et
affolés puisque ceste beste menge tout, elle
meurt de faim, elle nous mengera trestous;
il faut que l'on la tue, il n'y a remède. Sus
à coup, que chascun prengne son baston et
qu'elle me soit despechée. Si se assemblèrent
tous ceux de la maison du roy et vont tous
courir après ce pouvre chat, dedans une grant
salle avec dagues, espées, couteaux, piques,
demy piques, javelines, halebardes, vouges,
angons et plusieurs autres sortes de bastons,
lesquels lançoint tous après le chat; mais jamais
ne luy sceurent faire mal. Car il se jetoit de
çà de là, et en haut contre les murailles,
tant que à la fin il se eschappa et s'en vint
en une grant court, où il y avoit ung puis et
saillit sur le bord de ce puis à quatre piez, de
quoy le roy fut bien esbay, quant il le vit là,
et disoit qu'ils estoint tous perdus, puisque on
ne l'avoit sceu tuer. Si va dire incontinent qu'il
bailleroit la moitié de son royaume à celuy qui
le pourroit tuer. Mais nul n'estoit si hardy de
soy oser aventurer à tuer celle beste. D'aventure ung hardy chevalier se vint présenter au
roy et dit qu'il estoit délibéré de combattre la
beste, dont le roy fut bien joyeux. Si se arma
de toutes pièces et monta sur ung bon cheval,
la lance sur la cuisse, comme ung bon gendarme
doit faire, se vint présenter devant le roy, et le
roy luy pria qu'il fît bon portement. Si va adviser ce pouvre chat, qui estoit encore tout estonné du tort que on luy avoit fait, et estoit sur
le bord du puis. Si print sa course droit au puis,

la lance en l'arrêt et vint frapper au bord du
puis, tellement qu'il rompit sa lance en trois
pièces, et de la grant secousse qu'il fit le cheval
tresbucha des deux piés de devant, tant que le
pouvre homme d'arme cheut dedans le puis, la
teste la première. Le cheval se releva et le chat
saute dedans la celle, puis après se prent à courir devers le roy. Mais quant le roy vit que son
homme d'arme estoit mort et que le chat estoit
monté, il dit : A ce coup cy suis-je mort, et s'en
alla cacher en une cave, là où il fut trois jours
tous entiers avec plusieurs autres, sans boire et
sans menger, et en tandis le chat s'en alla cercher quelque bonne aventure. Au bout de trois
jours le roy sortit et tous ses gens, lesquels
furent bien aises d'estre despéchés du chat,
mais oncques depuis ne le virent. Et le compaignon qui l'avoit vendu se retira en son pays,
avec ses frères, là où fit grosse chère de l'argent
de son chat. Et par ainsi vous pouvez veoir et
congnoistre comme ces trois frères cy, pour estre
diligens en leurs affaires et non paresseux, par-
vindrent à avoir de grans biens innumérables
avec la peine qu'ils y prindrent.

LA ONZIÈME NOUVELLE.

PAR LE GRENETIER DU PONT.

*De Jacques le Gris qui print à forcé une demoiselle
en son chastel, laquelle le dit à Jehan de Carouge,
son mary, et comment Jehan de Carouge combattit vaillamment Jacques le Gris, et de ce qui
s'ensuivit.*

Vous devez sçavoir et n'est rien si véritable que une fois advint en la terre de
monseigneur d'Alençon, qu'il y avoit
deux nobles chevaliers, tous deux au
comte Pierre d'Alençon et de sa maison, dont
l'ung s'appelloit Jacques le Gris, et l'autre Jehan
de Carouge et estoint tous deux bien aymés du
seigneur; et par especial ce Jacques le Gris
estoit très parfaictement bien vu de luy, et
l'aymoit le comte sur tous autres, et se confioit
en luy.

Si advint une foys entre les autres qu'il print
voulenté et ymagination à messire Jehan de Carouge pour son advencement d'aller outre mer,
car à voyage faire avoit tousjours esté enclin. Si
se départit de son seigneur le comte d'Alençon,
en voulenté de son voyage faire, et print congé de
sa femme, qui pour le temps estoit belle dame
et jeune et la laissa en ung sien chastel, sur les
marches du Perche, qu'on dit Argenteil, et entra
en son voyage et chemina à son povoir. La

dame, si comme je vous ay jà.dit, demora entre
ses gens au chastel et se porta tousjours moult
sagement. Véez cy la question du fait, que le
diable, par temptacion perverse et diverse, entra
au corps de Jacques le Gris, lequel se tenoit
de lez le comte d'Alençon, son seigneur, car il
estoit son souverain conseil, et se advisa d'ung
très grant mal à faire, si comme depuis il com-
para. Mais le mal qu'il avoit fait ne peut oncques estre prouvé sur luy, ne oncques ne le
voulut recongnoistre. Ce Jacques le Gris jeta sa
pensée sur la femme messire Jehan de Carouge
et sçavoit bien qu'elle se tenoit au chastel d'Argenteil. Si se partit ung jour avec ses gens bien
accompaignés, et monté sur ung bon coursier,
et tant ferit des esperons qu'il arriva au chastel
et là descendit. Les gens de la dame et du seigneur luy firent très bonne chère, pour tant
que leur seigneur et lui estoint tous à ung seigneur et compaignons ensemble; mesmement et
que la dame n'y pensoit en nul mal, si le
recueillit moult doucement et le mena en sa
chambre et luy monstra grant foison de ses
besognes. Jacques, qui tendoit en sa male voulenté accomplir, requit à la dame quelle le
menast veoir le donjon, car en partye, si
comme il disoit, il estoit là venu pour le veoir.
La dame s'y accorda légièrement et ils allèrent
eux deux tant seulement, ni oncques valets, ni
chamberiere n'y entra avec eux; car pourtant
la dame luy faisoit très bonne chère, comme
celle qui se confioit du tout son honneur à luy.
Si tost qu'ils furent entrés au donjon, Jacques le
Gris cloyt l'huis après eux, ne la dame ne s'en

donna oncques de garde qui passoit ·devant, et
cuidoit que le vent l'eust clos, et Jacques le
Gris le luy fit entendant. Quant ils furent là as-
semblés entre eux deux, Jacques l'embrassa et se
descouvrit vistement de sa mauvaisetié. La dame
fut toute esbaye et fut voulentiers retornée à
l'huys, si elle eut peu, mais elle ne peut; car
Jacques, qui estoit fort homme et dur, si l'embrassa et la mit à terre sur les carreaux et en fit
sa voulenté. Tantost qu'il en eust fait ce qui luy
pleut, il ouvrit l'huys du donjon et se apareilla
pour partir. La dame, toute courrecée et esbaye
de l'avanture qui advenue luy estoit, demora
toute seule au donjon. Mais au département du
chevalier, la dame luy dit tout en plorant, en
telle manière : Jacquet, Jacquet, vous n'avez pas
bien fait de m'avoir vergondée, mais le blasme
n'en demorera jà sur moy, fors que sur vous,
si Dieu doing que monseigneur mon mary re-
torne.

Jacquet monta sur son coursier et issit hors
du chastel et retorna arrière vers son seigneur
le comte d'Alençon et fut à son lever sur le
point de neuf heures, et au matin à quatre heures on l'avoit veu à l'hostel du comte. Or vous
diray pourquoy je mets ces paroles en terme et
en avant; c'est pour la grant plaidoyrie qui
après s'ensuivit, et pour tant que la chose fut
au pouvoir des commissaires de parlement, exa-
minée et inquisitée. La dame de Carouge, à ce
jour que ceste dolente aventure luy fut advenue,
demora à son chastel et se porta et se couvrit
au mieux qu'elle peut, ni oncques pour l'heure
ne s'en découvrit à vallet ni à chamberière

qu'elle eust, car elle veoit bien et considéroit
que à en parler eut elle peu avoir plus de
blasme que déshonneur; mais elle mist bien en
mémoire et en recordance l'heure et le jour que
celuy Jacques le Gris estoit venu au chastel.

Or advint que le sire de Carouge, son mary,
retorna du voyage où il estoit allé. La dame sa
femme, à la revenue, luy fit très bonne chère.
Aussi firent tous ses gens. Ce jour passa, la
nuyt vint. Le sire de Carouge se coucha. La
dame ne se vouloit coucher, dont le seigneur
avoit grant merveille et l'amonestoit moult de
coucher. La dame se seignoit et alloit et venoit parmy la chambre pensant. Enfin quant
toutes leurs gens furent couchés, elle vint
devant son mary et se mit à genoux, et luy
compta moult piteusement l'aventure qui advenue luy estoit. Le chevalier ne pouvoit croire
qu'il fut ainsi : toutefoys tant luy dit la dame,
qu'il octroya et accorda et luy dit bien : Certes,
dame, mais que la chose soit ainsi que vous
me le comptez, je le vous pardonne, mais
l'escuyer en morra, par le conseil que je aray
de mes amys et des vostres, et si je trouve faulte
en ce que vous me dictes, jamais en ma compaignie vous ne serez. La dame de plus en plus
luy certifioit et affermoit que c'estoit pure vérité. Cette nuit passa. Le lendemain le chevalier
fit escryre beaucop de lettres et envoya devers
les amys de sa femme aux plus especiaulx et à
ceulx de son costé, et fit tánt que dedans brefs
jours ils furent venus au chastel d'Argenteil, et
les mit tous en une chambre et puis il leur
entama la matière de ce pourquoy il les avoit

mandés, et leur fit par sa femme compter de point en point toute la matière du fait; dont ils furent tous esmerveillés. Il leur demanda conseil et il fut conseillé qu'il se tirast devers son seigneur le comte d'Alençon, et luy comptast tout le fait. Il le fit. Le comte, qui moult aymoit ce Jacques le Gris, ne le vouloit croire et donna jornée aux parties à estre devant luy, et vouloit que la dame qui encoulpoit ce Jacques le Gris fust présente, pour remonstrer encore plus vivement la vérité. Elle y fut et grant foison de ceulx de son lignage en la présence du comte d'Alençon. Si fut la plaidoirie grande et longue et ce Jacques le Gris encoulpé et accusé de son fait par le chevalier, voire à la relation de sa femme, qui conta aussi toute l'aventure ainsi que advenue estoit. Jacques le Gris s'excusoit trop fort et disoit que rien n'en estoit et que la dame luy imposoit induement et s'esmerveilloit, si comme il monstroit en ses paroles de quoy la dame le hayoit. Ce Jacques le Gris prouvoit bien par ceulx de l'hostel du comte d'Alençon, qu'en ce jour que c'estoit advenu, à quatre heures, on l'avoit veu au chastel, et le seigneur disoit que à neuf heures il avoit été de lez luy en sa chambre et que c'estoit chose impossible d'avoir chevauché, d'aller, de venir, et accomplir le fait dont on luy mettoit sus, et en quatre heures et demie fait XXIII lieues. Et disoit le seigneur à la dame qui vouloit ayder son escuyer, qu'elle l'avoit songé, et leur commanda de sa puissance que la chose fut aniantée ne que jamais question n'en fust, ne s'en must.

Le chevalier, qui grant courage avoit, et qui

sa femme croyoit, ne voulut pas tenir celle opinion, mais s'en vint à Paris et remonstra sa
cause en parlement et fit appeler ce Jacques
le Gris en parlement, lequel respondit à cet appel
et dit et promit et livra pleiges qu'il en feroit et
tiendroit ce que parlement en ordonneroit. La
plaidoyrie du chevalier et de luy dura plus d'un
an et demy, et ne les povoit on acorder, car le
chevalier se tenoit seur et bien informé de sa
femme, et puisque la cause avoit tant esté sceue
et publiée, il disoit qu'il en poursuyvroit jusques à la mort : de quoy le comte d'Alençon
avoit en très-grand hayne le pouvre chevalier,
et l'eust par trop de foys fait occire, si ce n'eust
esté qu'ilz s'estoint mis en parlement. Tant fut
proposé et parlementé, que le parlement en dé-
termina, pour tant que la dame ne pouvoit rien
prouver sur Jacques Le Gris, que champ de
bataille jusqu'à oultrance s'en feroit. Et furent
les parties, le chevalier, l'escuyer, et la dame
femme au chevalier au jour de l'arrêt et du
champ jugés à Paris, et devoit estre par l'ordonnance du parlement le champ mortel, le premier lundy d'après l'an 1387.

En celluy temps estoit le roy de France et
les barons à l'Escluse, dans l'attente de passer
en Angleterre. Quant les nouvelles en furent
venues jusqu'au roy, qui se tenoit à l'Escluse,
que ja estoit ordonné du parlement que celle
chose devoit estre à Paris; si dit qu'il vouloit
veoir le champ du chevalier et de l'escuyer. Le
duc de Berry, le duc de Bourgogne, le duc de
Bourbon, le connestable de France, qui aussi
grant désir avoint de le veoir, dirent au roy que

c'estoit bien raison qu'il y fut. Si manda le roy à
Paris que la jornée fut ralongée de ce champ
mortel, car il y vouloit estre. On obéit à son commandement. Ce fut raison, et retornèrent le roy
et les seigneurs en France. Et tint le roy de
France en ces jours ses festes de Kalendes en la
cité d'Arras, et le duc de Bourgogne en Lisle et
endementiers passèrent toutes manières de gens
d'armes et retornèrent en France, et chascun
sur son lieu, si comme il estoit ordonné par les
mareschaux, mais les grands seigneurs se tiroint
devers Paris pour veoir le champ. Or furent
revenus le roy de France et ses oncles et le
connestable à Paris. Si furent les lices faictes
du champ en la place Sainte-Katerine, derrière
le temple, et là y eut tant de peuple que merveille seroit à y penser; et avoit sur l'ung des
lez des lices fais grans eschafaulx, pour mieulx
veoir les seigneurs en la bataille des deux champions. Lesquels vindrent au champ et furent
armés de toutes pièces ainsi comme à eulx appartenoit, et là furent assis chascun en sa chaire,
et gouvernoit le comte de Saint-Pol messire de
Carouge et les gens du comte d'Alençon Jacques
le Gris. Quand le chevalier deut entrer au champ,
il vint à sa femme, qui là estoit en ung char
couvert de noir, et luy dit ainsi : Dame, par
vostre information et sur vostre querelle, je vais
adventurer ma vie et combattre à Jacques le
Gris. Vous sçavez si ma cause est juste et loyale.
— Monseigneur, dit la dame, il est ainsi, et
vous combattez tout seurement, car la cause est
bonne. A ces mots, le chevalier baisa la dame
et la print par la main, et puis se seigna et

entra au champ. La dame demora dedans le
char couvert de noir en grant oraisons envers
Dieu et la Vierge Marie, et en priant très-hum-
blement que à ce jour, par leur grace et inter-
cession, elle peut avoir victoire selon le droit
qu'elle avoit, et vous dy qu'elle estoit en grant
tristesse et n'estoit pas asseurée de sa vie, car
si la chose tournoit à desconfiture sur son mary,
il estoit sentencié que sans remède on l'eut arse
et son mary pendu. Je ne sçay comment elle ne
s'en repentoit d'avoir mis la chose si très avant
que son mary et elle furent en grant dangier et péril. Finablement il en convenoit attendre l'aventure. Or commencèrent et furent mis les deux
champions l'ung devant l'autre, ainsi comme il
appartenoit à faire, et puis montèrent sur leurs
chevaulx et se maintindrent du premier moult
gréement, car bien cognoissoint les armes. Là
avoit grant foison de seigneurs de France, lesquels estoint venus pour eulx veoir combattre.
Si joustèrent les champions de première venue,
mais rien ne forfirent. Après les joustes, ils se
mirent à pied et en ordonnance pour parfaire
leurs armes et se combattirent moult vaillamment,
et fut du premier messire Jehan de Carouge
navré en la cuisse, dont tous ceulx qui l'aymoint
en furent en grant effroy, et depuis se combattit si vaillamment qu'il envoya son adversaire à
terre et luy bouta l'espée dedans le corps, dont
il l'occist au champ, et puis demanda s'il avoit
bien fait son devoir. On lui répondit ouy. Si fut
Jacques le Gris deslivré au bourreau de Paris,
qui le traisna à Montfaucon, et là fut pendu.
Adonc messire Jehan de Carouge vint devant le

roy et se mit à genoux. Le roy le fit lever et luy
fit deslivrer mille francs ce propre jour et le
retint de sa chambre parmy deux cents livres
de pension par an qu'il lui donna toute sa vie.
Messire Jehan remercia le roy et les seigneurs
et vint à sa femme et la baisa, et puis ils allèrent
à l'esglise Nostre-Dame faire leur offrande, et
puis retornèrent à leur hostel. Depuis ne séjourna
guères messire Jehan de Carouge en France;
mais s'en partit et se mit au chemin avec messire Bouciquaulx et avec messire Jehan des
Bordes et messire Louis Grat. Ces quatre entreprindrent de grant voulenté d'aller veoir le saint
Sépulcre et Lamoral Baquin, dont il estoit en
ces jours moult grant nouvelles en France.

LA DOUZIÈME NOUVELLE.

PAR LAURENT GIROUST.

D'un avocat, d'un sergent, d'un tailleur et d'un
mounier qui avoint esté à Saint-Jacques et vou-
loint faire bastir une chapelle pour avoir remis-
sion de leurs pechés.

UNE fois advint que en la ville de Saint-
Jacques en Compostelle, plusieurs pé-
lerins se trouvèrent en ladite ville, tant
d'un costé que de l'autre, entre lesquels s'en trouvèrent quatre, tous de la ville de
Paris. Ces quatre firent leur bande à part, pour

s'en retourner en France. Or est-il ainsi que
l'un des quatre estoit advocat ou procureur,
l'autre sergent, l'autre mounier, et l'autre cous-
turier. Et ainsi qu'ils s'en venoint ensemble,
devisoint de plusieurs choses, et la cause pourquoi ils estoint allés à Saint-Jacques et de leurs
confessions secrètes, et plusieurs autres choses;
entre lesquelles l'advocat va dire : Messieurs,
savez-vous qu'il y a ? Nous sommes tous privés
et tous d'un pays ; je ne vous veulx rien celer.
Je vous prometz ma foy, que j'ay tant fait de
tromperies en procès et en plaideries, à beaucop de pouvres gens; j'ay tant fait ung bon
procès, mauvais; j'en ay tant renversé, qui
estoint quasi gagnés, tout-sens devant derrière;
j'ay tant pillé de pouvres gens et prins plus d'argent la moitié qu'il ne m'en falloit; j'ay tant fait
de tromperies qu'il n'est possible de les nom-
brer. Et pour tant mon confesseur m'a enchargé
de faire des biens à l'encontre du mal que j'ay
fait et que, s'il estoit ainsi possible, que je aidasse
à faire bastir quelque belle chapelle, et je vous
promets que je m'y emploieray au moins mal
que je pourray.

Adonc, va dire le sergent : Messieurs, savez
vous qu'il y a ? Je ne pense point que de nous
quatre il y en ait ung pire que moy, car j'ay
tant fait de larrecins et de tromperies; j'ay
ajorné des gens à tort et sans cause ; j'en ay
mis en prison qui ne l'avoint pas gaigné; j'ay
esté exécuter de pouvres gens à tort et sans
cause, et ay plus prins de biens qu'il ne m'en
falloit, lesquels je n'ay pas rendus, mais les ay
retins pour moi. En effet j'ay tant fait de trom-

peries, de larrecins, de pilleries, de cabasseries
à pouvres et à riches que je ne sçay comme la
terre me soustient. Et pour ce, comme je vous
dy, je m'en suis confessé d'une partie, non
pas du tout, non. Et m'a enchargé mon confesseur de faire du bien, et pourtant je suis délibéré, s'il vous plaist, de mettre mon argent
pour ayder à bastir la chapelle que vous dites.
Et en bonne foy, dit l'advocat, c'est très-bien
dit et en suis content.

Et moi, dit le tailleur, par ma foy je vous
diray; j'ay beaucop de drap corbiné, car quand
l'on me bailloit cinq aulnes de drap à mettre en
une robbe, je n'en y mettois point plus de quatre,
et de velours, de satin, de damas, d'escarlate, et
plusieurs autres draps de laine et de soie, car
quelqu'habillement que jamais je fisse, il m'en
demeuroit toujours quelque lopin; et je vous
promets ma foy que j'en ay desrobé en mon
temps pour plus de mille escus. Je m'en suis
confessé comme vous autres, et pour tant du
bien que je doy faire, je suis content de l'appro-
prier avec vous autres, pour aider à faire bastir
la chapelle. — Ah! vraiment, dit le mounier, de
ma part j'en feray bien ung quartier, car j'ay
tant desrobé de blé en ma vie, que c'est une
chose merveilleuse; car s'il n'en venoit qu'ung
boisseau à moudre, si en avoy-je ma part, et
pour tant je me delibere avec vous de aider à
faire bastir la chapelle.

Or tous quatre furent d'accord de faire bastir
la chapelle. Et eux, estant près de Paris, devisoint ensemble là où ils feroint bastir ceste chapelle. L'advocat vouloit qu'elle fust près de

l'auditoire et le sergent aussi, le tailleur vouloit
qu'elle fust près de sa maison, et le mounier
auprès de son mollin, chacun la desiroit à son
apétit. Or, va dire le tailleur : Messieurs, je
vous diray, j'ai ici ung chien, le plus joli du
monde, et qui fait le plus de passe-temps. Voicy
une lesse, à quoi je le maine ; nous le touche-
rons devant nous et serons tous quatre bouchés,
et tiendrons la lesse du chien, et là où ledit chien
s'arrestera, nous ferons là bastir la chapelle.
Alors tous quatre s'y accordèrent, et furent tous
bouchés et touchèrent le chien devant et sui-
voint tous ledit chien, lequel chemina longuement sans s'arrester, mais à la fin il se arresta.
Or çà, messieurs, dit l'advocat, voici le lieu où
nous devons faire bastir notre chapelle ; je le
sens bien, nostre chien ne chemine plus ; des-
bouchons-nous hardiment. Lors se desbouchè-
rent tous quatre à la fois, et virent qu'ils estoint
dessoubz Montfaucon, le gibet de Paris. Si
furent trestous bien estonnés de veoir ce beau
lieu à faire bastir leur chapelle. Et aussi sera-ce
à tous ces larrons et meschants prevosts, juges,
et avocats, sergens larrons, mouniers, et autres
gens, qui pillent et desrobent à leur escient le
pouvre peuple ; leur chapelle sera bastie à Montfaucon, au gibet, nonobstant qu'on ne pent
guères juges ne avocats. Mais ils seront tous
pendus au gibet d'enfer, c'est assavoir ceux qui
font extorsion aux pouvres gens.

LA TREIZIÈME NOUVELLE.

RACOMPTÉE PAR MONSEIGNEUR DE SAINT MAIXENT.

D'une fille qui fit aller trois compaignons, amou-reux d'elle, coucher en ung cimetière et y furent veiller l'ung en habit de mort, le deuxième en habit de gendarme, et le tiers en habit de diable.

Vous devés sçavoir et entendre qu'au pays de Poictou il n'y a pas long temps advint une nouvelle merveilleuse. Il y avoit une jeune fille, sage et honneste et de bonnes mœurs, laquelle estoit demorée seule, et orpheline estoit de père et de mère, et n'y avoit pas encore longtemps que la mère de ceste fille estoit allée de vie à trespas. Si advint entre les autres choses, qu'il y avoit trois galens, lesquelz estoint tous trois amoureulx de ceste fille icy, et ne sçavoint rien l'ung de l'autre, sinon que quant ils la pouvoint trouver à part, ils luy promettoint chiens et oyseaulx. C'estoit une belle chose, des promesses qu'ils luy fai-soint, mais ils ne l'aymoint pas d'une bonne amour, juste et loyale, c'est à sçavoir par le lien de mariage. La fille sage et bien moriginée, qui bien cognoisoit et veoit l'amour de quoy ils la vouloint aymer, pensa en elle mesme comme elle se pourroit deffaire de ces trois galens icy. Si se advisa que ung jour entre les autres,

ung de ses trois galens la prioit d'amour et luy
promectoit tant de belles choses, que jamais ne
devoit avoir faulte de bien. — Or venez ça, dist
la fille, vous me prometez tant de bien, et dictes
que vous ferez tant de choses pour moy mesmes,
pour aller en Jérusalem s'il estoit possible,
et que tous vos biens seront miens, et tant
de belles choses que me promettez, que je ne
vous puis esconduire, moyennant que me faciez
ung service, lequel me sera bien grant et à vous
bien facile à faire. — Ah! ma mye, respondit le
compaignon, toutes les choses à moy possibles de
faire, pour l'amour de vous je feroye, et tout
tant qu'il vous plaira ; mon corps et mes biens
sont vostres, à en faire tout à vostre plaisir.
Respondit la fille : Mon amy, je vous remercye,
car des biens ay-je assez, Dieu mercy; mais
d'une chose vous vouldroye bien prier. Vous
devez sçavoir et estes assez adverti, comme
puis naguères ma mère est allée de vie à trespas, et pour venir au point, son esperit revient
céans toutes les nuits; et en suis toute tormen-
tée, tellement que je m'en suis conseillée à tout
plain de gens de bien, mesmes en ay esté à
confesse par plusieurs foys, et eu des conseils,
tellement que le meilleur remède c'est que je
fasse veiller quelqu'un une demye nuit seulement sur la fosse de ma mère ; et pour tant si
vous estes si hardy de le faire, et que vous
distes que vous ferez tant pour moy, vrayement,
dit-elle, je ne vous demende autre chose et
puis vous en venez, et je vous promets que
vous coucherez avec moy.

Le compaignon fut diligent et bien joyeux de

ceste parole. — Comment, dit-il, ma mye, n'y
a-il autre chose à faire? — Nenny, dit-elle;
mais sçavez-vous comment il fault que vous y
allez et que l'on m'a conseillé? — Nenny, respondit le compaignon. — Il fault, dit-elle, que
vous soyez en chemise, et envelopé d'ung drap
tout blanc, ne plus ne mains comme si c'estoit
ung esperit, ou quelqu'un que l'on vouloit enterrer. — Hé! je vous promets, dit-il, ma foy
que je iré. Mais or me dictes quant ce sera?
— Il fault, dit-elle, que ce soit à ung vendredy,
et n'y serez seulement que trois ou quatre
heures au plus. Il fault que vous y allez environ
entre huit et neuf heures du soir et y estre
seulement jusques à minuyt, et quant vous serez
là, vous direz vos heures et prières bien honnestement, pour l'ame de ma feue mère, et
puis quant minuyt sera sonné, venez vous en
coucher avec moy et je accompliray à vostre
volonté, moyennant que ne faillez pas, et aussi
que vous jurerez et promettrez d'y estre; et si
vous ne voulez, dictes le moy à ceste heure,
car je louerais un homme pour y aller, et luy
baillerais plustost une bonne somme d'argent,
afin que ne me faillist point, et que je fusse bien
asseurée. — Ah! ma mye, dit le compaignon,
je vous promets la foy que je dois à mon Dieu,
que pour l'amour de vous j'iray en belle chemise
enveloppé d'ung drap, ainsi que m'avez dit et
y seray jusques à minuyt. Mais or me dicte si
j'iray dès annuy! — Nenny, dit-elle, il fault
que ce soit à ung vendredy. Ce sera vendredy
prochain, si vous voulez, ou bien à ung autre
vendredy.

Si entreprindrent que ce seroit au plus prochain et n'estoit encore que lundy, de quoy il ennuyoit bien au compaignon, et eust bien voulu que le vendredy eust ja esté venu, et par ainsi se départit de la jeune fille, luy promettant sa foy que il ne fauldroit point au jour assigné, ainsi qu'il avoit promis.

Or pour revenir à nostre propos des trois galens amoureux, le deuxiesme vint parler à elle, ainsi comme il avoit accoustumé, luy promettant tant de belles maisons et qu'il couchast avec elle, encore plus que les autres ; tellement que quant elle vit qu'il estoit ainsi délibéré, se disposa de luy bailler la venue comme à l'autre, et elle luy dist qu'il falloit qu'il allast sur la fosse de sa mère, dont il luy promit qu'il iroit sans nulle faute. — Or sçavez vous qu'il y a? dit elle. Il fault que vous y allez vendredy prochain, et que vous soyez bien armé et embastonné, à tout le moins, si aulcun vous demandoit quelque chose, que fussiez délibéré de vous deffendre. — Or ce, dist le compagnon, ma mye, ne vous souciez, car je seray bien armé et embastonné. — Or bien, dit elle ; mais sçavez vous ? il fault que vous y allez entre neuf et dix heures du soir, et n'y allez ne plus tost ne plus tart, car tout ne vauldroit rien, et y soyez seulement jusques à minuyt, et puis vous en venez coucher avec moy, et je accompliray vostre voulenté, moyennant que ne fauldrez à y aller. — Ah ! ma mye, dit le compaignon, j'aymeroye mieulx estre mort de mort amère, que d'avoir failly à l'entreprinse ainsi que l'avez ordonné. Alors print congé d'elle, part et s'en va.

Or devez sçavoir que voicy venir le troysiesme
compaignon, lequel la vint prier d'amour comme
il avoit acoustumé, et elle luy dit tout, ne plus
ne mains que aux autres, et fit aussi l'entreprinse d'y aller au dit vendredy. — Or sçavez
vous qu'il y a, dit–elle, mon amy ? Il faut que
vous y allez en habit de diable, à tout le
moins, s'il survenoit quelqu'esperit, il aroit
paour de vous veoir ; seulement il fault que
vous y allez environ entre dix et onze heures,
et jusques à minuyt seulement ; et n'y allez ne
plus tost, ne plus tart ; car tout ne vauldroit
rien. — Or bien, ma mye, dit le compaignon.
ne vous souciez, il n'y ara faulte nulle que je
n'y voise. Lors print congié d'elle et s'en va.

Or vous devez sçavoir que audit pays de
Poictou ils ont de grans pierres, en façon de tom-
bes, lesquelles ils mettent sur les corps ; et y
en avoit une sur la fosse de celle femme, là où
ils alloint veiller, laquelle tombe estoit enlevée
de la hauteur d'ung escabeau, et de quatre
pierres par dessoubz qui soustenoint ladite
tombe ; tellement que ung homme se fust caché
dessoubz tout à son ayse, qu'on ne l'eust point
veu ; et tous trois sçavoint bien là où estoit
ladite tombe. Or va venir l'heure entre huit et
neuf, et voicy venir le compaignon en belle
chemise, enveloppé d'ung beau drap blanc, non
obstant qu'il fist grant froid, car c'estoit en yver,
et estoit celluy qui plus devoit endurer de peine
et de froid, mais aussi fit il comme vous orrez
cy après ; car le pouvre galent s'en vint en
belle chemise se mettre sur la tombe, et fut là
une grande espace de temps assis, attendant la

minuyt, et quant il fut passé neuf heures, l'autre
compaignon se apprestoit pour venir audit cimetière, lequel s'en vint bien en ordre, armé et
acoustré comme saint George. Et devez sçavoir
que de nuyt on entend mieulx que de jour ; si
va regarder de loing celuy qui faisoit l'esperit,
et vit ce gendarme venir devers le cimetière,
lequel, quant il fut entré dedans, il eut une
frayeur merveilleuse et non sans cause, car il
se approchoit tousjours pas à pas devers la
tombe, là où estoit celuy qui faisoit l'esperit,
lequel, quand il le vit venir, se cacha hastive-
ment dessoubz la tombe, tellement que celuy
qui faisoit le gendarme n'en vit oncques rien, et
se vint asseoir dessus ladite tombe, là où estoit
l'autre caché dessoubz ; et fut la grande espace
de temps assis sur celle tombe, et puis se pour-
menoit là à l'entour, de paour de se morfondre,
dont celluy de dessoubz n'estoit pas trop ayse,
car il n'avoit pas grant chault en sa chemise.

Si y fut qu'il estoit plus de dix heures, tant
que voicy venir celluy qui faisoit le diable,
acoustré d'une teste de diable, merveilleuse et
espouvantable, et tout le demorant de l'abit
estoit de mesme, et jettoit feu et flambe par
la bouche et par les naseaulx, et avoit une
chaisne de fer autour de luy, dont il faisoit
grant bruyt, et n'y avoit jointe dessus son corps,
que en cheminant, ou ployant bras ou jambes,
il ne rendist feu ou flammes, tant estoit subtilement habillé ; et à bref parler, il estoit horrible
et espouvantable, car il n'y avoit pas plaint l'argent à se faire ainsi acoustrer, pour coucher
avec la belle fille. Or vient arriver ledit diable

auprès du cimetière, mais quant le gendarme le vit venir, si commença à trembler de peur, et non sans cause, car il entra dedans le cimetière et commença à cheminer droit vers la tombe, dont le gendarme commença à reculer quant il vit qu'il se approchoit près de luy.

Or, vous devez sçavoir que celuy qui estoit soubz la tombe, faisant l'esperit, n'avoit point veu encore ce diable, mais ne taschoit si non à autre chose, que le gendarme se escartast ung peu de là pour s'en fuyr, et mist la teste dehors de dessoubz la tombe, et vit le gendarme assez loing de là; puis d'autre costé advisa venir ce diable, avec ces chaines et crochés, dont il eut plus grant peur que par advant. Le diable veoit le gendarme qui ne bougeoit point de là, dont il eut quelque peur, et tout ainsi qu'il demoroint tous deux debouz, l'esperit va sortir de dessoubz la tombe et commença à courir à travers le cimetière, comme si tous les diables eussent esté après luy. Alors le gendarme et le diable, qui le virent ainsi fouyr, pensoint que ce fust l'esperit de la dame qui estoit là enterrée et commencèrent si très fort à fouyr, l'un d'un costé et l'autre de l'autre, que ils n'avoint garde de se rencontrer, et se retira chacun des trois galans en sa maison, en ayant trestous euz une grande frayeur.

Or devez sçavoir que la fille pensoit bien quelle veine ilz devoint avoir. Peu de temps après, elle vit l'ung des trois, si luy demanda et dist : Hé! comment! mon amy, vous ne fustes pas vendredi là où vous me promistes! Je ne fus jamais tant tourmentée ceste nuit-là comme je fus. — Comment! dit le compaignon, je vous promets ma foy que je y fus, mais qu'il m'eust donné dix mille escus, je n'y fusse pas esté jusques à minuyt, car jamais en ma vie je n'eus si belle peur, et pour tant si vous y voulez faire veiller, allez en cercher d'autres que moy, et adieu. Et autant en dit la fille aux autres, qui luy firent telle responce, et par ainsi tous trois demorèrent frustrés de leurs amours par l'habileté de la fille.

LA QUATORZIÈME NOUVELLE.

PAR LE GAROU DE LION.

De deux compaignons qui venoint de sus la mer et comment c'estoit à eux deux à qui mentiroit le plus fort.

UNE fois fut deux bons compaignons, lesquels avoint esté sur la mer ensemble. Or s'en vouloint ils revenir en France et dirent eux deux, qu'il leur falloit dire quelque chose de nouveau des pays là où ils avoint esté, et entreprindrent tous deux de bien mentir. Si, dit l'un, je vois gaiger vingt escus que je bevrai bien toute l'eaue de la mer, moyennant, dist-il, que tu la me veuilles bailler et livrer. — Vrayement, dit l'autre, je gaige que tu ne la bevras ja, et si te la baille à belles seillées dedans ta gorge. — Or bien, dit l'autre, je suis content, mais il faut que tu gardes de laisser venir toutes les eaues des rivières dedans la mer, car je ne marchande pas de boire ceulx-là. — Ah! vrayement, dit l'autre, je ne les saurois garder de venir; nous ne ferons ja nous deux marché qui tienne. Mais allons nous en sur les champs.

Si se mist l'un à chemin devant, et l'autre alla après tout bellement. Quand il fut arrivé en ung village, il demanda à de bonnes gens de là : Messieurs, vous n'avez point veu passer ung compaignon qui a des chausses rouges, ung prepoint blanc et une cappe noire ? — Oui bien, dirent-ils, voilà et n'est pas encore au bout du village, mais vrayement, il nous en a bien emmanché. — Comment? dit son compaignon. — — Il nous a dit, dirent-ils, qu'il a esté en ung pays, où il a veu ung œuf, lequel estoit si très gros, qu'ils estoint quatre hommes après, pour le faire torner et avoint chacun ung levier; mais jamais ne lui sceurent seulement faire faire ung demi tour, tant estoit gros. — Or, je vous diray, dit le compaignon, il est bien vray que nous avons esté en plusieurs pays, lui et moi, et vous promets que nous avons veu des choses merveilleuses, mais je n'ai point veu de si gros œuf; mais je vous diray bien que j'ay veu ung oiseau voler en l'air, qui estoit si très grand que ses aelles avoint sept lieues d'ombre. — Et avez veu cest oiseau? dirent les autres. — Oui je vous promets, dit-il. — Sainct Jehan, dirent ils, donc il dit vrai, car c'est l'oiseau qui a pondu l'œuf. — Vraiment il est bien possible ; adieu, messieurs, adieu.

Ainsi s'en va le bon compaignon après l'autre
pour mentir encore plus fort, et chemina tant
le premier qu'il arriva en ung gros village et en
enmancha mieulx que devant. Si arriva l'autre
compaignon après, pour assurer ses mensonges
et demanda se on l'avoit point veu. — Ah! oui,
dirent-ils, il nous en a bien baillé à bouter. —
Hé, comment ? dit son compaignon. — Il nous
a dit qu'il a esté en ung pays auquel vit plus de
soixante mille hommes, tous en armes, lesquels
furent tous repeus seulement d'une même fricassée d'œufs et si mangèrent chacun leur saoul
tant qu'il en demora. — Or de cela je n'en sarois
rien dire, dit le compaignon, mais bien est vrai
que j'ai esté en ung pays là où je vis une poile
à fricasser des œufs et d'autres viandes, laquelle
poile estoit bien desrompue de force de servir
et la faisoit-on rabiller, mais ladite poisle estoit si
très grande que il y avoit dedans quatre vingt
poilliers pour la rabiller qui ne se veoient point
l'un l'autre. — Ah! vrayement, dit l'un des
bonnes gens du village, il dit donc vrai, c'est la
poile là où fut faicte la fricassée de ceste
grant armée. — Je vous promets, dit le compaignon, que nous avons veu des choses merveilleuses. Lors print congé d'eux et s'en alla
après son compaignon, puis s'en allèrent en dire
autant à d'autres villaiges.

Et par ainsi vous povez congnoistre comme
il y a d'aulcunes gens qui veullent faire accroire
des nuées que ce sont poiles d'airain, comme
il appert par ces gens ci.

LA QUINZIÈME NOUVELLE.

PAR MONSEIGNEUR DE CREPY.

D'une jeune fiancée à qui le bateur de blé de la maison recorda bien sa leçon pour quelle fust bonne ouvriere le jour de ses nopces.

IL advint n'a guères que au pays de Champaigne lez Troyes, en ung lieu appellé Breenne, avoit ung hoste honneste homme, lequel faisoit taverne et hostelerie, et avoit léans une belle jeune garse de chambriere, bien disposte et délibérée, laquelle estoit léans quasi la gouvernante de toute la maison et avoit nom Nicole, et n'estoit léans distribué ne pain ne vin, ne autre chose qui ne passast tout par ses mains. Et devez scavoir que léans avoit plusieurs serviteurs domestiques tant d'ung que d'autre [1], lesquelz ne buvoint point de vin s'ilz ne le desroboint, car à la coustume du pays, tels gens serviteurs en ces villages n'en boivent guères. Or y avoit il entre les autres ung bateur de blé léans, qui estoit assez bon compaignon, lequel avoit nom Jacquinot et ne buvoit point de vin non plus que les autres, et estoit ung peu amoureux de ceste belle chamberiere Nicole, laquelle gouvernoit tout léans comme j'ay ja dit

---

1. Peut-être faut-il ici suppléer le mot *côté*.

et entre autres choses plusieurs gallens tant
d'ung costé que l'autre estoint amoureux de
ceste fille à cause de sa beauté, tant que ses
parens, père, mère et amys, la promirent à mariage à ung jeune gallent du dit Breenne qui
l'aymoit fort et tant alla la chose et mirent en
avant qu'ils furent fiancés ensemble. Dont ledit
bateur de blé Jacquinot fut merveilleusement
marry, quant il sceut l'aventure qu'elle estoit
fiancée, mais il n'y povoit mettre remede.

Quelque peu de temps après les fiançailles
faictes, le dit bateur de blé Jacquinot et Nicole
ung jour devisoint eux deux ensemble de plusieurs choses. Alors luy commença à dire Jacquinot, à Nicole : Que tu as esté sotte de toy
ainsi marier meschamment, je suis bien marry
de ton mal et que feras tu avec ton marry, meschante ? Tu ne aras jamais que peine et torment
avec luy, et pense tu que jamais il te sceut
aymer, veu la folie qui es en toy. Une foys pour
le premier tu ne scays rien et ne scays pas
comme il te fault gouverner avec luy car jamais
tu ne hantis homme, tu ne sais pas comme il
faut faire avec ung homme et tu veux estre mariée ! Tu seras tous les jours tant battue, que tu
ne pourras endurer les coups qu'il te baillera,
et en morras devant tes jours. Je ne scay pas
qui t'a conseillé de faire cela, mais il n'est
qu'un fol et j'en suys marry pour ce que je
t'ayme et que je te congnois de longtemps et ne
vouldroys point que tu eusses de mal non plus
que moy, et si jamais je ne t'avoys congneu, le
cœur ne m'en feroit point tant de mal. Quant
la jeune fille Nicole eut bien tout escouté luy

commença à dire : Je te prie, Jacquinot, si tu
sçays aucune chose que je pense bien faire avec
mon mary, pour avoir paix avec luy, je te prye
dis le moy ; car je congnois maintenant que tu
veux mon bien et que tu ayme mon honneur ; et
pour tant je te prye mon amy, conseille moy.
Lors dit Jacquinot : Or ça, Nicole, ma mye,
quant tu seras couchée avec luy la premiere
nuit, que feras tu ? Que dois tu faire pour te
faire aymer de luy ? — Se m'aist Dieux, dit elle,
je ne scay. — Ah ! voila le point, dit-il, qui
fera mettre la noise entre vous deux et qui te
fera battre. — Et que faudroit-il que je fisse,
dit Nicole, pour avoir son amour ? — Saint
Jehan, dit Jacquinot, il faudroit que je te mons-
trisse comme tu dois faire et te faudroit bien
recorder ta leçon. — Et je te prye, dit Nicole,
que tu me monstre et que tu me recorde bien
ma leçon, et vrayement, dit-elle, je te feray
boire tous les jours du vin. — Ah ! diable, dit
Jacquinot, on ne le monstre pas ainsi sans argent, car il y a, grant peine à monstrer et à
recorder, et si te avertis que je ne l'ay pas aprins
pour rien. Mais si tu me veulx bailler quelque
argent, je te le monstreray honnestement et à
profit. — Sur ma foy, dit la fille, Jacquinot, mon
amy, je n'ay pas grant argent, mais cela petit
que j'ay, je te promets te le bailler, moyennant
que tu me recorderas bien, afin que j'aye pacience avec mon mary. — Or ça, dit Jacquinot,
combien as tu d'argent ? — J'ay, dit elle, cent
sols, et non plus que je te bailleray et encore
avec ce je te promets que à tous les repas
comme à desjuner, diner, et gouter, et soupper,

je te bailleray un godot de vin tout fin plain, si tu me veux faire ce service.

Alors vit Jacquinot quelle y venoit de bon courage, et marchanda et appointa avec elle, et print les cent sols, puis aprés lui dit : Or sçay tu qu'il y a, Nicole, pour bien recorder ta leçon, il fault qu'il n'y ait que nous deux, car il ne fault point de tesmoings en telle affaire, et nous en allons là sus, en ce grenier au fain, et je te recorderay ta leçon. Et à la fin allèrent au grenier tous deux, puis commença Jacquinot à luy monstrer comme il fallait faire et la recorder si très doucement que jamais en sa vie ne trouva rien si doux, et luy monstroit doulcement comme il fauldroit qu'elle fist ; en luy disant : Ma mye Nicole, scavez vous qu'il y a ? Quant je vous pousseray ung cop, poussez m'en deux, et ne soyez point paresseuse à vous remuer dru et souvent, et faites en sorte que par dessous vos reins ung lievre y passast tout scellé et bridé, et par ainsi vous apprendrez vous.

Et si bien besongna Nicole en luy monstrant que Jacquinot fut très content, puis après ceste premiere venue se departirent et devez scavoir que Nicole tint sa promesse, car elle faisoit boire du vin à Jacquinot tous les repas, mais aussi il en recordoit beaucop mieux sa leçon. Et pour bien entendre la matière, ceste fille vouloit si souvent estre recordée que à grant peine y povoit fournir le pouvre Jacquinot, car à chacun cop qu'elle veoit qu'il n'y avoit que eux deux, elle l'alloit querir pour recorder ; et tant continua ce recordement, que le jour des nopces se aprocha et devoint espouser le lendemain, et y povoit

bien avoir depuis le commencement jusques au
jour des nopces, sept mois, et vous promets
qu'elle sçavoit bien sa leçon, car elle l'avoit souvent recordée. Or vint la veille des nopces et
dit Nicole à Jacquinot qu'il falloit recorder afin
que le lendemain elle sceut bien sa leçon, et
afin que son mary se contentat mieulx d'elle. —
Comment, dit Jacquinot, il fauldroit donc que je
ne fisse autre chose! Je te promets, Nicole, que
j'en suis las. — Par saint Loup, dit-elle, si me
recorderez vous et tout à ceste heure et à cause
de quoy vous ay-je baillé mon argent, et tous
les jours à boire du vin, si non afin de me recorder bien souvent ? — Ah! de par le diable,
dit-il, on ne recorde pas ainsi souvent qu'on
veut. Il n'y a si bon cheval qui n'en devint res-
tif. Mais toutefoys si la recorda-t-il, puis après
le lendemain, le jour des nopces, ung peu devant souper, après les dances faictes, Nicole se
retira ung peu à part et vint cercher Jacquinot.
— Or, dit-elle, Jacquinot, mon amy, voicy tantost
l'heure que il nous fault departir, je te prie tant
comme je puis que tu me recorde bien à ceste
heure un bon cop, afin que je sache bien ma leçon quant je coucheray avec mon mary, et aussi
pour prendre congé de notre recordement.
Alors Jacquinot la recorda encore un bon cop
et doulcement, tant que Nicole s'en contenta.
Après s'en allèrent souper tous ceux des nopces;
après le souper solennel fait et que l'on eut
dansé quelque petit il fut question d'aller coucher
la mariée, et la mena-t-on coucher, et ne fut
pas sans rire et sans dire de bons mots, et luy
enseignoit-on comme il fauldroit qu'elle fit;

mais elle le sçavoit par adventure mieulx que
d'aulcuns de la compaignie. Puis après le marié
se vint coucher avec sa femme, et se va mettre
incontinent en besoigne sur sa femme, et besoi-
gnoit fort et ferme, et sa femme d'autre coté et
encore mieulx que luy. Qui fut bien esbay? ce fut le
mary et non sans cause de trouver sa femme si
habile. Elle se remuoit, puis d'ung costé, puis
d'autre, tellement que soudain il chevaucha la
première lieue. Puis après cela fait se retira
ung peu à part et va commencer à dire à sa
femme : Hé dea! ma mye, vous estes ter-
riblement abile de ce mestier, et qui vous en a
tant aprins? — Ah! de par le diable, dit-elle,
je ne l'ay pas aprins pour rien. Il m'a cousté
cent bons sols pour l'apprendre. Lors luy conta
de point en point la besogne comme elle alloit,
et quelle l'avoit aprins pour luy faire service et afin qu'il l'aimast mieulx et qu'il ne
la batit point; et luy compta tout ce que Jacquinot luy avoit fait, à tout le moins une partie
et depuis le temps de l'ung des bouts jusqu'à
l'autre. Et qui fut bien estonné? ce fut le pouvre
marié et se tint à l'ung des bouts du lit sans plus
toucher à sa femme et se endormit jusqu'au lendemain matin. Quant vint le matin que le marié
fut levé et abillé bien dolent et marry, le va tout
compter au père et à la mère de sa femme, lesquels en furent bien dolents et marrys, quant
ils sceurent que leur fille avoit esté ainsi labourée, et fut mandé Jacquinot, qui y vint sans y
penser; puis luy commencèrent à dire cela qu'il
avoit fait à leur fille, et le commencèrent à battre
à bon escient, mais il trouva façon d'eschap-

per et s'en fouyt; mais oncques depuis ne retorna à la maison. Si fut la chose divulguée par tout le village, tant que les nouvelles en vindrent jusqu'aux oreilles du comte de Breenne, de ce recordement, qui en rit très fort, et envoya cercher ledit Jacquinot, qui vint parler à luy pour en sçavoir la vérité, lequel luy compta tout et davantage. — Comment, disoit-il, monseigneur, je vous promets ma foy que je n'y povoys fournir. Tousjours me venoit querir pour la recorder, que je fus une foys contrainct de la recorder plus de huit foys pour un jour et pour tant, monseigneur, il ne se fault point esbayr, si elle scet bien le mestier, et m'est advis que son mary ne s'en devoit ja si fort courroucer, car il a trouvé les passages tous ouverts. Alors, monseigneur le comte commença très fort à rire et renvoya Jacquinot et dit qu'il estoit bon compaignon. Et le marié demora avec sa femme bien aprinse, dieu mercy, mais il ne luy en sçavoit point de maulvais gré, car la pouvre fille ne l'avoit fait que pour luy faire service et afin que il se contentast mieulx d'elle; mais il n'en estoit pas fort content, et falloit qu'il se contentast sur le jeu. Et vous asseure estre vraye et véritable ceste nouvelle et advenue au dit lieu de Breenne en l'an MDXXXVI au mois de may.

———

LA SEIZIÈME NOUVELLE.

PAR JEAN DES BORDES.

*D'ung jeune gallent que son père vouloit marier,
mais vouloit avoir deux femmes à la fois et se
contenta d'une.*

N'A pas longtemps qu'à la Rochelle il y
avoit ung riche marchant, lequel avoit
ung fils, qui estoit fort bas devant,
et n'y avoit fille, ne femme, ne chamberiere qu'il n'embranchast, moyennant qu'il les
put attraper. Ung jour entre les autres, son
père voyant l'estat de son fils, ne sçavoit
comme y remedier et estoit bien marry de son
affaire, pensant comme il le pourroit chastier de
ce, mais autre remède ne sçavoit que penser, si
non de le marier. Si s'advisa que premier le
mettroit en la maison d'ung riche marchant,
lequel il congnoissoit, et de fait vint parler au
dit marchant pour son fils, et accordèrent eulx
deux ensemble et le jeune fils servoit honnestement, tant que le dit marchant s'en contenta.
Or vous devez sçavoir quelque temps après
le Roy vint faire son entrée à la Rochelle,
et y avoit grant seigneurie à la dite Rochelle,
tant que le dit marchant avoit tout plaint de
gentils hommes, logés cheux luy, maugré luy,
à force tellement qu'il ne sçavoit où faire
coucher ses gens, et pour le vous donner

à entendre, le dit marchant avoit une fort
belle jeune fille, de l'age de quinze à seize
ans, laquelle couchoit seule en une couchette,
en la chambre de son père et de sa mère, si
ne sçavoint on faire coucher leur serviteur,
pour la presse qui y estoit et se avanturèrent
de le faire coucher avec leur fille, mais le soir
quant ils les couchoint, ilz les mettoint dos à dos
et puis au matin ils les retrouvoint tout ainsi
qu'ils les avoint fait coucher, et cela le gardoit
de fantaisie. Tellement qu'ils coucherent bien
ainsi sept ou huit jours, tant que le Roy fut à la
Rochelle. Quelque temps après que le Roy s'en
fut allé, environ trois ou quatre moys, on s'apperceut que la fille de ce marchant estoit bien
fort grosse. Qui fut bien estonné ce fut le père
et la mère de la fille, et le marchant disoit à
sa femme que c'estoit une grande fantaisie.
— Hé dea! disait-il, dos contre dos je les
couchoye et dos contre dos les retrouvoye, et
si ma fille est devenue grosse comment se peult
faire cela? — Saint Jehan! dit la femme, mon
amy ils se sont retournés. — Vrayement, dit-il,
je le croy. Si s'en vint à son serviteur pour le
battre, mais il s'en fouyt cheux son père et
gaingna sa cause. Quelque peu de temps après
le père de ceste fille se vint plaindre au père de
son valet, de l'oultrage qu'il avoit fait à sa fille,
mais il dit qu'il n'y saroit mettre remède, et que
le plus beau qu'il veit pour reparer l'honneur
de la fille, estoit qu'il les falloit marier ensemble, à laquelle chose s'accorda le père de la fille.
Si vint le père du compaignon à son fils et luy
remonstra le deshonneur qu'il avoit fait en la

maison de son maistre et que ce n'estoit point
bien fait, et pour luy reparer son honneur qu'il
falloit qu'il l'espousast, ou autrement le père de
la fille estoit deliberé de le faire mettre entre les
mains de justice. Le jeune compaignon respondit à son père, qu'il estoit bien content de l'avoir
avec d'autres. — Comment, dit son père, en
veux-tu avoir plus d'une ? — Ma foi, dit-il, mon
père il m'en fault bien deux ou trois pour le
moins. — Ah ! vrayement, respont le père, tu
en aras assez d'une, il n'y a si homme de bien
qui ne s'en contente. — Ma foy, dit le fils à son
père, je ne seray ja marié, si je n'en ay deux
pour le moins. — Or bien, dit le père, tu pren-
dras ceste cy à ceste heure ; et dit que dedans
ung quinze jours d'icy, il luy en trouveroit une
autre. Respondit le fils que le terme estoit bien
long. — Ah dea ! dit le père, penses tu que
l'on treuve si à coup une bonne femme, je te
promets quelles sont fortes à trouver. Lors s'accorda le fils à ceste premiere femme, et furent
bien espousés et mariés ensemble, dont tous les
parents et amis furent joyeux. Au bout de quinze
jours le père vint veoir comment il se portoit.
— Bien, dit-il, mon père, tout va bien, dieu
mercy. — Or ça, dit le père, je t'ai treuvé une
autre femme, quant tu la vouldras avoir. — Ah !
par ma foy, dit le fils, mon père j'en ay assez de
ceste cy et d'avantage, mais gardez la pour vous
si vous la trouvez bonne. — Mais pense tu, dit
le père, que je soye si goulu que toy qui en
veulx avoir deux ou trois, je n'eus jamais que ta
mère, ne n'aray, mais encore en fus-je bien
trompé, car je ne pensoye pas quelle durast tant.

Ainsi se contenta le fils de la femme qu'il
avoit, et je vous promets que il y en a par le
monde beaucop de tels, que quant ils sont à
marier, il leur est avis qu'ils n'aroint pas assez
de demye douzaine de femmes, non plus qu'ung
jau de poulles, mais quant ils sont mariés et ont
leur cotidien emprès eulx, ils en sont assez
tost saouls.

LA DIX-SEPTIÈME NOUVELLE.

PAR LE MARCHANT JOYEUX.

D'un marchant qui acheta l'offerte d'un curé de
toutes les femmes qu'il avoit labourées, mais le
marchant fut deceu de sa femme qui y vint
comme les autres.

N'A pas longtemps qu'en la ville d'Amboise, ou à moins que je ne mente ès
fauxbourgs d'icelle ville, avoit ung curé
joyeux et deliberé, frisque et gaillart,
tendre du bas, tellement que par toute la ville
le bruit tout commun estoit que à grant peine
femme parlast à luy, que incontinent ne l'eust
seduite par ses paroles et qu'il n'en fit son plaisir, et aussi le bruit estoit tel par entre les
femmes que c'estoit l'homme le mieulx emmanché quelles virent jamais; tellement que les
femmes qui en estoint adverties, estoint bien
malheureuses s'elles ne tastoint de ce beau mem-

bre, veu le bon rapport que celles qui en avoint
tasté, leur en avoint dit ; et n'y avoit celle en
la ville, qui ne fut fière ou bien joyeuse, quant
ce dit curé la regardoit, ou lui bailloit ung
salut, ou la convioit à boire ou à manger en sa
maison.

Or est il ainsi que plusieurs hommes mariés
ou autres estoint assez advertis, et assez con-
gnoissoint ce bon curé et les bons tours qu'il
sçavoit bien faire. Si se trouvèrent une foys
trois ou quatre à boire ensemble avec le dit curé,
et estoit environ trois ou quatre jours devant
Noel. Si va dire l'ung de ces bons compaignons
au curé : Monsieur le curé, voici Noel qui vient,
vous arez beaucop de deniers d'offerande que
l'on vous fera. — Je pense, dit le curé, que y en
ara qui vauldra plus de quatre francs et davantage. — Sant bieu, dit ung autre, je vois gager
qu'il ara plus de cent deniers des femmes seulement qu'il a besongées.—Saint Jehan, je t'en croy,
dit l'autre.—Vien ça, curé, dit ung bon compaignon, qui estoit homme marié ; je te vois donner
sept sols et demy de ton offerte de la messe du
point du jour, seulement des femmes que tu as
besongnées, qui y viendront à l'offerte. — Ah !
par ma foi, dit le curé, je suis content. Ainsi fut
leur marché fait et accordé, mais par foy et par
serment, le curé devoit dire à celluy qui faisoit
le marché, quant les femmes qu'il avoit besongnées viendroint à l'offerte, il luy devoit dire,
prend ! Ainsi s'accorda le dit marché, et le marchant devoit recepvoir l'offerte d'ung costé. Par
ma foy, dit l'ung des compaignons, tu n'y gain-
gneras guères. — Hé, que m'en chaut-il, dit

celluy qui avoit fait le marché, je le fais plus
pour congnoistre les femmes qu'il a besongnées,
que pour l'argent, ne le gain que j'y pense avoir.
— Voire ! mais, dit l'autre, par adventure que
tu pourras congnoistre quelque femme dont tu
n'en seras pas joyeux. — Par le sang bieu, dit-il,
ce m'est tout ung et y fut ma seur propre. Or
vient arriver le jour de Noel qu'il falloit aller à
la messe du point du jour, et fut le curé bien
averty ainsi qu'il avoit juré et promis qu'il ne
luy feroit point de faulceté, touchant la dicte re-
cepte. Si vint l'heure de l'offerte, que le marchant qui l'avoit achetée estoit d'ung costé, et le
clerc du curé de l'autre costé et femmes de
venir à l'offerande tant qu'il en passa dix ou
douze, de quoy il ne print rien. Puis après véez
en cy venir autre dix ou douze, trois d'une bande
et de la livrée du curé, car on dit communement que gens de mestier s'entre cerchent, et
quant vint à baiser la platine le curé dit à son
marchant : pren, pren, pren, et autant qu'il en venoit qu'il congnoissoit qu'il avoit besongnée,
tousjours disoit : pren, pren, pren, tellement
qu'il amassa plus de soixante deniers tout d'une
tire. Après voici tout le plus fin meilleur, car la
femme de nostre recepveur de deniers va venir
à l'offerte comme les autres, et elle fut toute
esbaye de veoir son mary recepvoir l'offerande.
Si luy dit le curé, pren ! Si fut bien esbay nostre
homme et commença à changer de couleur. —
Pren, de par le diable, pren, dit le curé, pren
hardiment ! Pense tu que je me veuille parjurer
pour ung denier. — Ah ! mort bieu, dit le recepveur, je suis prins de par tous les diables.

Si s'en va et laisse tout là. Et Dieu sçayt comment il parla puis après à son curé. Lequel luy fit response et dit trop enquerir n'est pas bon, et que luy mesme avoit tort de soy enquerir de tant de choses.

LA DIX-HUITIÈME NOUVELLE.

PAR JEHAN DE LUMEAU DU PONT.

Des aventuriers qui furent hurter en enfer pour manger tous les diables et puis par après allèrent en enfer.

ET pour entretenir nostre propos des aventures ainsi comme on dit souvent pour racompter choses merveilleuses et aventureuses, vray est que une foys advint au pays de France en ung village entre Paris et Troyes, qu'il se trouva ung diable, en guise d'un jeune garson de village, lequel diable estoit là venu pour tenter ces pauvres gens dudit village, et ainsi qu'il alloit par le village, vint en une maison, à qui pour les tromper et décevoir demandoit à servir, et de fait ung homme luy demanda qu'il sçavoit bien faire. Si luy répondit qu'il feroit tout tant qu'il luy plairoit, aller à la charrue, labourer, faucher, fener, pencer les chevaulx, rotir, boulir et plusieurs autres mestiers. Si dit le bonhomme, voici ung tout tel homme qu'il me fault, et l'acqueuillit, et firent marché de ce diable, qui le servoit tant bien que merveilles et s'en contentoit fort le bonhomme.

Or, advint ung jour entre les autres, qu'il passa une grosse bande d'aventuriers, et en vint tout plain audit village, tant que il y en eut six ou sept logés en la maison du bonhomme, là où demoroit ce diable. Mais quant ilz furent entrés là dedans, Dieu sçait comment tout alloit! ilz tuoint poules, chapons, oysons, et cochons, et aneaux de lait; bref c'estoit ung grant déluge du mal qu'ilz faisoint et puis après lardent et mettent en broche. Et devez sçavoir que ce diable rotissoit tousjours, en tirant quelque lardon. Or quant le disner fut prest, la table fut mise, la viande dessus et ces aventuriers après, et Dieu sçait comme ilz besoignoint! ilz n'avoint pas encore les dens eschauffées, que toute la viande estoit mangée.—Ventre bieu! dit l'ung, je ne suis pas demy pansé. — Ne moy, dit l'autre; je n'ay pas demye aulne de boyau remply. Si va dire l'ung: Par la mort bieu! je mangeroye à ceste heure cy ung beuf tout entier.—Je regnye bieu! dit l'autre, je mangeroye, moy tout seul, ung diable tout entier, cornes et tout. — Or savez vous qu'il y a dit ung autre? Par la mort bieu, si j'en avoye demye douzaine de ces diables que vous dictes, bien fricassez, je les mangeroye tous. — Hé comment! dit ung autre, ne savez vous autre chose? Je renonce celuy qui m'a fait, si j'estoye à ceste heure cy en enfer, je mangeroye Lucifer, Sathan, Astaro, Bellial, Marcon, Torcu, Torvant et tous les diables qui sont en enfer!

Et quant le valet de l'oste, qui estoit diable,
les ouyt parler, jamais homme n'eut si belle
paour. — Or sçavez vous qu'il y a, dit l'ung des
avanturiers? Je regnye bieu! qui me voudra
croire, nous irons en enfer et mangerons Lucifer et tout tant qu'il y a de diables en enfer! — Allons! dit ung autre, allons! allons! Et
eulx d'aller tous ensemble et prindrent le chemin pour aller en enfer. Et quant le diable,
valet de l'oste, vit qu'ilz s'en alloint et prenoint
le chemin pour aller en enfer, si laisse là son
maistre, et s'en vient devant en enfer, criant et
brayant à la porte : Ouvrez! ouvrez vistement
les portes, et me laissez entrer! — Hé dea!
dit Lucifer, qu'as tu à crier si fort? — Ouvrez
vistement, dit-il, nous sommes tous perdus! La
porte luy fut ouverte. Et quant il fut entré, à
grant peine povoit il avoir son allaine, car il
n'avoit cessé de courir; puis luy demanda Lucifer que il avoit, qu'il estoit si eschauffé. — Ha!
nostre maistre, fermez bien les portes hardiment, car nous sommes tous perdus! — Et comment? dit Lucifer. Puis luy compta de bout en
bout comme il en alloit, et comme il venoit en
enfer une bande d'avanturiers qui les devoint
tous menger. — Or tays toy, dit Lucifer, lesse
les venir, je parlerai à eulx. Si luy compta
comme il avoit demoré cheux ung bonhomme
de village, là où estoint venus ces avanturiers,
et comment ilz mangeoint tout par où ilz passoint.

Si ne demora guères que voicy venir ceste
bande d'avanturiers hurter à la porte d'enfer.
— Hé dea! dit Lucifer, messieurs, que deman-

dez vous, qui hurtez si fort! — Ouvre! dit
l'ung, je regnye bieu! Je voulons entrer céans!
A ce, dit Lucifer : Vous n'y entrerez pas encore.
— Par la mort bieu! si ferons! dit ung autre.
— Allez! allez! dit Lucifer, mangeurs de diables,
vous n'y entrerez pas à ceste heure, mais quelque
jour viendra que je vous arons trestous en corps
et en ame ; quoy qu'il tarde et ne lessez pas
d'aller pour ceste heure, car vous n'y entrerez
jà! Et quant ils virent qu'ils n'y povoint entrer,
si s'en retornèrent tous ensemble cercher quelque
bonne adventure.

Si dit Lucifer aux autres diables : Laissez les
aller, nous les arons bien tousjours. Et je vous
promets que aussi aront ils, car on dit communément : Qui fait ce qu'il ne doit, il luy advient
ce qu'il ne vouldroit.

DIX-NEUVIÈME NOUVELLE.

PAR THEVENIN DU BOURG.

*D'ung page qui tua ung painctre pour ung chien;
mais il fut pendu et estranglé en despit des gen-
darmes qui l'en vouloint garder.*

ENTRE toutes autres nouvelles vous
veuille dire une chose digne de mémoire et comme ung bon juge est bien
à priser, mais guères ne s'en treuve
qui ne ayent tousjours ung garde d'arrière. Vray

est que n'a pas longtemps, à Chalons sur la
Sône, estoit logée une compagnie de gens d'armes, lesquels estoint là en garnison. Or est il
ainsi qu'un jour entre les autres, ung de leurs
pages grant et fourny, homme tout fait, alloit
abreuver ung cheval, et en revenant de la rivière
il passoit par devant l'huys d'ung painctre, fort
homme de bien, et bien aymé de toutes gens de
la ville, car il estoit fort grant ouvrier de son
mestier. Or avoit cestuy painctre ung chien,
lequel abayoit après le cheval que l'autre menoit
tant que ledit page s'en ennuya fort, et de fait
retourna pour courir après ce chien et quant il
vit qu'il ne pouvoit attraper ledit chien, il mit
pied à terre et bailla son cheval à ung de ses
compaignons; alors tira son espée et courut
après le chien, et le poursuivit jusques à la
porte de son maistre et tant fit, qu'il le tua rasi-
bus de l'huys. Le dit painctre, oyant le bruit,
saillit hors de sa maison et vit comme l'autre
avoit tué son chien. Si en fut bien marry et
commença à le tancer, disant qu'il avoit mal
fait d'avoir ainsi meschamment tué son chien et
qu'il n'en estoit pas trop content. Alors, respondit le page, que par la mort bieu, si luy
eschauffoit la teste, qu'il luy en feroit autant et
se commencèrent fort à tancer l'ung l'autre,
tant que plusieurs des voisins s'assemblèrent là
qui voyent tout le mystère. Disoit le painctre
qu'il avoit tort d'avoir ainsi tué son chien, qui
ne luy demandoit rien; et tousjours le page
estoit indigné envers l'autre, tousjours tançant
à luy. Après plusieurs injures dictes l'ung envers
l'autre, le page, faisant semblant de s'en aller,

retorna tout court à l'encontre du painctre et
luy mit son espée au travers du corps, tant
qu'il le tua tout roide. Alors commencèrent
les voisins à crier au meurtre et l'autre de fouyr
tant qu'il peut devers le logis de son maistre,
pensant estre à sauveté. La justice en fut adver-
tie ; on envoya force sergens après et tant le
cerchèrent qu'il fut trouvé, lié et garroté, et
mené prisonnier ès prisons royales. Cela fait,
informations furent faictes, tant pour l'ung que
pour l'autre, et fut congnu et avéré que ledit
paige avoit grant tort, car le painctre estoit
bien aymé et l'autre l'avoit tué laschement et
meschamment et pour ung rien. Si le condampna
le juge incontinent et sans délay à estre pendu
et estranglé.

De laquelle chose lesdits gens d'armes estant
là en garnison en furent bien marrys, et disoint
par entre eulx : Ce nous sera ung gros déshonneur si nous lessons pendre ce compaignon là.
Si conclurent entre eulx qu'ilz l'iroint secourir,
et de fait quant ilz sceurent que l'on le vouloit
pendre, s'en vont tous armer secrètement et
s'en vont devers la justice, qui estoit ordonnée
pour le pendre, deux à deux, quatre à quatre,
six à six, sans faire semblant de rien, sinon
que pour eulx esbattre et estoint là tous attendant que l'on menast pendre le compaignon,
pour le secourir et mettre hors des mains du
bourreau. Si il y eut quelqu'ung qui vit toute
l'entreprinse qu'ilz avoint faicte, et s'en vint au
juge pour l'advertir, luy disant : Monsieur, tous
les gens d'armes de la garnison de ceste ville
sont devers la justice pour garde de pendre le

malfaicteur que voulez envoyer. Le juge, de ce
adverty, le fit tarder et dit qu'il ne seroit point
pendu pour le jour et fut remis en fin fons de fosse.
Le lendemain au matin le juge envoya la trom-
pette, par tous les carrefours de la ville, criant à
son de trompe, qu'à la peine de dix mars d'argent, que tous manans et habitans de la dicte
ville, de chascune maison, il y eut une personne
armée et embastonnée et à heure présente devant
la maison du juge pour accompaigner justice.
Cela fait, incontinent se trouvèrent par les rues
et hors la porte de la ville plus de quatre mille
personnes, et fut mené ledit compaignon à la
justice, et fut pendu et estranglé que jamais
gendarme ne se osa mettre au devant. Et voilà
comme le juge fit bonne justice, mais tous ne
font pas ainsi.

LA VINGTIÈME NOUVELLE.

PAR LE PROCUREUR PONTIFICAL DU PONT.

*D'un curé amoureux de la femme d'un painctre,
comment il faisoit le crucifix tout nu dessus une
croix et de ce qui lui advint.*

ENTRE plusieurs autres nouvelles par cy
devent racomptéés dire vous en veuille
une digne de mémoire. N'a pas longtemps qu'en la ville de Troyes avoit
ung painctre gentil, gallent, bon ouvrier de son

mestier, et abille et avec ce avoit une très bonne
boutique et bien garnie. Or devez scavoir que
cestuy painctre, dont nous parlons, avoit une
très belle femme et honneste, si dit-on voulentiers que ce n'est pas le plus grand heur qu'ung
homme pourroit bien avoir, mais elle estoit
telle; et d'adventure y avoit ung curé en la
ville, qui estoit tant amoureux de celle belle
painctresse qu'il en perdoit les piés, et tant d'al-
lées et de venues fit pardevant son huis que le
pouvre curé ne sçavoit en quelle façon se maintenir et par plusieurs fois parloit à elle, mais
elle n'y vouloit entendre. Tant de fois l'avoit refusé, qu'elle en estoit toute faschée et de fait,
se delibera de le dire à son mary.

Or devez sçavoir que de là environ estoint
venus de quinze ou seize lieues deux procureurs
d'ung village, qui n'estoint pas des plus sages,
et vouloint acheter un crucifix pour leur église
et d'adventure se vindrent arriver en la boutique du painctre dont nous parlons. Et comme
je vous ai jà dit, il estoit bon compaignon,
joyeux et délibéré, regarda ces bonnes gens de
village et à son advis veoit bien qu'ils ne sçavoint quasi que dire et leur demanda qu'il y a
messieurs, que voulez-vous avoir ? Lors respondit l'ung : Maistre, sçavez vous qu'il y a ?
Vous devez sçavoir que nous avons bien fait
rabiller nostre esglise de belle massonnerie toute
neuve, et ainsi, comme nous avons entreprins
pour la bien reparer, il nous fault avoir un beau
crucifix, qui soit grant et bien fait, et je nous
sommes adressés par devers vous pour nous en
bailler ung en le bien payent ; car on nous a dit

que vous estiez bon maistre. — Or bien, dit le
painctre, je vous fourniray de cela que vous fault,
mais de quelle grandeur le voulez vous ? — Par
ma foy ! ce dit l'ung des deux procureurs, il le
fault beau et grant comme ung homme. — Voire !
mais, dit le painctre, le voulez-vous vif ou mort ?
— Ah ! par Saint-Jehan, se dirent-ils, on ne
nous en a point parlé, mais si fault il adviser
comme nous le prendrons ; mais je vous diray
que nous ferons, maistre, nous prendrons congé
de vous jusques au matin et puis nous viendrons
par devers vous et vous en dirons la responce.
— Or allez, de par Dieu, dit le peintre. Si s'en
revont en leur logis, parlans de leur affaire et
proposoint de retourner au village pour sçavoir
s'ils en prendroint ung mort ou ung vif, mais
l'ung des procureurs s'avisa et dit : De retourner au village ce seroit une grosse paine et grans
despens pour la paroisse, mais j'ay bien advisé
autrement, nous en prendrons ung tout vif et
puis quant nous serons arrivés, nous le cache-
rons et demanderons comme ils le veulent. Si
le veulent vif, nous leur presenterons ainsi qu'il
sera, et si le veulent mort, nous le tuerons. Et
ainsi furent leurs appointements faits et s'en
vont dormir jusqu'au matin.

Or retournons à notre propos du curé et de
la dame. Ceste femme dudit painctre, qui estoit
bonne et honneste, et à qui les paroles du curé
luy faschoint, va dire à son mary comme ce curé
la persuadoit incessamment quant il la trouvoit,
et luy promettoit or et argent, bagues, joyaux,
et tant que c'estoit belle chose, car il avoit grant
revenu. — Or sçay tu qu'il y a ? dit le painctre,

la premiere foys qu'il te trouvera et qu'il te pre-
sentera tant d'argent, dy luy que tu es contente
et qu'il ne se moque point de toy, et je feray
semblans d'aller dehors, et puis soudain je re-
viendray et le prendray tout nud dedans le lit ;
et par la mort bieu, dit le painctre, il laissera
argent et robbes si le grant diable ne l'emporte.
Et par ainsi fut leur accord fait ; et ne tarda pas
guères longuement que le curé rencontra la
dame, et Dieu sçait s'il luy fit bonne chère, la
priant comme il avoit accoustumé. Alors respondit la dame : Monsieur, si je sçavoye que ne
vous mocquisiez point de moy, de me donner
cela que me promettez j'en seroye contente. —
Ah ! je vous promets, dit le curé, que j'aymeroye
mieux estre mort que de vous tromper, et si
vous donneray cent escus tout contans et davantage. — Or, monsieur, dit la dame, je vous
diray la chose vient bien à point, car mon mary
m'a refusé d'une robe que je vouloys avoir et
vous la me donnerez, et d'autre part, demain
dès quatre heures du matin il s'en va dehors
avec son vallet et vont paindre en ung village
des ymages, et ne viendront de trois jours. —
Oh ! Dieu, dit le curé, que cela vient bien à point,
et je vous promets d'y aller, et porteray l'argent
que j'ay promis et davantage. Si se departirent
de là en prenant congé l'ung de l'autre. Alors
vint la belle painctresse en sa maison et compta
à son mary tout l'exploit qu'elle avoit fait, et
comme le curé devoit venir le lendemain pour
coucher avec elle. A tant se passa le jour et la
nuit jusques au lendemain matin que le dit painctre, avec son vallet bien instruit de ce qu'il

devoit faire, partirent de la maison pour aller au
dit village paindre, mais ils n'avoint pas grant
envie d'aller bien loin. Le bon curé ne dormoit
pas, mais faisoit le guet, quant le painctre s'en
iroit, lequel il vit partir de sa maison avec son
vallet, et quant ils furent ung peu loin, oncques
homme ne fut plus joyeux, et soudain se vint
renger à l'huys de la maison, lequel luy fut ouvert tout soudain, car la dame faisoit le guet.
Lors entre ledit curé, et puis après l'huys fermé
baise et accole la dame, qui luy demanda : Monseigneur, avez vous tint promesse ? — Ouy, dit-il,
par la foy de mon corps, tenez voilà une bourse
où il y a six vingt escus soleil, ce sont vingt
escus davantage pour la robe, mais couchons
nous vistement. — Bien, dit la dame, monseigneur, despouillez vous vistement. Et le curé se
despouilla soudain tout nud et se mit dedans
le lit, puis dit à la dame quelle se couchast
vistement. Alors elle se deslace la cotte toute
doulcement, et puis vint à ses chausses, qu'elle
ne pouvoit tirer, car elle escoutoit son mary
à venir, dont le curé estoit fasché qu'elle
ne venoit point se coucher. Mais tout soudain le mary va arriver, qui hurte à l'huys.
— Oh ! Jésus ! dit la dame, qui est-ce là ? Je
suis femme perdue et deshonnorée. — Hé da !
dit le curé, regardez que c'est, Dieu aydant, il
n'y ara que tout bien. Alors elle ouvre la fenestre, puis regarda tout contrebas et vit son mary,
qui luy dit : Ouvrez-moy l'huys, car nous avons
oblié de nos besongnes à porter. — Hélas !
dit-elle, c'est mon mary qui a oblié quelque
chose qu'il revient querir. — Comment ! dit le

curé, ma mye, mettez moy vistement en quelque lieu jusqu'à ce qu'il s'en soit retorné. — Monsieur, dit la dame, montez vistement en ce grenier icy dessus et vous mettez parmy ces grans crucifix qui y sont, et là on ne vous cognoistra point. Alors monte le curé en hault, tout nud, et la dame va ouvrir l'huys à son mary, lequel quant il fut entré, luy va dire qu'ils avoint oblié tout plain de leurs besongnes, et secrétement luy demanda : le curé y est il ! — Ouy, dit-elle, il s'en est fouy en hault, je le voye ung peu reconforter. Alors monte la dame au grenier, où estoit le curé, luy disant : Monseigneur le curé, je suis bien marrie de ceste malle fortune qui est ainsi advenue, mais je vous diray, dit-elle, prenez patience, ils s'en iront tantost. — Comment, dit le curé, voire ! mais je meurs de froid d'estre ici tout nud, encore si j'avoye ma robbe, je ne m'en soucieroye pas tant. — Ah ! mon amy, dit elle, il vault mieux que vous soyez ainsi, car voicy le vallet qui vient tantost icy en hault, et vous vous mettrez dedans une de ses croix ainsi nud que vous estes, et semblera d'ung crucifix ; mais voilà un trou qui regarde en ma chambre, regardez quant ils s'en seront allés. Et puis vous viendrez à bas dedans le lit et puis je vous reschaufferai. — C'est bien dit, dit le curé. Alors descend la dame en bas et le maistre parle à son vallet, luy disant que c'estoit le plus meschant garson du monde, et que tousjours il oublioit la moitié de leurs besongnes. — Or çà, dit le maistre, regarde bien à ceste heure qu'il nous fault. Lors monte le vallet en hault pour aller querir ses couleurs, et quant le curé le vit

venir, par son pertuys, si se va regetter tout
nud sur une croix, et le vallet le vit bien, mais
il n'en fit nul semblant, puis prend les couleurs
qu'il luy falloit, et s'en reva en bas, et le curé
bien aise, car il pensoit qu'ils s'en allassent;
puis va regarder par son pertuys.—Or çà, dit le
maistre, avons nous tout à ceste heure?—Ouy,
mon maistre, dit le vallet. — Or, allons de par
Dieu. — Maistre, dit le vallet, sçavez vous que
je vouloys dire? Il vault beaucop mieux que
nous desjunons premier que d'aller, car il est
déjà tart et d'autre part nous ne despendrons
pas tant de la moitié céans que nous ferions en
une taverne. — Saint Jehan! dit le maistre, tu
es de bon advisement. Allez, dit-il à sa femme,
querir du vin. Et quant le curé l'ouyt, Dieu sait
comme il estoit aise. Si se vont mettre à desjuner tous deux et la dame qui estoit là qui faisoit
bonne poincte, et son mary lui demandoit secretement si elle avoit les escus. — Ouy, dit-elle, ne
vous souciez. Et tout ainsi comme ils desjunoint,
voilà arriver les deux procureurs de village, qui
demandoint le crucifix. Si les fit monter le maistre
en hault et les fit desjuner avec luy; et quant
ils eurent desjuné, le maistre leur va dire : Or
çà, messieurs, que voulez-vous dire? — Il fault,
dirent-ils, que nous voyons vos crucifix. — C'est
bien dit, dit le maistre, or venez après moy et
je vous en montreray. — Alors le pouvre curé
fut bien estonné quant il vit que on le venoit
veoir, si se recoucha tout nud sur une croix
comme par ci devant il avoit fait; et quant ils
furent tous montés en hault ils regardoint ces
crucifix de çà et de là, pour veoir si lequel

leur seroit plus beau, et ainsi qu'ils regardoint, le maistre dit à son vallet; je te promets, Jehan, que tu besongnes bien maintenant, et en regardant le curé qui faisoit bonne poincte sur ceste croix, luy demanda : — Viens çà, Jehan, puis quant as tu achevé cestuy-là ? je te promets qu'il est bien tiré au vif. — Il n'y a, dit le vallet, que huit jours qu'il est achevé. Et en disant cela, le maistre tira ung grant couteau qu'il avoit. — Hé ! vien çà, meschant garson, t'ay-je apprins à leur laisser les couilles si longues ? Et s'approcha de la croix avec son couteau, et coupa les couilles au curé, lequel se print si très fort à crier : Jésus, je suis mort ! Et alors commença à fouyr tant comme il peut tout nud hors de la maison. — Jésus ! miracle, dit le painctre, voilà ung de mes crucifix qui s'en va. — Or, messieurs, dit le maistre, voilà ung crucifix qui est vif, si vous en voulez ung. — Par ma foy, dit l'ung des procureurs, je ne conseille pas que nous en prenions ung vif, car il nous pourroit bien eschapper comme celluy là et nous arions perdu notre argent. Sî furent d'accord d'en prendre ung autre , lequel ils payèrent très bien au maistre tant qu'il s'en contenta ; mais le curé n'estoit pas content, car il y laissa les couillons et robe et argent et encore ne fit rien à la dame, en quoy il estoit le plus marry.

———

LA VINGT-UNIÈME NOUVELLE.

PAR MAISTRE ANTITUS.

D'un jeune fils et d'une jeune fille qui furent mariés bien jeunes et s'en alla le marié longtemps à Paris et quant il revint sa femme luy demanda qu'il avoit fait de son petit membre qu'il avoit au temps jadis.

IL n'est rien si veritable après l'évangile qu'une fois à Poictiers avoit ung riche marchant, lequel avoit une très belle jeune fille et l'aymoit tant que merveilles. Or est il ainsi que d'autre part avoit ung autre riche marchant, lequel avoit ung beau jeune fils, sage et bien morigené, et alloit à l'escolle et devez sçavoir qu'ainsi que ces deux marchans devisoint entre eulx de plusieurs matières, ils vont commencer à parler de leurs enfans et que ce seroit ung beau mariage de les mettre tous deux ensemble, mais tant il avoit qu'ils estoint tous deux trop jeunes, d'autre part les pères et mères ne sçavoint pas s'ils vivroint assez longuement ensemble pour les veoir marier, si conclurent entre eulx que le mariage se feroit et non obstant quelque jeunesse ou adolescence qu'il y eust, furent bien fiancés et espoussés. Après les nopces faictes et qu'ils eurent esté ensemble par l'espace d'ung demy an ou environ, s'advisa le père du jeune marié, lequel

n'avoit pas plus de quinze ans ou environ, de
l'envoyer à Paris, aux escoles, pour estudier.
Du conseil des pères et mères, il partit et lessa
la jeune mariée en garde à son père et à sa mère,
lesquels en firent bonne garde, et le jeune marié
estoit à Paris aux escoles, là où il triumphoit
d'apprendre et il fut assez longuement tant que il
luy ennuya, car il y avoit esté de six à sept ans sans
veoir sa femme, dont il luy ennuyoit. Si manda
à son père et à sa mère qu'il luy ennuyoit et s'en
voloit retorner pour veoir sa femme, lesquels en
furent tous joyeux et le firent revenir, et Dieu
sçait la chère qu'on lui fit. C'estoit unes secondes
nopces. Il baisoit et accoloit sa femme, c'estoit
chose merveilleuse de la bonne chère qu'ils faisoint. Or vint l'heure d'aller coucher, lesquels
y allèrent et devez sçavoir que le jeune gallant
tandis qu'il avoit demoré à Paris estoit devenu
grant et gros quasy de la moityé, car tous ses
membres luy estoint creus et principalement le
petit membre dont sa femme se contenta fort
bien ; mais ainsi comme il la besongnoit, la pouvre
sotte se enhardit de parler et luy demanda : Hé
dea ! mon amy ! qu'avez-vous fait du petit
membre que vous aviez, quant vous allastes à
Paris ? — Hé ! pourquoy ma mye, dit-il, qu'en
voulez vous faire ? — Nous en eussions, dit elle,
fait ung coin pour mettre auprès de cestuy cy.
— Ah ! Saint Jehan, dit il, j'ay tort, cestuy cy
n'est donc pas assez gros pour vous fournir. Si
fut la jeune femme toute honteuse, car elle vit
bien que son mary se mocquoit d'elle et qu'il
prenoit la matière à cœur. — Hé dea ! dit elle,
mon amy, ne vous en courroucez point, car je

ne le dis qu'en me jouant. — Non dea ! dit–il, il est bon ainsi. Je croy moi que il y a beaucoup de femmes par le monde qui quant elles en avoint ung des plus gros encore en vouldroint elles avoir ung autre plus gros•pour faire ung coin ainsi que le dit la pouvre jeune femme sans y penser en nul mal.

LA VINGT-DEUXIÈME NOUVELLE.

PAR JEHAN D'ESPAGNE.

D'ung bon juge de Troyes qui jugea des causes bien veritables et à la réable verité.

UNE foys advint qu'il se trouva en la ville de Troyes ung juge moult sage et discret, et qui jugeoit les choses justes et léables à la réale vérité, lesquelles venoint à sa congnoissance, sans piller, ni des-rober les pouvres gens. Or est il ainsi qu'en ladite ville avoit ung riche homme et grant usu-rier, lequel avoit ledit riche homme ung sien voisin pouvre, qui avoit une maison qui pas guères ne valloit, joignant du riche homme ; — laquelle par plusieurs fois l'avoit voulue achep-ter ledit riche ; mais l'autre ne luy voulloit jamais vendre. Si se pensa en luy mesme, qu'il lui feroit menger sa maison en procès, s'il pouvoit, car il taschoit à autre chose. Si vint au bonhomme, et fit tant qu'il luy loua une cave, après qu'il l'eut

louée, le riche homme y mit dedans ladite cave
dix tonneaux d'huile, dont il y en avoit la moitié
qui n'estoint que demy plains.

Quelqu'espace de temps après, le riche homme
voulut avoir son huille, et vint en la cave pour
la tirer, et trouva cinq tonneaux qui n'estoint
que demy plains ; mais il sçavoit bien la finesse.
Si fit adjorner le bonhomme, disant qu'il luy
avoit desrobé son huille, laquelle il avoit mise
en sa cave. Le juge, estant adverty de l'affaire
par le rapport du bonhomme, lequel luy jura fermement n'y avoir jamais touché, fit vuyder ung
des tonneaux plains et ung des demy plains, pour
veoir auquel se trouveroit plus de lye; mais il
s'en trouva la moitié plus au plain qu'au demy
plain, et par ainsi il congnut la vérité, que ledit
tonneau ne avoit esté admené en ladite cave que
demy plain, ne les autres quatre pareillement.
Dont il condampna le riche usurier à tous despens, dommages et intérêts. Mais tous juges ne
font pas ainsi.

Une autre avanture vint, que ledit riche homme
dont nous parlons estoit ung papelart, qui contrefaisoit le bigot, et avoit grant bruyt d'estre
homme de bien, tant que quant on luy bailloit
à garder quelque trésor, il avoit le bruit d'en
rendre bon compte. Or y eut il ung jour quelque
quidam qui luy bailla à garder cent éscus, et
s'en alla en pays estrange là où il demeura assez
longuement, et luy estant revenu, vint en sa
maison pour ravoir son argent, car il en avoit
nécessairement affaire. Mais quant le riche le vit,
il ne le cognut point, et dit qu'il ne l'avoit
jamais veu; dont le pouvre compaignon fut

bien estonné et ne savoit que faire, car il avoit
grant necessité d'argent ; mais par le conseil de
quelqu'homme de bien, alla parler au juge, qui
le conseilla bien, comme il pourroit retirer son
argent.

Si envoya le jeune compaignon ung homme
bien instruit de ce qu'il devoit dire, et auquel il
se fioit, lequel s'en vint au riche homme, auquel
il dit qu'il estoit maistre d'hostel de quelque
gros seigneur, et qu'il luy voulloit bailler à
garder dix mille escus, dont le riche homme
estoit très-joyeux et luy faisoit grant chère, et
ainsi comme ils devisoint eux deux ensemble,
voicy venir le jeune compaignon qui luy avoit
baillé à garder les cent escus, et les luy demanda,
présent l'autre. Mais incontinent le riche le vint
accoler, disant qu'il fut le bienvenu et les va
querir, et les luy bailla, et par le conseil du juge
il retira ses cent escus, car devant l'autre il ne
voulloit pas nyer, de paour qu'il ne luy baillast
les dix mille escus à garder. Mais ce n'estoit
qu'une fainte, car il ne luy en voulloit pas bailler.

Ung jour advint que ce riche homme s'en
alloit à quelqu'une de ses affaires, et avoit en sa
manche une bourse, là où il y avoit cinq cens
escus dedans, et perdit ladite bourse, et la
trouva ung bonhomme de la ville. Si fit cryer à
son de trompe le dit riche homme, qu'il avoit
perdu une bourse plaine d'escus, et à qui l'aroit
treuvée, donneroit voulentiers cent escus pour
ses peines, laquelle chose ouye audit bonhomme,
lequel avoit ladite bourse, là où il y avoit cinq
cens escus dedans, les compta et en print cent
pour sa part et bailla le demorant au riche homme,

luy disant qu'en ensuyvant sa promesse, il en
retenoit cent pour luy, laquelle chose ne voulut
pas accepter le riche homme, et disoit qu'il
avoit en sa bourse qu'il avoit perdue six cens
escus, et sur cela il fit adjorner le bonhomme par
devant le juge, lesquels comparurent tous deux.
Quant le juge les eut entendus, il vit bien qu'il
y avoit de la cautelle. Si tira le bonhomme à
part, qui avoit la bourse, et luy fit lever la main
pour jurer. Après le serment par luy fait, luy
dit le juge : Or ça, mon amy, tu promets que tu
diras vérité ! — Ouy, monseigneur, dit le bonhomme. — Combien y avoit il d'escus en ceste
bourse que tu as trouvée ? — Monseigneur, dit
il, par le serment que j'ay fait, il n'en y avoit
que cinq cens. — Or je t'en croy, dit le juge,
retire toy ung peu arrière. Et fit venir le riche
homme par devant luy, et le fit jurer comme
l'autre de dire vérité. — Or ça, dit le juge,
monsieur, par le serment que vous avez fait
vous direz vérité. — Ouy da, monsieur, dit le
riche homme. — Combien y avoit il d'escus en
la bourse que vous avez perdue ? — Monsieur,
dit il, je vous promets ma foy qu'il y en avoit
six cens. — Et cela voulez vous maintenir ? dit
le juge. — Ouy, dit le riche homme. — Lors
appella le bonhomme, qui avoit trouvé la bourse,
en la presence du riche et de plusieurs autres
personnages. — Or ça, dit le juge, devant tous,
venez ça, bonhomme. Ne m'avez vous pas juré
qu'en la bourse laquelle avez trouvée il n'y
avoit que cinq cens escus. — Ouy, monseigneur,
dit le bonhomme. — Et vous aussi, dit il au
riche homme, ne m'avez vous pas juré qu'en la

bource qu'avez perdue, il y avoit six cens escus?
— Ouy, monsieur, dit il. — Je croy, dit le juge,
que vous ne vous en daignerez parjurer ni le
bonhomme aussi, vous estes tous deux gens de
bien. Puis print la bource et dit au bonhomme
qu'il la gardast encore. Et puis dit au riche qu'il
fist derechef crier sa bource et que ceste là n'estoit pas la sienne, car tous deux avoint juré, et
qu'ils ne se daigneroint parjurer ni l'ung ni
l'autre. Mais quant le riche homme vit qu'il
estoit ainsi prins, fut bien estonné et se mit à
genoux devant le juge et luy cria mercy, disant
que c'estoit là sa bource et que faulcement et
mauvaisement il s'estoit parjuré, priant au juge
qu'il luy fist rendre sa bource; laquelle chose
il fit, mais ce ne fut pas sans grandes injures et
reproches devant tout le monde, dont l'avoit
bien mérité. Et voilà comme le bon juge en fit;
dont plusieurs juges ne l'eussent pas ainsi fait,
mais se fussent saisis de la bource pour le premier, et puis après à enquerre.

LA VINGT-TROISIÈME NOUVELLE.

PAR CHAUDERIS DU PONT.

*De deux femmes de village qui trop burent du vin
bastart et firent accroire à leurs maris que leur
asne avoit esté mis en prison.*

EN ensuyvant nos nouvelles, il n'est pas
digne d'oblier qu'en ung village près
de Paris estoint deux bonnes commères, lesquelles estoint venues en

ladite ville à ung samedy matin au marché et
après que elles eurent vendu et fait leur emplette, prestes à retourner en leur maison, passèrent par une rue, là où elles rencontrèrent
ung crieur de vin, lequel crioit du vin bastart à
six ! Or les femmes, qui avoint envie de boire
et de banqueter ung petit, tastèrent de ce vin
et le trouvèrent amer comme sucre. Elles demandèrent au crieur là où ledit vin se vendoit. Si
leur monstra la maison et y allèrent demander
pinte, laquelle fut apportée incontinent. Lors
elles commencèrent à boire et trouvoint ce vin
merveilleusement bon. Ceste pinte fut despes-
chée à deux coups et la deuxième et la troisième
s'en alla. Elles, cuydant que la pinte ne fut que
à six deniers, furent trompées, car il estoit à
six blancs la pinte, et n'estimoint qu'à xviii deniers cela qu'elles avoint beu. Et derechef burent encore pinte, et tant burent qu'elles ne
savoint plus où estoit le duc et ne povoint plus
babiller ne parler, tellement qu'il leur convint
dormir et reposer devant que repartir de là.

Et après qu'elles eurent reposé le premier,
il fallut compter et payer. Lors l'oste commença
à compter dix sols en vin et six blancs au de-
meurant, qui estoint douze sols six deniers,
dont elles furent bien esbayes d'ouyr ce compte.

— Comment ! dirent-elles, votre vin n'est que
à six deniers la pinte ; le crieur le nous a dit.

— Comment ! morbieu ! dit l'oste, il couste plus
de deux sols à deux cents lieues d'icy, par le
sang bieu ! vous en payrez pour le tout douze
sols six deniers. Si furent les deux commères
bien esbayes, car elles veoint bien qu'il falloit

passer par là. Et si estoit quasy nuit et si
n'avoint pas grant argent. Mais il falloit payer
cela et le payèrent et s'en vont avec ung asne
qu'elles avoint, en devisant comment elles pourroint faire compte à leurs maris de la recette
qu'elles avoint faicte à la ville. Si dit l'une à
l'autre : Ma commère, ne te soucie point, je n'ay
point de regret en nostre argent, nous avons fait
bonne chère ; je te promets que je feray si bien
envers nos maris que tout se trouvera bien. —
Ah ! ma mye, dit l'autre, je me fie du tout en
vous. — Il nous fault, dit l'autre, faire telle
chose et telle. Et quant elles approcherent de la
maison elles faisoint plus les desconfortées et
maudissoint l'asne, à toute force, et disoint :
Le grant diable y ait part en l'asne et qui nous
le bailla jamais à mener. Et les deux maris, qui
ouyrent ainsi maudire cest asne, qui pensoint
que leurs femmes fussent perdues d'avoir tant
demoré, sortirent hors de la maison, pour veoir
qu'il y avoit en cest asne. — Hé dea ! dit l'ung
des maris, nostre femme, vous ne deussiez
jamais revenir ? — Oh ! le diable y ait part en
l'asne ! dit-elle. — Voire ! mais qu'y a-t-il ?
dit-il. — C'est, dit l'une, nostre asne qui s'est
mis en ung blé et en a mangé son saoul et les sergens l'ont mis en prison, et nous couste plus de
quinze sols à retirer. Et voilà que nous avons
gaigné en l'asne, et qui nous a fait tant demorer. — Ah dea ! dit l'ung des maris, il n'y a point
de remède. Si la fortune est advenue, il la fault
prendre en patience. — Voire ! mais, dit l'autre,
nous avons beaucoup despendu pour l'amour de
ce vilain asne. — Or, sus ! sus ! dit l'ung, cela

est fait, nous n'en laisserons point de soupper. Ce sont quinze sols perdus, Dieu nous gart de plus grande perte. Allons faire ensemble bonne chère, je nous recouvrerons ailleurs se Dieu plaist. Et ainsi vont soupper ensemble, et les femmes furent sauvées du vin bastart qu'elles burent tout leur saoul. Et pour ce dit on voulentiers, qu'il n'est finesse que femmes ne treuvent.

LA VINGT-QUATRIÈME NOUVELLE.

PAR LE BOULENGER DU PONT.

D'un boulenger qui fut amoureux d'une chamberiere, et en venant querir la paste l'avoit embranchée, et comment il empoigna la maistresse qui les avoit departis et lui bailla ce que la chamberiere devoit avoir.

Vous devez sçavoir et entendre qu'une foys advint au pays de Champaigne, qu'il y avoit ung jeune gallent de boulanger, lequel estoit bien fort amoureux d'une jeune fille chamberiere, laquelle ne demoroit guères loin de là où se tenoit ledit boulenger, et si ledit boulenger aymoit bien la fille, aussi faisoit elle luy. Tant parlèrent ensemble de leurs amours d'ung costé et d'autre, qu'il ne fut plus question si non de se trouver en quelque lieu oportun pour faire leur plaisir et

passe temps ensemble, et pour parfaire ce pourquoy ils avoint longtemps travaillé à apointer
ensemble. Or est il ainsi qu'après leur appointement fait, ils ne pouvoint trouver lieu secret ne
opportun à faire leurs besongnes. Si conclud
ledit boulenger avec ladite chamberiere qu'il luy
commanderoit à faire sa paste après la minuyt
et ainsi fut fait. Or devez vous sçavoir que la
dame de léans, qui estoit fine et rusée, veoit
souvent le boulanger parler à secret à sa chamberiere, si se doubta du cas et fit le guet après.
Or vint ce jour tres desiré que il falloit faire du
pain. La chamberiere ne faillit pas à l'entre-
prise ni le boulenger aussi. Tellement que ledit
boulenger ainsi qu'il avoit promis ne faillit pas à
venir sur les deux heures après minuit pour
querir sa paste. Or ainsi comme je vous ay ja
dit, la maitresse, qui du cas se doubtoit, quant
elle ouyt le boulanger, qui venoit querir la
paste à telle heure, se doubta plus fort que
devant; si se leva tout doulcement et vint faire
le guet après le pouvre boulenger et sa chamberiere, soy cachant derriere l'huys, et quant
ledit boulenger fut là arrivé non pensant à l'en-
busche qu'on luy faisoit, vint baiser et acoler
la dite chamberière et elle luy et la jetta contre
terre et vont commencer à faire leur besongne
fort et ferme. Et quant la maistresse vit qu'ils
besoingnoint ainsi à bon escient, elle sortit de
derriere l'huys, là ou elle estoit cachée et commença à crier: Or sus de par tous les diables,
sus! Et est-ce ainsi comme je suis servie d'une
telle chamberiere et d'ung larron boulenger. La
chamberiere et le pouvre boulenger furent bien

estonnés, Dieu le sçayt! car je l'ay essayé. Si se
leva le boulanger soudain de dessus la pouvre
chamberiere, et regarda la maistresse qui les
avoit desbauchés de si bonne œuvre, laquelle
estoit toute en chemise et estoit assez belle et
blanche et avoit les tetins descouverts, si en
print envie au boulenger, car il avoit encore
son membre roide qui luy fumoit comme ung
tuyau de cheminée, car il ne faisoit que commencer la besongne à la pouvre chamberiere,
empoigna la maistresse au travers du corps et
la ruà sur une couchette et luy baille au travers du corps du poignart qu'il avoit en la braye
de ses chausses, tellement que la bonne dame
receut la doulce huile de rains, que la pouvre
chamberiere devoit avoir, et se retira la maistresse en sa chambre toute contente et le boulanger empoigne la paste pour la porter au four.
La pouvre chamberiere estoit là toute estonnée,
car elle faillit à sa venue. Nonobstant le boulenger la reconforta luy promettant que bien tost
recompenseroit la faulte laquelle avoit esté faicte,
et que à tout le moins sa maistresse ne se mocqueroit point d'elle, laquelle chose reconforta
ung peu la dicte chamberiere.

LA VINGT-CINQUIÈME NOUVELLE.

PAR JEHAN CLEMENT.

De deux personnages qui jurèrent et l'ung se donna au diable pour avoir une grosse métairie, et le diable le vint querir, puis revoqua sa sentence, et s'en trouva bien.

ENTRE plusieurs autres nouvelles pour soy garder de maulvaises fortunes, est bien licite de en racompter d'aucunes, lesquelles sont advenues n'y a pas longtemps. A Tours advint une foys, qu'il y avoit ung homme, lequel ainsi que l'on disoit avoit esté pressé de faire serment solennel, pour quelque debte laquelle il nyoit. Et de ce fut dit qu'il en jureroit sur la vraye croix, aux Jacobins dudit Tours, et de faict se trouva au jour assigné pour jurer au dit lieu et jura fort et ferme sur la vraye croix, tout au contraire de cela que il savoit bien. Ceulx qui le faisoint jurer, voyant bien qu'il se parjuroit faulcement, luy dirent : Hélas ! mon amy, tu vois bien que tu te parjures faulcement, regarde à ton affaire et te desdis de cela que tu as dit. Derechef jura encore plus fort et se donna au diable corps et ame, du cas qui n'estoit vray. Et tout en ung instant, vint ung diable invisible, lequel l'emporta en l'air en hault, jusques près des vaoultes de ladite eglise. Les assistans qui ce virent crioint après : Mon amy ! révocque ta sentence ; et en disant ce, on ne scet si la révocqua ou non, mais le diable le laissa tomber à terre qui oncques depuis ne parla, mais il vesquit bien deux ou troys jours, après morut. Et par ainsi vous povez bien veoir que c'est une grant lascheté à ung homme ou femme de soy parjurer meschamment.

Il y en eut ung autre au dict Tours, et bien près des Jacobins, lequel se donna au diable, à ung temps dit, pour avoir et jouyr d'une bonne et grosse métairie, laquelle estoit à des enfans mineurs, et de fait il en jouit par tromperie ou autrement grande espace de temps. Quant se approcha le temps que le diable le devoit venir querir, si fit ung gros banquet, au jour escheu, et convya plusieurs de ses parens et amys qui ne faillirent pas à venir. Et quant ils eurent demy disné, voicy venir le diable qui le venoit querir, et parla à ung de ses serviteurs, lequel luy vint dire que il y avoit ung homme qui le demandoit. Si s'en doubta incontinent, se leva de table et print une pinte et une chandelle pour aller tirer du vin en la cave, et quant il y fut, il trouva son homme qui luy dit qu'il estoit temps qu'il l'emportast et que son terme estoit passé. Si fut bien estonné le dit seigneur, mais bien luy pria et requit que il luy laissast encore huit jours de terme, non plus, et que il n'avoit pas encore bien disposé de ses besongnes et d'autre part avoit tout plein de ses parens et amys en sa maison à disner, et que il les falloit contenter. Le diable se accorda à ce terme, et luy bailla encore les huit jours qu'il demandoit, puis se partit et le

laissa là. Le dit seigneur s'en reva festier ses
parens et amys. Le lendemain matin s'en vint
au prieur des Jacobins et là luy déclara en confession toute la façon et manière comme il avoit
fait au diable, et comme il s'estoit donné à luy
et par quelle condicion pour avoir lesdits biens,
lesquels à tort et sans cause il possédoit.

Après que ledit prieur eut bien entendu toute
la façon et manière de sa confession, et que il
luy disoit la vérité, luy enchargea que incontinent et sans délay il allast devers les enfans mineurs dont il avoit le bien, le rendre et resti-
tuer tout tant que il leur appartenoit, et de fait
il vint et leur rendit leurs métairies et autres
biens à eulx appartenant, tant que ils le quittè-
rent du tout, entièrement, de tous les maux,
extorcions, rapines et pilleries que jamais leur
avoit fait ou fait faire. Et de ce en print bonnes
lettres desdits mineurs. Puis après alla satis-
faire à d'autres à qui il pensoit avoir fait quelque
tort, et ce durant ces huit jours. Au bout desdits huit jours, à l'heure que le diable le devoit
venir querir, s'en vint derechef audit prieur à
confesse, puis après sa confession faicte, le
prieur commença à chanter une belle grant
messe, auquel assistoit le dit marchant, et après
l'évangille dicte, et que le prestre devoit monstrer nostre Seigneur, il mit ledit marchant entre
luy et l'autel, puis acheva sa messe et estoit
heure propre que le diable le devoit venir querir,
mais il n'y vint point. Car depuis le dit marchant a vescu honnestement avec sa femme,
l'espace de plus de dix ans, à l'occasion des
biens dont il fit satisfaction. Et ést une chose

véritable car je l'ay veu, mais il n'est jà mestier de le nommer.

J'en ay lu d'ung pareillement qui aussi s'estoit baillé au diable ; après son terme failly, demanda seulement que luy baillast terme de user environ une demi chandelle, laquelle il tenoit en sa main toute allumée. Le diable s'y accorda pensant que cela ne demoreroit guères à estre usé, mais le don fait, incontinent tua la chandelle et dit au diable que jamais de par luy ne seroit usée ; et la garda très-bien et longuement comme si ce fussent reliques.

Et pour vous le donner à entendre, une personne se doit bien garder de soy donner au diable. On dit que une personne n'a point de puissance de soy donner au diable. Mais à telle heure s'y pourroit il donner, qu'il seroit hors de la grace de Dieu, que le diable le pourroit bien emporter, comme il fit le bailly de Mascon et d'autres avec dont je me tays.

LA VINGT-SIXIÈME NOUVELLE.

PAR JEHAN DE LA GUIGNE.

D'ung marchant de Portugal qui disoit mal du roy de France. Ung autre marchant le battit, puis après s'en voulut venger ; mais le roy de Portugal luy remonstra bien sa faute.

TOUT ainsi comme plusieurs marchans se trouvent aucunes foys aux foires d'ung costé et d'autre, advint une foys que à Niort en Poictou, à une foire qui estoit

pour lors audit Niort, se trouvèrent plusieurs
marchans, tant de France que d'estrange pays,
et entre les autres dits marchans se trouva ung
gros, riche et opulent marchant, lequel estoit
de Portugal, et estoit bien aymé du roy de Portugal, car il fournissoit d'argenterie toute la
maison dudit roy. Or est il ainsi comme ces
marchans buvoint et banquetoint ensemble et
devisoint de plusieurs matières, ledit marchant
de Portugal va commencer à parler de plusieurs
roys crétiens, de leurs vaillances et de leurs
proesses et de ce qu'ils sçavoint faire, et entre
les autres et par dessus tous il va estimer le roy
de Portugal, le plus beau, le plus sage, le mieux
renommé et le plus vaillant de tout le monde,
et d'autres choses ne parloit si non tousjours de
son roy, et n'estimoit riens le roy de France au
pris de son roy de Portugal. Car encore avec
ce blasonnoit fort les armes de France. Et après
plusieurs paroles dites tant d'ung costé que de
l'autre, se leva ung marchant de France, à qui
il faschoit de tant ouyr parler du roy, qui dit au
Portugaloys, que par la mort bieu il avoit menty,
et que le roy de Portugal n'estoit point tel
comme il disoit et que ce n'estoit que ung gros
veau et lourdaux et homme non sçavant, et pour
tout potage qui se mesloit de marchandise et
gardoit de gaigner plusieurs bons marchans et
que ce n'estoit cela il morroit de faim, mais que
aucunement n'estoit point à comparage au roy
de France, et que il n'estoit pas digne de luy
torcher ses souliers ; tant le blasonna, que le
Portugaloys cuyda bien enrager de despit, tellement que en la présence de tous les autres se

empoignèrent au poil, puis après à belle espée, tant que le François blessa bien lourdement le Portugaloys, car tous les autres estoint contre luy, mesmement pour ce qu'il disoit mal du roy de France fut prins et mis prisonnier, dont il y fut assez longuement et luy cousta beaucoup d'argent. Ce fait, peu après qu'il fut eschappé et mis hors de prison, s'en revint en Portugal, et luy arrivé compta toute son affaire au roy de Portugal et comment, pour soutenir sa querelle et son honneur, avoit esté vilainement blecé et mis en prison à l'adveu d'ung marchant de France qui l'avoit ainsi blecé ; et après que le roy de Portugal eut bien entendu le cas comme il alloit et vit bien que son marchant avoit tort d'avoir blasmé le roy de France en son pays, si luy dit : Que veux tu que je te face ? Je voy bien que tu as tort. — Ah ! Sire, dit le marchant, donnez moy seulement congé, que mais que il soit en ce pays, que je le batte ainsi qu'il m'a battu. Car je suis seur que devant longtemps il viendra en ce pays ici. — Or je te diray, dit le roy, je te baille congé de le bien battre, moyennant que ce soit par telle manière que il te battit. — Ah ! Sire, dit le marchant, je ne demande autre chose. Ainsi print congé du roy et s'en alla.

Quelqu'espace de temps après, ledit marchant de France vint en Portugal pour quelques affaires de marchandise qu'il avoit, et tout incontinent que ledit marchant portugaloys en fut averty, il se retira par devers luy en son logis, bien fièrement lui demandant qu'il vouloit dire du roy de Portugal, dont autre foys avoit parlé et blasmé

en la ville de Niort. — Moy, dit le marchant
de France, je n'en veux dire que tout bien.
— Ah ! voire, mais, dit le Portugaloys, disoys
tu pas à Niort que nostre roy estoit le plus meschant et malheureux roy de crestienté ? — Moy,
dit le marchant de France, je veux dire et maintenir que le noble roy de Portugal est le plus
beau et le plus sage, le plus vaillant et mieulx
renommé de tous les roys chrétiens, et jamais ne
dis autre chose, ne ne vouldroye pour morir.
Quant le Portugaloys vit qu'il tenoit ce train, le
laissa et s'en alla par devers le roy, et luy dit
que le marchant françois estoit venu et avoit
parlé à lui et que il ne povoit trover occasion
de le battre. — Et pourquoy ? dit le roy ; comment va cela ? — Sire, dit le marchant, il dit
plus de bien à ceste heure cy de vous que je ne
fays moi mesme et ne puys trover occasion de
prendre noise contre luy. — Saint-Jehan, dit le
roy de Portugal, il fait bien et est sage, car si
tu eusses ainsi fait à Niort, tu n'eusses pas esté
battu comme tu fus. Et pour tant, quelque part
que tu soyes, dis tousjours bien du seigneur là
où tu es, et tu t'en troveras bien.

LA VINGT-SEPTIÈME NOUVELLE.

PAR LE SIRE ALAIN DE SAINCTES.

D'une jeune fille qui vouloit tuer son enfant ; comment elle en fut empeschée et du cas qui en arriva aux bons moines de Taillebourg.

ENTRE les autres contes et nouvelles je ne veuille pas oblier une chose digne de mémoire qui advint une foys à Taillebourg, près Saintes. Vray est que près dudit Taillebourg il y a une abbaye de moines de l'ordre de Saint-Benoit ainsi comme l'on dit. Et devez sçavoir qu'il y avoit ung bon homme laboureur besongnent dedans sa vigne, hors ladite ville de Taillebourg. Et luy estant assis dedans sa vigne près de terre, ainsi que sçavez que font les laboureurs en desjunant au matin près d'une haye où il y avoit ung grant fossé parfont et plein d'eaue touchant de ladite haye, et ledit laboureur, luy, estant couché en desjunant ainsi que je vous ay ja dit, par entre la haye et le fossé, va veoir venir une belle jeune fille, laquelle tira à travers les prés sans y penser tout droit devers ledit laboureur. Luy, voyant qu'il n'y avoit point de chemin de ce costé là, se print plus fort à la regarder et espier pour veoir là où elle alloit et que elle vouloit faire. Et elle venue devant ledit fossé regarda de tous costez pour veoir si elle verroit personne. Mais

elle ne vit riens; alors elle tira de dedans sa
robe ung bel enfent, dont elle avoit accouché la
nuit et le mit là sur l'erbe et print le lien de sa
chausse et le luy mit dedans le col pour l'estrangler et le mettre dedans ledit fossé. Ledit laboureur estant dedans sa vigne ainsi que je vous
ay compté, au travers de la haye, veoit faire
tout le mistère à la dicte fille sans sonner mot,
regarda tout. Mais quant il vit quelle vouloit
étrangler l'enfant, se print à escrier : Ah !
vielle matine, que veulx tu faire ? Et quant la
fille veit qu'elle estoit decelée, elle de fouyr
tant comme elle peut et laissa là l'enfent ; et
ledit laboureur saulta vistement hors de sa vigne
et courut après elle tant comme il peut, et tant
la poursuyvit de près qu'il la vit entrer en ladite
abbaye de moines de Saint Benoit dont je vous
ay ci-devant parlé. Après qu'il estoit assuré
qu'elle estoit entrée là dedans, s'en revint sur
le bord du fossé là où estoit l'enfent et le print
avec le lien de chausse qu'il avoit au col, et
tout ainsi qu'il estoit le apporta dedans la ville
au chasteau dudit Taillebourg, là où estoit
Madame, laquelle pour lors estoit tante du roy
François de Valoys, premier de ce nom. Après
la relation dudit laboureur faicte à Madame, elle
voyant l'enfent ainsi acoutré en eut grant pitié
et compassion. Ledit laboureur asseurant la
dame qu'il sçavoit bien le lieu où ladite mastine
s'estoit retirée et luy affirmant que c'estoit en
l'abbaye des moines de là près, ladite dame de
Taillebourg souldain fit prendre cent hommes
bien armés et embastonnés, avec ledit laboureur, les envoya à l'abbaye et leur enchargea,

sur leurs vies, qu'ils eussent à luy admener tout
ce qu'ils trouveroint dedans l'abbaye, c'est à
sçavoir hommes et femmes, et en cas de refus,
qu'ils eussent tout à les prendre par force,
battre ou tuer, mesme à mettre le feu dedans
si besoing estoit. Laquelle chose ils firent et
entrèrent en l'abbaye par force et cherchèrent
partout léans dedans et amenèrent tout à Madame,
audit Taillebourg : moines, filles, chamberières,
et tout tant qu'il y en avoit là dedans; et devez
sçavoir qu'il y avoit quinze moines, dix sept
paillardes, quatre souillars de cuisine et cinq
laveuses d'escuelles, tout les quels fut présenté
à madite dame, dont elle fut merveilleusement
esbaye. Nonobstant ce, elle fit revisiter par
saiges femmes laquelle estoit qui vouloit ainsi
meurtrir son enfant. Elle fut trouvée incontinent
et admenée devant Madame, laquelle confessa
le cas. Madame ayant sa confession comme elle
vouloit faire morir son enfant, la mit entre les
mains de justice, dont elle fut griefvement pu-
gnie, car elle fut condampnée à estre brulée et le
fut. Puis après Madame fit prendre tous les
moines, les fit lier tous nuds à beaux posteaux
et tant battre que le sang en sortoit de tous
costés. Puis les renvoya en leur abbaye; et aux
paillardes en fit autant, les blasmant et vitupé-
rant et les envoya toutes là où bon leur sembla.
Et voilà la bonne religion que d'aucuns moines
tiennent et y en a plus d'ungs que d'autres.

———

LA VINGT-HUITIÈME NOUVELLE.

PAR LE TAILLEUR DU PONT.

De la vengeance que print ung sergent de son curé, qui prétendoit que l'intention étoit réputée pour le fait et l'avoit fait jusner pour avoir eu seulement l'envie de coucher avec une belle jeune femme.

DVINT une foys que au pays de Poictou, il y avoit ung sergent assez bon compaignon, lequel se tenoit en ung village audit pays, et advint que environ Pasques ledit sergent s'en vint à confesse à son curé, et se confessa au mains mal qu'il peut. Après plusieurs péchés par luy déclarés audit curé, entre les autres choses ledit curé luy demanda s'il n'avoit point rompu son mariage, car on dit communément que il souvient tousjours à ung tambourineux de ses flutes. A ce dit le sergent au curé : Monsieur, je ne l'ay point rompu, je vous promets que il est encore tout entier. — Comment! dit le curé, vous vous mocquez de Dieu! — Non fais, dea! dit le sergent. Lors, luy dit le curé : Avez vous point eu affaire à d'autres femmes que la vostre? — Non, monsieur, je vous promets. — Or ca, dit le curé, vous n'en avez point eu d'envye? Avez vous point veu d'autres femmes que vous eussiez mieulx aymé coucher avec elles que avec la

vostre ? — Hélas ! monsieur, ouy, dit le sergent : il est bien vray que il n'y a pas longtemps,
je vys une fort belle femme à mon appétit, et je
la regardois tant doulcement, elle me sembloit
tant belle, que jeusse volentiers couché avec
elle. Je vous promets, monsieur, que je l'eusse
embrassée et baisée de bon couraige; hé, par
ma foy ! monsieur le curé, vous en eussiez bien
fait autant si vous l'eussiez eue à vostre appétit.
— Voire ! mais, dit le curé, vous ne luy fistes
rien ? — Non, monsieur, dit-il. — Vous eustes
seulement la voulenté que, si vous eussiez esté
couché avec elle, vous luy eussiez fait cela ? —
Par ma foy, ouy, dit le sergent, et de bon courage. — Or je vous diray, mon amy, dit le curé,
que la bonne voulenté est réputée pour le fait.
Pour ce péché icy que vous avez fait, je vous
encharge et baille en pénitence que, vendredy
prochain, vous jusnerez au pain et à l'eau. —
Voire ! mais, dit le sergent, monsieur, je ne l'ay
pas fait. — Il ne m'en chaut, dit le curé, la
bonne voulenté est réputée pour le fait. — Lors
dit le sergent : Monsieur, je l'auroys fait, je
vous promets que ne me feroit point de mal de
jusner; mais !.... — Quel mais ? dit le curé; or
je vous encharge de jusner, ou autrement, si je
le sçay, je ne vous bailleray point à recepvoir à
Pasques. — Hé bien donc, dit le sergent, monsieur le curé, je jusneray, s'il plaist à Dieu; mais...
— Vous estes toujours à ce mais, dit le curé. —
Par ma foy ! dit le sergent, monsieur le curé, je
croy que si la fortune vous estoit ainsi advenue,
qu'il vous fascheroit bien de jusner; mais c'est
tout ung, c'est pour la pareille; autant pour

autant. Le bon Dieu pourvoyra à tout. — Hé
bien, dit le curé, savez vous que vous ferez ?
jusnez d'aussi bon couraige comme vous eussiez
couché avec la dame. — Bien ! je le veux, dit
le sergent. Lors luy bailla l'absolution, et nostre
homme s'en va tousjours grondant pour ce jusne.
Quelque temps après environ le moys de may
que les blez sont grans, vous devez sçavoir que
le curé avoit plusieurs vaches dont il vint l'une
desdites vaches auprès d'ung grant blé et y avoit
une haye entre deux et ceste vache cuydoit
manger de ce blé ; mais elle ne povoit et tiroit
sa grant langue'pour cuyder manger par au travers de la haye, mais jamais n'y povoit touscher.
Or vous devez sçavoir que le sergent estoit là
et regardoit la vache, attendant qu'elle entrast
dedans le blé pour la mener en prison. Si demanda à quelqu'un qui estoit là, à qui estoit la
vache, et on luy respondit qu'elle estoit au curé.
— Au curé, dit–il, Saint Jehan ! vous viendrez
en prison. Et de fait mena ceste vache prison-
nière. Le curé en fut adverty et vint au sergent,
luy disant qu'il avoit mal fait d'avoir ainsi mené
sa vache, veu qu'elle n'avoit point fait de mal.
— Comment ! dit le sergent, monsieur, elle en
vouloit manger ; la bonne voulenté est réputée
pour le fait. Par Dieu ! vous en payerez l'amende
pour elle. Vous souvient-il point que vous me
fistes jusner au pain et à l'eau par ung vendredy,
parce que je avoys envye de coucher avec une
belle jeune femme et si n'y avois pas couché ?
mais vous me fistes passer par là. Je ne l'ay pas
oublié, non ! non ! et en passerez par là pour vostre
vache. Et fallut que le curé en payast l'amende.

LA VINGT-NEUVIÈME NOUVELLE.

PAR LE FURET DU PONT.

*D'une hotesse qui jugea les souhaits d'ung gentil-
homme, d'ung marchant et d'ung cordelier, et
comment à l'aveu de l'hotesse le cordelier s'en
alla sans rien payer.*

NE fois advint que ung gentilhomme
avec son paige partit de Lion et s'en
alloit à ses affaires par devers Saint-
Claude. Or, est-il ainsi que à une dis-
née arriva seul au logis, et se mettant à table
pour disner, vit arriver ung marchant qui venoit de Lion et alloit le chemin du gentilhomme.
L'hotesse lui fit bon accueil, car elle le cognoissoit et lui dist que il y avoit en une chambre
ung gentilhomme qui ne faisoit que se mettre à
table. Et lui alla tantost demander : Monseigneur, il y a là bas ung honneste marchant, que
je congnois et qui va vostre chemin. Vous plait
il qu'il vienne disner ici avec vous? Je vous
promets, dit-elle, que il est tout plain récréatif.
— Hé! je vous en prie, dit le gentilhomme,
faites le venir incontinent, car je vous promets
que j'en serai joyeux. Si fit venir l'hotesse le
marchant disner avec le gentilhomme, lequel
luy fist bonne chère et tout ainsi qu'ils devisoint
ensemble et que ils avoint quasi à demi disné,
il va arriver ung beau père cordelier sur ung

asne, avec ung jeune gars pour le servir, lequel demandoit à disner. Si lui dist l'hostesse quelle ne lui sçaroit que bailler se il ne vouloit aller disner avec ce gentilhomme et ce marchant, auquel le beau père s'y accorda moyennant que ils fussent contens. Si le vint demander l'hotesse au gentilhomme et au marchant, lesquels en furent très-contens, et vint le beau père diner avec eux. Lesquels firent bonne chère et devisèrent de plusieurs matières entre eux. Après le disner fait, il fut question de partir et monter à cheval. — Or, dist le gentilhomme, Madame de céans, il est question de sçavoir que vous devons, car il nous fault monter à cheval pour nous en aller. — Monseigneur, dist la dame, vous sçavez bien que vous devez. — Voire! mais, dit-il, le beau père n'a point d'argent, mais si vous me voulez croire, il ne payera rien. — Saint Jehan! dit l'hotesse, je ne l'entens pas, car il faut que chacun paye. — Si dit le gentilhomme au marchant : Sçavez vous que nous ferons, si me voulez croire? Nous trois ferons chacun ung souhait et celui qui mieulx souhaytera au dit de l'hotesse ne payera rien et s'en ira franc et quitte, et l'hotesse même en jugera. — Alors répondit le marchant et dit : Monseigneur, je ne vous desdiray pas et y eut il trois fois autent en l'escot qu'il y a ; et vous, beau père, que dites vous ? — Sans faulte, dit-il ? je ne desdirai pas la noble compagnie et il deust demorer mon asne moyennant que il sera ainsi apointé que l'avez devisé ; c'est asçavoir que l'hotesse jugera des souhaits lesquels seront devisés entre nous trois, ainsi apointera tous trois.

Alors dit le gentilhomme au marchant : Monsieur le marchant, commencez vostre souhait, et puis après nous vous suyvrons. — Ah! par ma foy! dist le marchant : Monseigneur, vous commencerez, s'il vous plaist, puisque de vostre grace avez fait l'édit. Lors commença à souhaiter le gentilhomme et dist : Il n'est que hombre d'estendart, fumée de chevaulx, et cliquetis de harnois. — Lors dist le marchant : Il n'est que ombre de pots, fumée de patés et cliquetis de monnoye. — Si dist le beau-père : Il n'est que ombre de courtines, fumée de tetins et cliquetis de fesses. — Ha! par ma foi, dist l'hostesse, le beau père a gaigné, car il n'en y a point qui ayt mieux souhaité que lui.

Et ainsi par le jugement de l'hotesse, le beau père s'en alla sans rien payer et le gentilhomme et le marchant payèrent pour luy. Et par ainsi vous pouvez bien veoir et congnoistre que les femmes aiment bien le mestier.

LA TRENTIÈME NOUVELLE.

PAR MONSIEUR DE MILLY.

D'un marchant qui fut jaloux de sa femme qu'un prestre avoit besongnée, mais tant alla en estrange pays qu'il trouva un hoste qui luy mesme luy fit besongner sa femme.

UNE foys advint au pays de Bretaigne, en la ville de Nantes, qu'il y avoit ung marchant honneste homme, lequel avoit une assez honneste femme et s'entreay-

moint d'assez bonne sorte, comme gens mariés
doivent faire. Or devez sçavoir que cestuy marchant print dévocion de faire dire une messe
toutes les sepmaines, et s'accointa d'ung prestre,
appellé messire Jehan, qui luy disoit sa messe
tous les samedis, et devez sçavoir que le dit
prestre Jehan devint amoureux de la femme du
dit marchant, sans que jamais le dit marchant
s'en doubtast et venoit le dit curé léans dedans
boire et menger tous les jours et faire grosse
chère, et l'aymoit tout plain le dit marchant,
car quant le dit messire Jehan venoit, tousjours
disoit : La paix Dieu soit céans. Tousjours parloit de Dieu, et le trouvoit tout plain honneste
homme, et ce faisant, faisoit ses besongnes à la
marchande et les confessoit tous deux, et estoit
bien advis au marchant que Dieu luy avoit bien
aydé d'avoir trouvé ung si honneste homme, et
tellement l'aymoit le dit marchant que luy mesme
l'alloit querir pour boire et manger, et devez
sçavoir que le curé avoit beau temps, car quant
le marchant alloit dehors, le curé se donnoit
garde de sa femme, qui luy estoit ung gros service, et tellement hanta le curé léans, que le
marchant s'aperceut qu'il y avoit de l'oye et
tant fit et guetta le marchant le curé et sa femme,
qu'une foys il s'aperceut clerement que le dit
prestre entretenoit sa femme, mais il ne le trouva
pas sur le fait. Le dit marchant bien marry envoya le curé à tous les diables et luy deffendit
sa maison, puis disoit le marchant à luy mesme :
Par la mort bieu, je suis bien cocquu ! et c'est
par moy mesme, car je l'amenois céans. Ah ! messire Jehan, disoit il, de par tous les diables ! vous

disiez tousjours la paix Dieu soit céans, et vous
boutiez la paix auprès du cul de ma femme ;
que le grant diable y ait part ! puis disoit à part
luy, que luy mesme en estoit cause, et je fais
bon veu à Dieu que jamais ne cesserai d'aller,
ou j'en trouveroy encore ung plus cocquu que
moy.

Quelque peu de temps après monta à cheval,
et s'en va à son adventure et chevaucha plus de
dix jours sans cesser d'aller, puis après à ung
soir vint arriver en ung village, et se logea en
une taverne, là où il y avoit une assez belle
hostesse qui luy fit bon requeuil et le traicta
honnestement, et luy estant léans ne faisoit point
bonne chère, tant que l'hostesse luy demanda :
Hé qu'avez vous mon hoste, vous ne faictes
point bonne chère ! — Par Dieu, dit il, madame de céans, vous distes vray. — Mais,
qu'avez vous, dit-elle ? — Par ma foy, madame,
je ne vous l'ose dire, car il n'est pas honneste
et si est honte et deshonneur à moy de le dire.
— Ah dea ! dit l'hostesse, vrayement il m'est
advis que vous le me pouvez bien dire. — Puis
qu'il vous plaist, madame, je le veulx, sçachez
pour vérité que je suis si très malheureux et si
sot que jamais je ne sceus avoir compaignie de
femme, et ne sçay comment il y fault besoi-
gner, ne à quel bout commencer. — Voire,
mais dit l'hostesse, n'avez vous pas ung membre
naturel comme les autres hommes. — Si ay
bien, madame, dit il, mais je ne sçay comment
il faut faire et vouldroys bien avoir donné cent
escus à quelqu'honneste femme comme vous
pour m'y apprendre. — Se m'ayt Dieu ! dit

l'hostesse, se est il bien aisé à aprendre. Si cessa
ce propos et changerent de paroles quant l'hoste
le vint querir pour disner. Après disner l'hostesse tira son mary à part et luy compta toute
la fortune de ce marchant, et comme il vouloit
bailler cent escus pour luy apprendre ce mestier
là ; et que s'il vouloit, qu'elle les aroit bien pour
luy apprendre ! — Par mon ame, dit l'hoste, il
est bien sot et cela est si aisé à faire. — Voire !
mais dit elle, il n'en scait rien. Si conclurent
entre eulx deux qu'elle luy apprendroit pour gaigner les cent escus, et de fait l'hostesse mena le
marchant en sa chambre à l'aveu de son mary
et se coucha sur son lit en luy monstrant comment il falloit faire, et tantost ce marchant luy
mettoit son membre au travers du ventre, une
foys bas, une foys haut. Tellement que jamais
n'en sceut venir à bout et s'en retorna sans rien
faire. Puis l'hostesse compta tout à son mary et
comment il ne l'avoit sceu mettre dedans. —
Ah ! mon Dieu ! dit il, que tu es sotte ! et tu ne
luy sçavoys mettre toy mesmes. — Voire ! mais,
dit elle, je n'eusse sceu. — Or sçay tu que tu
feras, dit l'hoste ? baille luy but à demain, et
dis luy que tu luy apprendras bien, et je me ca-
cheroy dessoubs le lit, et je te ayderay à le
mettre dedans. Ainsi fut dit et appointé. Le
lendemain l'hostesse le mena de rechef en
sa chambre et se coucha dessus le lit, et
bon marchant après, tout ainsi qu'il l'avoit
fait le jour de devant, et l'hoste estoit caché
sous le lit qui escoutoit qu'il ne le pouvoit mettre
dedans. Si sault advent et empoigna le membre
du marchant et le mit luy mesme dedans le con

de sa femme. Quant le marchant sentit qu'il
l'avoit embranchée, bonhomme de besongner
et se print bien et beau Dieu mercy à l'hoste.
Après qu'il fut bien aprins il contenta l'hostesse
et encore fut content l'hoste qu'il couchast une
nuit avec elle, de peur qu'il n'oubliast le mestier. Or ça, dit le marchant, loué soit Dieu. J'en
ay trouvé ung la moitié plus cocqu que moy et
je crois qu'il ne s'en trouveroit guères de tels.
Et ainsi fut vengé le marchant ce luy sembloit.

LA TRENTE ET UNIÈME NOUVELLE.

PAR JEHAN LE HOUX.

*D'un gallent qui bailla à une dame trente beaux
escus faulx pour coucher avec elle et comment le
fait fut avéré et fallut à la dame dire la vérité.*

N'A pas longtemps que à Paris y avoit
la femme d'ung conseiller de la court,
belle, jeune femme, fresche et delibe-
rée, bien disposte de son corps et qui
ne refusoit jamais raison, quant on luy presentoit. Or y avoit il ung jeune gallent, bien amoureux d'elle, et qui sçavoit bien de quel mestier
estoit la dame, car il avoit ouy dire à d'autres
de ses compaignons du gouvernement de la
dame. Si se tira par devers elle, luy suppliant
qu'elle luy fit quelque gracieuseté. Mais jamais
la dame, qui faisoit de l'estroite, ne s'y vouloit

consentir, et au fort aller, après plusieurs devises entre eux deux, pour toute conclusion
elle luy dit, qu'il ne coucheroit point avec elle,
s'il ne luy bailloit XXX escus, pour avoir une
robbe d'escarlate. Le compagnon qui crai-
gnoit la mise luy faschoit fort de bailler XXX escus, car il ne les avoit pas. Non obstant, si
avoit il grant devotion aux saints, si se advisa
d'une grant finesse. Quant il vit qu'il ne pouvoit eschapper par autre point, trouva façon et
manière d'avoir XXX beaux escus faux, lesquels il apporta à la dame, qui les receut joyeu-
sement et coucherent ensemble tout à leur appetit et se donnerent du bon temps quelqu'espace
de temps. Or vous devez sçavoir que ung peu de
temps après la dame, qui avoit envye d'avoir une
robbe d'escarlate, vint cheux ung marchant pour
en avoir et de fait firent marché et appointerent
pour trois aulnes d'escarlate, la dame tira ses escus
et les presenta au marchant qui congnut incontinent qu'ilz estoint faux et luy demanda qui les
luy avoit baillés, dont elle fut estonnée. La justice en fut averée. — Hé comment, dit le marchant,
il n'y a point de raison d'avoir XXX escus faulx
au coup. On manda le mary d'elle, car les sergens la vouloint mener en prison, pour dire qui
luy avoit baillé ces escus. Quant le mary fut
arrivé fut bien estonné de veoir ainsi sa femme
bien dolente et bien esplorée, Dieu le scet. Mais
pour toute conclusion il n'y eut aucun remede,
si non qu'il falloit sçavoir qui les luy avoit baillés. A donc elle le dit. Et fut envoyé querir le
compaignon, lequel incontinent avoua avoir
baillé les XXX escus et disoit en ses defenses

que ilz valloint mieulx que la marchandise qu'il
en avoit eue, et fut contraincte de confesser le cas
en la presence de son mary, dont il ne fut pas
joyeux et la povre dame demora là confuse et
deshonorée en la presence de tous.

LA TRENTE-DEUXIÈME NOUVELLE.

PAR LE GRENETIER DU PONT.

*D'une vieille à qui le diable donna or et argent pour
faire que ung homme et sa femme qui bien s'entr'aymoint eussent noise ensemble, laquelle chose
elle fit et gagna son argent.*

N dit une chose, laquelle est bien véritable, qu'une mauvaise femme sçait
ung art plus fin que le diable. Aussi
est il vray, car une foys advint qu'il
y avoit, en la ville de Troyes, ung bon marchant avec sa femme, lesquels se entr'aymoint
tant l'ung et l'autre, que ne se voyoint pas à
demy et ne povoint estre l'ung sans l'autre. Or
estoit le diable fort envieux de l'amour que
avoit cest homme et femme ensemble, tellement
qu'il mettoit toute sa cure à les faire tencer
ensemble, mais jamais n'en povoit venir à
bout, et si avoit jà bien sept ans, qu'il estoit
tous les jours après. Si se advisa puisqu'il
n'en povoit venir à bout, qu'il y mettroit
quelqu'autre après. Alors se desguisa ledit diable

et se mit en forme d'ung homme, luy estant aux champs; se mit dessoubz ung arbre, faisant semblent de soy reposer à terre et avoit devant luy force d'or et d'argent, et faisoit semblent de le compter. Alors passa par là une vielle maquerelle qu'il congnoissoit bien, et quant ceste femme vit cest homme avec tant d'argent, si fut bien esbaye, et luy demanda qui le lui avoit donné. — Hé dea! dit-il, et que en avez vous affaire? Il est à moy bien loyaument.

Si luy répondit la vielle : Je vouldroys bien en avoir aultent.

— Ah! vrayement, luy répondit le diable, il est bien en vostre commandement et d'autre avec, mais, si vous me voulez faire quelque service que je vous diray bien, je vous donneray tout cet argent icy.

— Saint Jehan! dit-elle, je suis contente moyennant que je le puisse faire.

— Vous le ferez bien, dit-il, si vous voulez. Lors luy va dire : Vous congnoissez bien ung tel homme et une telle femme?

— Il est vray, dit la vielle.

— Il fault, dit il, que vous faciez tant qu'ilz n'ayent plus à s'entr'aymer et qu'ils se batent l'ung l'autre et ayent noyse ensemble, et si vous faites cela, je vous bailleray tout cet argent cy et davantage. Si vous avez affaire de moy, je suis en vostre commandement.

— Ah! vrayement, dit la vielle, à cela ne tiendra-t-il pas. Si luy bailla tout son argent en luy recommandant l'affaire. Alors part la vielle et s'en va pensent comme elle feroit ses besongnes; et s'en vint premièrement à la femme, lui demandant comme elle se portoit et luy fist une grande congnoissance. Après plusieurs paroles dictes entre elles deux, luy va commencer à dire ainsi : M'ayst Dieu ! madame, je suis bien marrie que vostre mary ne vous est d'aussy bonne sorte que vous luy estes ; ce seroit ung gros plaisir pour vous et pour luy.

— Comment ! dit la dame, mon mary ! Il n'y a homme au monde qui ayme mieulx sa femme qu'il fait moy, et le croy ainsi.

— Hélas ! ma mye, dit la vielle, vous ne sçavez pas tout, car je vous promets, par ma foy, qu'il fait semblant de vous aymer ; mais il en ayme bien une autre que vous, qui est belle, jeune, gentille et gorgiase, car je la congnois bien.

Si luy respondit la jeune femme : Je ne puis entendre cela, car mon mary m'ayme bien, je le sçay certainement.

— Ha ! ha ! ma mye, dit la vielle, que vous estes bien abusée ! Il vous fait ainsi bonne chère, afin que ne vous donniez merancolye de l'autre, et vrayement, puisque vous estes ainsi asseurée, devent qu'il soit d'huy en trois jours, je vous en monstreray l'expérience, car il luy a promis robbe, cotte et chapperon, et moy mesme les dois venir querir, et vous verrez bien si je mens. Et adieu vous dis, car je m'en vois à mon affaire.

Lors print congé d'elle et s'en alla, et alors la pouvre jeune femme demora là toute pensive, laquelle dès lors en avant va commencer à songer contre son mary et à le regarder de costé.

Puis advint, quelque peu de temps après, que
la vielle cerchoit tousjours cest homme hors de
sa maison, et d'aventure le va rencontrer en
ung lieu à l'escart. Si luy demanda s'il avoit
point quelque bon drap, pour luy faire une
robbe, cotte et chaperon. Il luy respondit que
ouy.

— Ah! vrayement, dit la vielle, sire, je vous
iray demain veoir, car il y a longtemps que je
vous congnois en tout bien et en tout honneur, et
aymeroye mieulx que vous eussiez mon argent
que ung autre.

— Vrayement, dit le marchant, je vous remercie, et aussi pour l'amour de la congnoissance, je vous vouldroye faire meilleur marché
qu'à ung autre.

— En bonne foy, dit-elle, je vous remercie,
Ha! le bon temps, dit-elle, que j'ay veu autrefoys! Que j'ay congneu feu vostre père, qui
estoit si très bon homme que rien plus, et que
je suis marrye que vous n'avez rencontré aussi
bonne partie, comme vous estes bon homme.

— Comment! dit le marchant, ma commère.
Pourquoy dites-vous cela?

— Se m'ayst Dieu! dit-elle, pour vostre
femme; car elle ne vous est pas loyale comme
vous luy estes.

Répondit le marchant : Je ne pense pas que
en toute la ville de Troyes il y ayt une plus
honneste femme que est la mienne.

A ce dit la vielle : Vous ne sçavez pas tout,
mais donnez vous garde de vos besongnes. Je
vous promets ma foy, qu'il y a ung jeune gallent qui l'entretient; et vous vous en apperce-

vrez bientost; mais lessons tout cela, ce n'est
pas cela qui m'amène pour parler à vous; mais
sans point de faute, si je ouy dire quelque
chose de mal de vous, je vous promets que je
le vous feray assavoir; et adieu vous dis, je
m'en revoys; je viendray le matin querir du
drap. Puis print congé de luy; et le marchant
s'en va bien marry des paroles qu'il avoit ouyes,
et non sans cause, et s'en vient en sa maison;
et va commencer à gronder contre sa femme et
elle d'autre costé encore plus fort, tant qu'ilz ne
povoint durer ensemble. Le lendemain au matin,
la vielle ne faillit pas à revenir querir du drap
et le marchant luy en vendit cela qu'elle demandoit, et le paya et contenta. Puis après elle s'en
va, et en sortant de la maison elle monstroit le
drap à la dame de céans, comme en disant :
Voilà le drap que je vous avoye dit que j'emporte, pour la dame par amours de vostre mary.

Peu de temps après, la vielle vint parler à
la femme du marchant, et puis luy dit : Or ça,
à ceste heure ne avez vous pas bien congneu
la vérité du drap que j'ay emporté ? — Si, respondit la dame : j'en suis assez asseurée, je n'en
demande plus. Plut à Dieu que je fusse morte !
— Ah ! ah ! dit la vielle, je vous l'avoye toujours
bien dit que ainsi seroit. Mais savez vous, ma
mye, il fault prendre en pacience ce qu'on ne
peut empescher. — Hélas ! dit la jeune femme,
la pacience est bien forte à prendre ! — Et je vous
promets, dit la vielle, que si vous me voulez
croire et vous voulez payer le banquet, je vous
mettray hors de toutes ces fantasies, et vous
enseigneray comme vostre mary n'ara jamais

affaire à d'autres femmes qu'à vous. — Hélas! ma
mye, dit la jeune femme, je seroye la plus eureuse
femme du monde. — Or, sçavez vous, dit la
vielle, qu'il fault que vous faciez. Au soir, quant
vostre mary dormira bien fort, prenez moy de
bonnes forces ou siseaux et lui coppez trois
poils de la barbe, et les portez tousjours avec
vous, et je vous promets que tandis que vous
les arez, jamais n'ara affaire à d'autres femmes
qu'à vous. — Ah Saint Jehan! dit la jeune
femme, je feray bien cela. Ainsi fut la conclusion prinse et le jour ordonné pour ce faire, et
prindrent congé l'une de l'autre.

Or, est il ainsi que durant ces entrefaictes, le
mary et la femme estoint tousjours en noise et
en débat, et ne povoint apointer l'ung avec
l'autre. Si rencontra ung jour la vielle le mary
et le salua honnestement et luy dit : Ah! ah!
mon voisin, mon amy, il y a deux jours que je
vous cerche pour vostre proffit; je vous l'avoys
tousjours bien dit que il en iroit tousjours ainsi.
Vostre femme et son paillart ont entreprins de
vous copper la gorge, car je l'ay sceu certainement et pour tant donnez vous en de garde. —
Comment, dit-il, est il possible cela? — Vous
le verrez bien, dit la vielle, et vous en donnez
de garde. Lors print congé de luy et adieu.

Lors le mary fut bien estonné et se donna
garde de son affaire, et ung soir ensuyvant environ la minuit, va faire semblant de dormir et
ronfloit bien fort. Lors fut-il avis à sa femme
qu'il dormoit bien fort et print ses forces bien
doulcement pour luy copper de la barbe, et
ainsi qu'elle l'empoignoit au menton il la vint

empoigner par la gorge et la cuida estrangler.
— Ah! paillarde, dit le marchant, me veux-tu
ainsi tuer? Lors se lève et la battit tant qu'il la
cuida faire mörir, et par ainsi furent en noise et en
discort. Et voilà comme la vielle gaingna l'argent du diable, et pour ce dit-on communément
que la femme sçait ung art plus que le diable,
d'aucunes qu'il y a; car il s'en trouve quelque
peu de bonnes, et Dieu nous en doint trouver
à ceux qui en ont affaire.

LA TRENTE-TROISIÈME NOUVELLE.

PAR PIERRE DE TROYES.

*D'ung jeune compaignon qui se donna au diable
pour avoir une jeune fille en mariage et comme
il fut rescous du diable en luy monstrant à l'adveu de sa femme une beste qu'il ne congnoissoit
point.*

L n'est rien si véritable que une fois au
pays de Languedoc il y avoit ung
jeune compaignon, lequel estoit merveilleusement amoureux d'une jeune
fille, laquelle estoit sa voisine d'assez près, et
tant l'aymoit qu'il n'en dormoit ne nuit ne jour,
car autre pensement n'avoit que cestuy là. Mais
celle amour, dont il aymoit, estoit léable et honneste et la desiroit avoir à mariage; mais le
père et la mère de la fille n'y vouloint entendre,
et de fait ledit jeune compaignon la fit deman-

der par ses parens et amys aux père et mère
d'elle. Mais elle luy fut refusée tout à plat, dont
il en print si grant mérencolie qu'il en cuida
morir, et fut longuement malade. Après qu'il fut
ung peu guéry, il se mit à pourmener hors la
ville, aux champs, tout pensif et mérencolique,
et va rencontrer ung homme qui luy demanda qu'il
avoit, et il luy fit response qu'il estoit tout mérencolique, et de fait luy compta tout son affaire, et
comme il estoit amoureux de ceste belle fille. Alors
luy dist cest homme que, s'il le vouloit bien contenter, qu'il luy feroit joyr de ses amours et luy
feroit espouser ceste fille. Lors luy répondit le
compaignon, qu'il n'estoit chose qu'il ne fist
pour l'avoir et qu'il luy donneroit plustost tout
son bien. Lors luy respondit qu'il n'avoit
que faire de biens et qu'il en avoit assez;
mais s'il se vouloit donner à luy, qu'il estoit
content. — Comment, donner, dit le compaignon, et qui es tu? — Je suis, dit-il, ung diable; mais n'aye point de paour, je te promets que
je ne te feray point de mal. Escoute moy ung
peu, je te feray espouser ceste fille, et du jour
que tu l'aras espousée, dix ans après justement,
tu seras à moy, moyennant que si tu me monstres, au bout des dix ans, une beste que je ne
puisse congnoistre, tu t'en iras franc et quitte et
ne te demanderai jamais rien. Le compaignon
voyant ce beau traicté et le terme qu'il avoit,
s'y accorda incontinent. Et le diable, après
l'apointement fait, s'en va, et peu de temps
après, les parents et amys de la fille allèrent
cercher le compaignon et luy firent espouser la
fille incontinent.

Après le mariage fait, le jeune marié fit graṅt chère avec sa femme longue espace de temps, tant et si longuement, que le terme des dix ans se aprochoit et se commençoit desjà fort à soucier et estoit tout merencolique, tant que sa femme s'en aperceut, qui luy demanda qu'il avoit; mais il ne luy en vouloit rien dire; et tant elle le pressa, qu'il luy confessa toute la vérité et comment il s'étoit donné au diable pour l'avoir, moyennant qu'il luy monstrast une beste qui ne sceut cognoistre dedens le terme de dix ans, lequel se aprochoit fort. — Voire, mais, ce dit sa femme, en luy monstrant une beste qu'il ne sauroit congnoistre, en serez-vous quitte de luy? — Ouy dea, dit-il, le marché est ainsi fait. — Et combien y a-t-il plus de terme? dit la femme. — Il n'y a plus que huit jours, dit-il. — Alors, dit la femme, mon amy, ne vous souciez, le bon Dieu nous aydera et ferons si bien qu'il ne vous ara jà. Or, vient arriver la veille du jour, que la femme dit à son mary : Mon amy, je m'en voys ceste nuyt cheux ma mère, et ne coucheray point avec vous ceste nuyt ; mais levez vous demain de grand matin, et allez à la messe, et quant vous reviendrez, vous trouverez en la chambre la beste que vous luy monstrerez, laquelle il ne sara congnoistre.

Et quant vint le lendemain matin, la femme se mist toute nue et se frotta toute de glux, puis descousit la coycte d'ung lit et se mist dedens, puis, elle sortye, se mist à quatre piés et cheminoit à rebours parmy la chambre et son mary va arriver. Quant il la vit, il ne sçavoit que c'estoit, et luy mesme ne la congnoissoit pas. Si sault dehors de sa maison et trouva le diable qui le venoit querir. — Or çà, dit-il, je te suis venu querir, que veux-tu dire ? — Moy, ce dit le pouvre homme bien estonné, je suis prêt à tenir promesse, je te veux monstrer une beste que tu ne sçaras congnoistre. — Voyons la donc, dit le diable. Si le mena en sa chambre, et luy monstra, et quant le diable la vit, il fut bien estonné et la regardoit et devant et darrière. Une foys cheminoit en advant, l'autre en arrière, et puis il regardoit ses cheveulx qui couvroint toute la teste, d'autre costé regardoit une grande fendasse et pensoit que ce fut la bouche de la beste; avec cela elle estoit toute couverte de plumes avec la glu qui la tenoit et ne savoit quelle beste ou oyseau portoit telle plume; de ces cheveux, pensoit que ce fust la queue de la beste; tant la regarda qu'il ne sceut oncques deviginer quelle beste c'estoit, et de fait s'en alla et quitta le pouvre homme, car il estoit au bout de son sens. Donc il eschappa de ce grant péril à l'aveu de sa femme. Et par ainsi vous pouvez veoir et congnoistre que une bonne femme et abile sçait beaucoup.

———

LA TRENTE-QUATRIÈME NOUVELLE.

PAR LE DROGUEUR DU PONT.

Du cordelier qui avoit une fille en sa chambre et fut fessé et pourquoi frère Guillaume ne vendit pas son asne.

'A pas longtemps qu'au pays de Poictou, en une petite bourgade appellée Verteuil, il y avoit ung couvent de Cordeliers. Or, est-il ainsi qu'en tout couvent en peut avoir de bons et de mauvais. Vray est qu'en celuy couvent de Verteuil avoit plusieurs pièces de bons cordeliers et devez sçavoir qu'ils avoint ung fort honneste homme de gardien, qui se donnoit bien garde de tout, tant qu'ung jour entre les autres, l'ung des prochains voisins fit le rapport au beau père gardien qu'il avoit veu entrer dedans le couvent une fille commune. Et luy, qui estoit curieux en ceste affaire, ne cessa de chercher par tout léans pour trouver ceste fille, mais ne la trouva. Si retorna au voisin, lequel luy asseura derechef qu'elle y estoit. Si retorna audit couvent et à tous les cordeliers l'ung après l'autre demanda s'ils avoint la fille, mais ils ne avoint garde de le confesser. Si jura le gardien son grant Dieu, que tous seroint fessés ou la fille se trouveroit. Quant ils veirent que c'estoit à bon escient, ils dirent au gardien : Pater, c'est frère Guillaume

qui a la fille. Si le fit venir et lui dit : Dea!
frère Guillaume, estes vous menteur! Je vous
avoye demandé si vous aviez la fille, vous avez
dit que non, et par sans faulte vous en arez la
discipline, estes vous menteur! Si s'excusa frère
Guillaume au mains mal qu'il peut, mais quelqu'excusacion qu'il y eut, il fut empoigné et fut
tant fessé que le sang sailloit de tous costés;
tousjours luy disant : Hé dea! mentirez-vous
jamais? — Ah! ce dit frère Guillaume, beau
père, pardonnez moy, je vous promets de ne
jamais mentir. Ainsi fut relâché frère Guillaume,
et fut quitte pour ceste venue là, mais bien
pensa de s'en récompenser quelque jour qui
viendroit, et la fille fut chassée dehors, qui en
eut autant. Après ceste venue faicte et passée
quelque peu de temps après que les playes de
frère Guillaume furent bien guéries, vous devez
sçavoir qu'il y avoit léans ung asne, qui plus
guères ne valoit, car il avoit servy longuement
à leur couvent à leurs nécessités et affaires, et
ordonnèrent frère Guillaume pour aller vendre
cest asne à une foire qui estoit près de là, car
ils disoint, mais que l'asne fut vendu, ils en ra-
cheteroint ung autre plus jeune pour leur service. Ainsi s'en alla frère Guillaume à la foire,
à qui bien souvenoit encore comme il avoit été
fessé. Quant il fut à la foire, il va mettre son
asne en ung coing, pour le vendre. Incontinent
il vint des marchans pour acheter cest asne. Si
dit l'ung d'eux : Comment, voilà l'asne des cordeliers! — Par mon ame, c'est mon, dit l'autre.
— Hé! comment, frère Guillaume, voulez-vous
vendre vostre asne sans faulte? — Ouy, dit-il.

— Et pourquoy le vendez-vous ? il vous servoit
si bien en vostre maison ! — Par ma foy, dit-il,
il est tant vieux qu'il ne nous peut plus servir.
— Sainct Jehan ! dit l'autre, ce n'est pas mon
cas, allons nous en ! Puis s'en vont ces marchans
là. D'autres revindrent ung peu après pour
acheter cest asne. — Comment, beau père, voulez-vous vendre vostre asne sans faulte ? — Ouy,
dit frère Guillaume. — Hé dea ! pourquoy le
vendez-vous ? — Pour ce, dit-il, qu'il ne peut
plus cheminer, et voilà pourquoy nous le vendons. — Ah ! par ma foy, dit-il, je ne l'achepteray
donc jà, puisqu'il ne peut cheminer. Lors s'en
va le marchant. Après revint ung autre marchant à l'asne qui demanda combien. Respondit
frère Guillaume : Il vous coustera trois frans.
— Hé dea ! dit l'autre, frère, pourquoy le
vendez-vous ? il duisoit si bien en vostre maison. — Par ma foy, dit frère Guillaume, nous
le vendons pour l'amour qu'il ne vaut rien, et
pensez-vous, s'il estoit bon et fort, et viste
d'aller, comme il a fait autrefoys, nous le ven-
drions jamais, car j'en avons bien affaire en
nostre couvent. Ainsi disoit frère Guillaume à
tous ceux qui venoint veoir l'asne pour l'acheter, tellement que la foire se passa, et convint à
frère Guillaume qu'il ramenast l'asne au couvent, car jamais homme ne l'eust acheté aux
paroles qu'il disoit.

Et quant le père gardien vit que l'asne estoit
revenu, s'en vint à frère Guillaume : Comment,
frater, vous n'avez pas vendu l'asne sans faulte ?
— Non, beau père. — Hé, comment ? dit-il, à
quoi a-t-il tenu ? On ne vous en promettoit

point d'argent? — Par ma foy non, dit frère
Guillaume; ils me demandoint s'il estoit bon et je
leur respondoys qu'il estoit vieux et que il ne
pouvoit cheminer, qu'il ne valloit plus rien, et
voilà pourquoy nous le voullions vendre. — Ha!
de par le diable! dit le gardien, vous ne deviez
pas dire cela, frère Guillaume; mais qu'il estoit
bon et fort, et viste, ainsi l'eussiez vous vendu.
— Voire! mais beau père, dit frère Guillaume,
je fusse esté menteur, et par aventure que vous
me eussiez fessé, comme quant j'avoys la fille
couchée avec moy, ah je vous promets que je
ne mentiray jamais. Ainsi demora le beau père
gardien tout confus, et frère Guillaume gaigna
sa cause.

LA TRENTE-CINQUIÈME NOUVELLE.

PAR JEHAN DU BOIS.

*D'une jeune femme à qui on fit entendant qu'elle
avoit engroissé son mari et comme il remist son
engroissure à sa chamberière, laquelle il engroissa
par le consentement de sa femme.*

Vous devez sçavoir qu'une foys advint
à Troyes en Champagne, qu'il y avoit
un honneste marchant, jeune, gallent
et bien deliberé, lequel se maria à
l'aide de ses parens, avec une très belle jeune
fille et honneste et qui avoit bien de quoy, et

s'entraymoint merveilleusement. Or est il ainsi
qu'il y avoit une belle jeune fille de chamberière
qui les servoit; advint ung jour que le dit marchant se jouyt avec sa chamberière, et tant la
persuada et prescha si bien que il coucha avec
elle, et par tant de foys y alla, qu'ung jour la
dicte chamberiere luy dit qu'elle estoit grosse,
dont le jeune gallent fut bien estonné et marry;
et ung jour entre les autres alla veoir ung sien
cousin germain, lequel estoit medecin, et quant
le dit medecin vit qu'il faisoit si mauvaise chere,
luy demanda qu'il avoit; si luy respondit qu'il
estoit merveilleusement marry. — Hé! qu'y
a-t-il, dit le medecin. — Ah! mon cousin, dit
le marchant, je suis plus marry que je fus jamais
en ma vie, car je me suis joué avec ma chamberière, tellement que je l'ay engroissée, et si
ma femme s'en apperçoit aucunement, jamais je
n'aray bien ne joie avec elle, car son père et sa
mère m'en voudront mal, veu et regardé qu'elle
m'ayme tant. — Oh! cousin et amy, dit le médecin, n'y a-t-il autre chose! Or ne vous souciez vrayement, nous mettrons bon remede à
tout cela. — Hélas! mon cousin et amy, dit le
marchant, je m'en recommande à vostre bonne
grace, et que je paye tout cela qu'il vous plaira.
— Or sçavez vous, dit le medecin, qu'il y a, il
n'est point question de payement mais j'ay advisé une grande abilleté que vous ferez, moyennant que me voulez croire. Il fault que vous en
retournez en vostre maison et que faciez le malade, et ne plaigniez riens que les rains et le
ventre et me envoyez vostre orine par vostre
femme, et puis du demorant me lessez faire et

je croy que tout se portera bien, Dieu aydant.

Alors print congé le marchant de luy, et s'en vint en sa maison sans faire semblant de rien, va commencer à faire le malade et sa pouvre femme le reconfortoit bien doulcement, qui n'y pensoit en nul mal, et luy disoit : Helas, mon doux amy, hé! que avez vous? hé! qu'est-ce qui vous fait mal? — Ha! ma mye, dit il, je pense que je suis mort, car j'ay une si grande douleur au ventre et aux reins qu'il m'est advis que les chiens me les mangent, et la pouvre jeune femme luy dit : Mon amy, il fault que vous faciez de vostre eaue et je la porteray au médecin. — Ha! ha! ma mie, dit le jeune homme, il n'en est ja mestier. Si fit elle tant, qu'il fit de son eaue et puis la porta tout en plorent à son cousin le médecin, qui quant il la vit ainsi plorer luy demanda incontinent qu'elle avoit. — Ah! mon cousin, dit elle, je pense que vostre cousin mon mary se meurt. — Jesus, dit le médecin, hé! comment il n'y a pas longtemps que je l'ay veu. Lors elle ploroit si très fort quelle ne povoit ung seul mot dire, mais luy monstra son eaue. Alors le médecin la va regarder et quant il l'eut bien visitée, il va dire : A quiconque soit ceste eaue il a une grande douleur de ventre et de reins. — Helas, dit la jeune femme, mon amy ça mon, car il ne plains que cela. — Comment! dit le médecin, cette eaue, que vous m'avez cy apportée est d'une femme qui est enceinte d'enfant. — Ah! mon cousin, dit elle, je vous promets que c'est de mon mary, car j'en suis bien asseurée et luy ay veu faire. — Comment! est il vray, dit le medecin, le sçavez vous bien et en

estes vous bien asseurée ? — Ouy, dit elle, certainement. — Or ma mye sçavez vous qu'il y a,
votre mary est gros d'enfant. — Comment, dit
elle, il est bien possible ! — Ouy, dit le médecin. — Or me dites mais comment est il possible que cela se soit fait ? — Venez ça, ma mie,
dit le medecin, aucunes foys quant il vous a fait
cela et que vous deux vous vous jouez ensem-
bles, ne montistes vous jamais sur luy, ne men-
tez point, si vous voulez qu'il soit guery ? —
Ah ! mon cousin, je vous diray la vérité, je vous
promets qu'il ne m'avint jamais qu'une foys.
— Ah ! par ma foy, dit le medecin, c'est assez,
je n'en demande plus, il est gros d'enfant sans
point de faulte. Et la pouvre jeune femme fut
bien désolée, et luy demanda s'il y avoit point
de remède. — Ouy bien, dit le médecin, mais
sçavez vous qu'il fauldroit faire ? Il fault que
vous trouvez façon et manière de parler à
quelque jeune fille pucelle, et que vostre mary
couchast avec elle une nuit ou deux, et la
semence qu'il a en son corps il la remettroit
dedans le corps de la jeune fille, car la semence
que luy avez baillée qui est sortie de vostre
corps n'est pas encore à convalescence de vertu,
car l'enfant qu'il doit procréer n'a point encore
de vie, et s'il habitoit une jeune fille, il luy
remettroit tout dedans son corps et par ainsi
voilà qui le sauveroit. — A ce, dit la jeune femme,
mon cousin, mon amy, je vous remercie, nous
viendrons bien à bout de cela, Dieu aydent, car
j'ay une jeune fille de chamberière cheux nous,
et croy moy qu'elle est pucelle, je luy bailleray
plus tost dix escus, pour la contenter, et qu'elle

couche avec mon mary afin qu'il soit guery. —
Ah! par ma foy! dit le medecin, voila qui viendroit bien à point et aussi que le monde n'en
fut point abreuvé, il vaudroit mieux que cela se
fit cheux vous, à tout le moins personne n'en
sara ja rien, car si on le sçavoit, on diroit ha!
voila la femme qui a engroissé son mary pour
avoir monté dessus, cela seroit vilain. Et ainsi
fut l'appointement fait. — Or ce, dit la jeune
femme, mon cousin, mon amy, je vous prie que
le venez veoir, pour le reconforter ung petit.
— Ouy da! dit le médecin, ma cousine, je m'en
voye quant et vous.

Si vindrent veoir le pouvre patient, bien des-
conforté, Dieu le scet. Si luy compta le médecin secretement, comme il avoit exploité avec sa
femme et qu'il falloit qu'il couchast avec sa
chamberiere et que l'appointement estoit ainsi
fait pour le guérir, dont il fut bien joyeux et fit
on venir la chamberiere pour luy refaire ung
peu son lit, à laquelle le maistre compta toute
l'affaire, comme sa maitresse devoit parler à elle
de cela et qu'elle fit ung peu de l'estrange du
commencement, mais qu'à la fin, elle se consentit. Le medecin après la revisitation faicte,
print congé et s'en alla, la dame appella sa
chamberiere à part et luy dist : Viens ça,
Jehanne, ma mye, il fault que tu me faces ung
service et je t'en prie bien fort. — Madame,
dit la fille, tout ce qu'il me sera possible de
faire pour l'amour de vous, je le feray, mon
honneur sauve et le vostre, car autrement ne
le vouldroye faire. — Si, dit la dame, Jehanne,
ma mye ne te soucie de rien, je te veulx faire

tout plain de services plus la moytié que tu ne
penses, mais il n'y a remede, il fault que tu
couches une nuit avec ton maitre, pour quelque
maladie secrete qu'il a, et ne te soucie de rien,
il ne te fera point de mal. — Comment! ma
maitresse, dit la fille, hé, me voudriez vous
faire ce deshonneur, et si ung autre le me conseilloit, vous m'en devriez destourner à tout le
moins si vous estiez femme de bien, ah! je vous
promets, dit elle, que j'aymerois mieux estre
morte, et si mon maitre me faisoit ung enfant
je seroye fille perdue à tout jamais. — Or ce,
dit la maitresse, Jehanne, ma mye ne te soucie
de rien, je te bailleray dix beaux escus et une
bonne robbe et si te marierai et que tu face
cela. Après plusieurs disputacions dictes et de-
battues entre elles deux, Jehanne s'accorda à
faire le vouloir de sa maitresse, avec la bonne
devocion quelle y avoit. Si s'en vint la dame
parler à son mary, en la presence du medecin,
lequel estoit revenu veoir pour sçavoir comme
il luy estoit et elle luy va commencer à faire sa
harengue. — Or ça, mon amy, dit elle, comment vous portez vous? — Se m'ayt Dieu, ma
mye, dit le pouvre homme, je croy que je me
meurs. — Ah! mon amy, dit elle, ne dictes
jamais cela, vous me rompez le cueur; mais on
a avisé de vostre santé, dont je loue Dieu et
remercie, voicy vostre cousin, qui dit qu'il fault
que vous couchez une nuit ou deux avec nostre
chamberiere. — Ah! ma mye, dit le pouvre
homme, jamais ne me parlez de cela, helas mon
Dieu! et vous m'estes tant bonne et tant douce
et que je vous changeasse pour une autre, j'ay-

meroye mieux estre mort, ma doulce amye, et
bref à l'ouyr parler il estoit encore plus fort à
ferrer que la chamberiere. — Or ce, dit le medecin, mon cousin, mon amy, il n'y a remede,
nostre Seigneur ne vous en sçara nul mal gré,
puisque c'est pour vostre santé. — Helas! mon
cousin, dit il, cuidez vous que je veuille rompre
mon mariage. Hé! j'ay une si bonne femme et
qui m'ayme tant, et me fait tant de services,
elle ne sçait quelle chère me faire de l'amour
qu'elle a en moy, bref j'ayme mieulx morir. —
— Or ça, dit le medecin, si vous morez en cest
estat, vous estes dampné à tous les diables, car
vous serez cause de vostre mort, veu que sçavez
le remede pour vous guerir à l'ayde de Dieu et
vous ne le voulez pas faire, je ne sçay moy à
quoy vous pensez. — Helas! mon amy, dit le
patient, il m'est advis que je seroys dampné. —
Hé non serez de par Dieu, dit le medecin, vostre
femme le veult bien. — Je vous promets que
voire, dit elle, mon amy. — Or je vous diray
donc, dit il, vous en prendrez le peché sur
vous autres. — Hé bien, dirent ils, nous le voulons bien. — Or sus, dit il, donc que on me
l'amène. Alors furent ils trestous bien ayses.
— Or ce, dit le medecin, ma cousine, allez à la
cuisine et je le feray soupper et souperent avec
luy, puis après ils souperent très bien eux deux.
Après souper, il print congé de luy et demora
la fille à coucher avec luy et menerent bonne
vie ensemble ceste nuit et jouerent bien des
couteaux eux deux sans eulx couper, ne cou-
recer. Le lendemain matin, le médecin vint
veoir le pacient, et trouva qu'il faisoit bonne

chere et luy compta toute son affaire et dit qu'il
se trouvoit très bien, dont ils furent tous joyeux
et au bout de quatre ou de cinq jours il dit que
le ventre et les rains luy faisoint encore ung
peu de mal. Si dit le medecin qu'il falloit qu'il
couchast encore une nuit ou deux avec la fille
pour l'achever de guerir. — Et bien donc, ce
dit la pouvre jeune femme, je suis contente, si
seray bien ayse qu'il soit bien guery. Oh ! que
c'estoit une bonne femme envers son mary ; que
plut à Dieu de Paradis, que j'eusse autant d'escus, comme il s'en trouveroit par le monde qui
ne vouldroint pas faire le tour, je ne vouldroye
pas estre roy de France. Le pouvre homme eust
encore sa chamberière, à coucher avec luy tant
qu'il fut bien guery, Dieu mercy au bon medecin, mais la chamberière devint bien grosse,
mais sa maistresse y mit si bon remede, que
tout se trouva bien et la maria après qu'elle fut
relevée de sa couche pour ce quelle estoit cause
de l'affaire ce luy sembloit.

LA TRENTE-SIXIÈME NOUVELLE.

PAR L'ARCHEDUC DU PONT.

D'une fille qui ne vouloit point avoir de mary qui
eust genitoires.

EN Provence est une cité assise sur la
riviere du Rosne où il y a mains autres
cités, laquelle est appellée Arles. En
ceste cité cy a maintes gens d'estat,

comme bourgeois, marchans et autres manieres
de menus gens de plusieurs sortes. Or advint
qu'une foys entre les autres qu'en ceste cité
estoit demorant jung riche hostellier, qui se nom-
moit Guillot Dupin; cestuy Guillot avoit espousé
une très belle femme nommée Agmina, de laquelle il avoit eue une moulx belle fille nommée
Constance, laquelle estoit fort gracieuse et dejà
aagée pour marier, mais son père ne sa mère ne
sceurent la faire accorder à se marier à homme
tant fut il bel et tant riche fut il que il eut des
genitoires, disoit que à eulx, jamais ne seroit
mariée et que plustost demorroit à marier. Si
advint une foys qu'ung gentil poissonnier nommé
Angle, qui estoit natif de la ville de Mortaigue,
près de deux ou trois lieues de Provence, lequel
avoit de coustume d'apporter du poisson en la
ville d'Arles pour vendre, si vint donc cestuy
Angle loger en la maison de cestuy Guillot Dupin,
père de Constance, et quant vint au soupper du
soir qu'aucune foys on parle de plusieurs choses,
et entre les autres on commença à parler de
mariage de ceste fille Constance et des refus
quelle faisoit des jeunes hommes, qui estoint
dignes d'avoir mieux quelle n'estoit; par quoy
les uns demandoint pourquoy elle ne les vouloit, si se excusoint et disoint que c'estoit pour
ce qu'ils avoint des genitoires. Les autres disoint
quelle disoit que si c'estoit le plus bel homme
du monde qu'elle n'en voudroit point s'il avoit
genitoires. Cestuy poissonnier, nommé Angle
Dubant, pouvre des biens de ce monde combien
qu'il y avoit suffisance, oyant les nouvelles
moulx bien les nota et retint et pensa en soy

mesme que s'il povoit il aroit ceste fille Constance, car on luy donnoit plusieurs biens en
mariage. Si s'en retorna icelluy Angle à son hostel, à l'isle de Mortaigue, qui estoit assez près
de la mer. Cestuy Angle Dubant avoit ung petit
asne, lequel le menoit puis çà puis là pour gaingner sa vie, lequel asne par fortune de maladie avoit perdu les genitoires et le membre, en cheminant il pensa en soy mesme
que celluy asne moulx bien luy serviroit en
son cas pour trouver façon de advenir à ce
qu'il desiroit. Si fut ung jour entre les autres
qu'il fit sa charge et se vestit des meilleures
robes qu'il eust, lesquelles il portoit aux festes,
avec ce il estoit assez bel homme et honneste,
et sembloit à le veoir ainsi vestu qu'il estoit ung
homme de bien. Et adonc quant cestuy Angle
Dubant fut prest se mit à chemin pour venir en
la ville où demoroit la dicte Constance, et quant
il fut arrivé, s'en vint à son logis, à l'ostel de
Guillot Dupin, père de la dicte Constance, où il
vit Agmina, la femme de Guillot, son hoste, qui
estoit à son huys, en attendant les hostes, qui
viendroint loger en sa maison. Si salua Angle
ceste femme, en luy demandant si elle le vouldroit bien loger et elle respondit que ouy très
voulentiers et pour deux causes, la premiere si
estoit pour avoir l'eslite de son beau poisson, la
seconde pour avoir son argent. Si commença
icelluy Angle à chasser son asne pour le mener
à l'estable, lequel ne vouloit cheminer et en le
piquant disoit : Hay ! avant ! hay ! Martin, qui
n'a nuls genitoires ne ton maitre aussi. Et
aucunes disent qu'il disoit : Heu ! Martin, qui

n'as point de vit ne ton maitre aussi, mais
ne me chault lequel, car c'est tout ung,
quant ils sont bien prins l'ung ne vault rien
sans l'autre ne l'autre sans l'un. La dame
qui à son huys seoit, entendit bien ces mots et
moulx bien les nota et retint en son cueur, et
pour ce elle commença à regarder Angle, lequel
luy sembla moulx bel homme. Elle ne ressem-
bloit pas à sa fille qui abominoit les genitoires,
ains dit : C'est moulx grant dommage que cestuy jouvencel n'est naturel homme. Si commença icelle femme à penser que se sa fille le
vouloit, que ce seroit bien leur charge, car
aux besongnes de leur hostel il sembloit abille
et propice, et après que Angle eut vendu son
poisson la dame avoit abillé à disner. Mais entendis la dame parla à son mary et luy racompta
les paroles de Angle. Si delibererent eux deux
ensemble que si le dit Angle vouloit leur fille
que ce seroit bien leur charge. Et pour ceste
cause adviserent de luy en parler, mais que il
fut retourné, puis après luy revenu, disnèrent
ensemble à la table de l'hoste. Si se doubta la
fille qui fine estoit que ce fut pour la marier et
regarda la contenance d'Angle et aussi fit le
père et la mère, et après disner l'hoste se voulut
informer plus avant et alla à l'estable pour veoir
si l'asne n'avoit point de genitoires, lequel vit
qu'il n'en avoit point. Par quoy incontinent icelluy
hoste tira Angle à part et luy dit : N'avez vous
pas dit tels mots et telles choses en entrant
céans ? Et adoncques icelluy Angle en rougis-
gissant faignant de vouloir nier la chose, si luy
respondit en ceste manière : Sire qu'est-ce que

j'ay dit, ce n'est pas à vous n'y à gain n'y à
perte, nul n'y a interest si non moy, à qui la
chose touche. Et alors l'hoste à la parfin le
pressa tant qu'il luy dit la vérité de ses genitoires et pour ce icelluy hoste luy dit se il se
vouloit marier qu'il luy bailleroit sa fille Constance en mariage, de laquelle chose icelluy
Angle se consentit moulx voulentiers, et après
le traité du mariage fut fait par aucuns certains
amis qu'ils avoint tant d'ung costé comme d'autre.
Après certain temps les nopces furent faictes
grandes et solennelles de toutes choses jusques
au lit. Et quant vint au coucher icelluy Angle
doubtoit que sa femme Constance ne abhomi-
nast des bulles et seaux qu'il avoit apportées
autentiquement pour accomplir le mariage, si
pensa qu'il seroit frustré de la chevance et du
bien qu'il atendoit à avoir et pour ce pensa le
dit Angle comme il pourroit avertir sa femme,
que sous ombre de ses genitoires il luy feroit
entendant que ce seroit une autre chose, car
Angle avoit paour que se Constance sa femme
eut congneu que il eut eu des genitoires, elle se
fut plainement levée d'auprès de luy. Par quoy
quant ils furent couchés eux deux ensemble plusieurs foys s'entrebaysoint et plusieurs legiers
atouchements se faisoint l'un à l'autre et petit à
petit furent privés assez competamment l'ung de
l'autre, combien icelluy Angle tirat toujours le
cul arriere, sans approcher près de la place où
le droit plaisir naturel des hommes et des femmes
est. Et le delectable esbatement saillant hors de
la cité de Rains vouloit assaillir la place de
Conimbre, assise en une vallée bien parfonde

qui est la plus plaisant qui soit en celluy monde
et sembloit à icelluy Angle qu'il craignist à
assallir ceste place, et n'osoit approcher doub-
tant de perdre les biens temporels qu'on luy
avoit promis. Si s'advisa icelluy Angle et dit à
Constance : Ma doulce amie, c'est grant plaisir
que de baiser. Et adoncques respondit Constance : Vous dites vérité, mon amy Angle.
Puis dit Angle : Ma mye, au pays dont je suis,
on fait un joly et joly jeu, le plus plaisant et le
plus gracieux avec les espousées, le premier
soir de leurs nopces, que vous vistes oncques en
jour de vostre vie faire. Et lors luy demanda
icelle Constance comment il se faisoit. — Adonc,
lui dit Angle, si vous voulez je le vous monstreray. — Moult voulentiers, ce dit elle, et je
vous en prie.

Et adonc icelluy Angle faingnit d'aller querir
ung instrument pour jouer eux deux ensemble,
et en tastant rencontra en ses mains, quant il
fut levé d'avanture ung anneau de fer accou-
plé avec plusieurs autres ferremens, lequel,
quant Angle les print, commencèrent à sonner
ainsi comme fer. Puis dit Constance au dit Angle :
Dea! apportez le, et adonques icelluy Angle se
recoucha auprès de sa femme et laissa celluy annel
de fer et print son bourdon qu'il avoit ja longuement tenu en penitence, roide comme ung vire-
ton d'arbaleste, et se mit à fretiller entre les
cuisses de Constance, puis ça, puis là. Puis
quant il fut auprès de là vallée de Conimbre
parfonde, fretilla tant du bout de son bourdon
que le portier qui gardoit l'huys de la cité de
Conimbre print plaisir au jeu, tant qu'il luy fit

ouverture, combien que pour la premiere entrée
sentit ung peu d'angoisse la belle Constance,
non obstant que le frayement du jeu l'eut
eschauffée. Si luy fit mal la premiere heure,
mais quant le bourdon entra sans son maitre et
le laissa dehors, qu'il fut ung peu entré dedans
plus avant et sentit la chaleur, s'en voullut saillir arrière, mais la pouvre fille qui eut paour
que autant luy fit de mal à l'issue que à l'entrée,
en levant les rains et en serrant les fesses, luy
serra tellement la teste, que la cervelle en sortit
hors, tellement que le pouvre bourdon de deuil
en saillit plorant la lerme à l'oeil. Et après que
le premier assaulx du jeu fut fait, il voulut
retourner dessus la beste, pour recommencer de
plus belle et ainsi elle s'accoustuma petit à petit
mieux qu'elle peut au jeu, auquel elle trouva
très grant douceur, puis demanda à Angle
comme s'appeloit icelluy jeu que tant elle desiroit et adonc Angle lui respondit que c'estoit le
jeu des estrilles, et lors luy dit icelle pucelle :
Vrayement, jamais oncques en jour de ma vie,
je ne vis chose meilleure, car souvent j'en veux
estre bien estrillée, car le dit jeu me plaist
moulx fort et agrée. Et adonc Angle pour luy
complaire au commencement continua le jeu
si bien et asprement qu'il en fut incontinent
lassé et qu'il ne sçavoit quel remède trouver,
car il veoit bien que le feu estoit aux estouppes
et qu'il ne se pouvoit estaindre à l'eaue de
son caius.

Après peu de temps eux deux allerent en pe-
lerinage fort loin de la ville, mais à chacun
bout de champs, elle vouloit jouer de l'estrille,

mais Angle qui tant ne pouvoit abaisser la vertu
de ses rains, ne sçavoit trouver manière de soy
excuser; ils passèrent par ung petit bois auprès
d'ung grant buisson et commença à dire Angle
à sa femme : Vrayement, mon estrille est cheute
icy. Adonc se descendirent tous deux pour cercher ceste estrille, mais oncques ne la purent
trouver, dont après elle fit si grant deuil quelle
cuyda morir, et pour ce que la nuit s'approchoit, Angle dit à Constance : Il est nuit, il
faut que nous en allions. — Quoy, dit Constance, jamais ne partiray d'icy jusqu'à ce que
l'estrille soit trouvée. — Adonc, dit Angle,
puis qu'elle est perdue, le remede est d'en cercher ung autre, et pour ce, je te promets de
t'en acheter ung autre à la premiere foire où
j'iray. Elle donc par ceste promesse fut apaisée pour esperance quelle avoit d'avoir une
neuve estrille. — Lors dit Angle, fais tant à ta
mere qu'elle te baille ung marc d'or pour en
avoir une. — Adonc, dit Constance, pour ung
marc d'or ne demeurera pas. Et ainsi elle fit
tant envers sa mère qu'elle luy bailla ung marc
d'or, et adonc elle le bailla à son mary, et quant
le jour fut venu elle luy dit qu'il allast à la foire
pour luy acheter une estrille, et lors partit et
alla à la foire et employa son marc d'or en
beufs, vaches et en veaux, et la femme Constance fut attendant tout au long du jour son
mary en le guettant aux fenestres, pour veoir
quant il viendroit et oncques n'en partit jusqu'à
ce qu'elle vit revenir le vallet de son mary, qui
amenoit tant de veaux et de vaches. Par quoy
elle pensa qu'il eust tout employé son argent en

beufs et en vaches, et qu'il avoit oublié l'estrille, si s'en alla de douleur jetter sur son lit, et
tandis qu'elle estoit sur le lit, il falloit veoir comment le père et la mère estoint joyeux de ces
bestes qu'on avoit amenées et Constance en estoit
dolente. Adoncques quant le mary fut arrivé
et descendu, il demanda où estoit sa femme, et
on luy dit qu'elle estoit en sa chambre mal dis-
posée, où elle se reposoit. Si vint Angle à Constance et luy dit : Qu'est cecy ma doulce amye,
quelle chère faictes vous ? — Lors respondit
Constance : Je dois bien faire mauvaise chère
quant vous ne m'avez point aporté d'estrille. —
Ha ! que dites vous ? Si en ay une, que le marchant de qui j'ay acheté mes besongnes m'a
donné en payant le vin du marché ; et elle
demye joyeuse, demye courroucée, dit : Or
voyons s'il est vray ? Et adonc le mary s'appresta pour l'estriller, et pour ce qu'il ne l'avoit
estrillée de quinze jours, il l'estrilla par trois fois
si bien, quelle dit que l'estrille qu'on luy avoit
donnée estoit meilleure la moitié que n'estoit
celle qu'il avoit perdue. Puis luy dit Constance :
Or garde bien ceste estrille et m'en estrille bien
tandis que tu l'as. Après un peu de temps eux
deux allèrent en une grange qu'ils avoint et l'estrilla par cinq ou six fois, puis faingnit de mettre
l'estrille dessoubs ung boteau de paille. Et après
peu de temps, quant ils la voulurent aller re-
prendre, ils ne la trouvèrent pas et eux deux
ensemble la cercherent grant pièce, puis d'avanture passa parmy la grange ung gros rat, qui
portoit une pièce de lart gras, auquel, il dit à sa
femme en criant, au rat, au rat, qui emporte

nostre estrille! La femme, qui vit le rat qui
emportoit ceste pièce de lart, cuidoit que ce fut
l'estrille, à cause qu'elle ne l'avoit encore point
veue, non obstant qu'elle l'eut sentue, commença encore de rechef à crier après ce rat,
lequel, quant il oyt ce bruit, il s'en fouyt bien
tost. Si demora Constance marrie tant que merveille de ceste estrille et par despit s'en retourna
toute seule en la ville en la maison de son père,
car celle grange n'estoit pas fort loin de la ville.
Et ledit Angle après feignit de retourner dedans
trois jours après à la grange, et dit quant il fut revenu, qu'il avoit trouvé l'estrille en retournant de
la paille. Adonc icelluy Angle la print et l'estrilla
par deux ou trois fois, de quoy elle fut moulx
joyeuse et tant qu'elle ne vouloit laisser aller ne
partir son mary d'avec elle, et après en la nuit
ensuivent, quant ils se furent esbastus une grant
piece de ceste estrille, Angle dit à sa femme :
Je cuide que si ce n'estoit mon estrille, que
l'amour de quoy m'aymez seroit bien petite. —
Par ma foy, dit Constance, si ce n'estoit vostre
estrille, jamais je ne vous aymeroye, car c'est le
moins de mon pensement que de vous. Hé! plut
à Dieu que nulle femme n'aymast jamais plus
homme que je vous ayme, car il ne seroit pas
tant de folles femmes comme il est, mais tant
seulement doivent aymer les hommes pour le
jeu de l'estrille.

Et après ung peu de temps Angle s'en alla
pescher en une riviere près de la ville et print
ung gros poisson, si pensa qu'il esprouveroit sa
femme se elle ne l'aymoit que pour son estrille.
Si couppa la teste à ce poisson et du sang il

ensanglanta sa chemise et ses chausses et se
enveloppa ainsi comme si il estoit navré, puis
s'en vint à l'ostel en se plaignant à sa femme
et luy monstra sa chemise ainsi sanglante,
puis luy dit : laisse moy. Mais elle par grant
admiration luy demanda qui luy avoit fait cela,
et il luy dit que ce avoit esté aucuns malfaicteurs qui me vouloint faire morir ; puis me dirent
que je choisisse lequel j'aymeroye mieux ou
perdre la vie ou aucun de mes membres. Lors
je consideray que j'aymoie mieux perdre aucun
de mes membres que ma vie, et pour ce que
tous nos membres nous sont nécessaires à gaingner nostre vie, j'ay considéré que tu n'as pas
plus cure de mon estrille parquoy je me suis con-
sentu que mon estrille me fust coppée ainsi
comme tu le veoys ; puis leva ses robbes, et elle
voyant sa chemise toute plaine de sang cuida
qu'il fut vray et lors cheut toute pasmée à terre.
Après ce qu'elle fut revenue, commença à crier
et à braire en disant en ceste manière : Oh!
malheureuse femme, mauldite soit l'heure que
oncques tu me espousas et se complaignant très
fort, pour rien du monde on ne put la reconforter, et elle s'encourut devers l'official tant qu'elle
put, auquel elle dit qu'elle vouloit estre despar-
tie d'avec son mary ; lequel luy bailla une cita-
tion, de quoy il fut cité et vint à son jour, lequel
estant devant l'official se consentit au departe-
ment, et tant que division fut faicte entre eux
de tous leurs biens, et adonc quant il fut revenu
en sa maison partirent par moitié leurs vaches
et veaux et brebis, et le mary en faisoit enmener
la moitié par une sienne chamberière qu'il avoit

au village dont il estoit, puis dit Angle : J'ay
encore dedans ma bourse qui est attachée à mon
perpoint vingt sols où vous avez la moitié;
Constance, ma mye, tenez, ouvrez la et la prenez. Adonc elle convoiteuse d'argent, courut à
celle part ou estoit celle bourse et ainsi qu'elle
la vouloit ouvrir pour prendre l'argent, le beau
bourdon qui pieça n'avoit labouré se dressa tout
debout devant la femme et elle tout soudainement tressaillit, puis print son mary par le col
à bras estandus en le flattant et en luy disant :
Que vous estes mauvais ! Vous ne faites que
vous bourder de moy. Et après dit Angle : Il
n'y a point de mauvaise bourde, et alors la
print et l'estrilla trois fois. Et après Constance
luy demanda comment la besongne avoit esté,
et dit Angle : Vray est que l'estrille me fut coppée et après je requis l'instrument baculatif d'ung
moine qui avoit été occis de nouveau, et le join-
gnis auprès du mien et ainsi j'ay recouvert l'instrument du moine au lieu du mien. — En vérité, dit elle, il me semble que ce n'est pas
cestuy que vous souliez avoir, car il est plus
mouvent et plus abille à ce jeu que nul des
autres. Dieu face pardon et mercy au moine qui
tel instrument porta, car par le moine je l'ay
recouvert, par quoy je prieray Dieu souvent
pour son ame à celle heure. Elle courut à la
fenestre après qu'elle eut gouté du nouvel habillement d'Angle, et hucha sa chamberière
pour qu'elle retournast à l'hostel à tout les brebis et les vaches, car la paix estoit faite d'elle et
de son mary, lequel de rechef monta à cheval
sans celle et chevaucha cependant que l'on fai-

soit le diner une lieue pour faire la paix du
couroux que Constance avoit eu. Et après dès
lors en avant furent en grant amour pour l'amour
de l'abillement du moine, qui mieux valoit que
la première estrille. Mais je cuide que se après
il fut venu l'abillement d'un carme, ou d'un jacobin, ou d'un cordelier ou augustin, elle l'eust
encore trouvé meilleur que les autres, car ces
maistres frères frappars mendians sont tous gens
reposés, envitaillés, de même qu'ils ne cerchent
autre chose quant ils entrent en une maison,
fors à regarder s'ils verront point de ratellier
pour fourrer leurs estrilles, et quant ils trouve-
ront chaste cheute, Dieu sçait s'ils se font vaillant en blasonnant et louant les dames pour parvenir à leurs fins, et appliquent plus tost leur
entendement à compter ou réciter quelque fable
joyeuse touchant l'incarnation, qu'ils ne font à
prescher la doctrine de saint Thomas, de saint
Augustin ou de saint Ambroise, et aussi en sont
mieux escoutés des femmes, car toutes choses
neufves plaisent à femmes, en especial grosses
et fresches estrilles, et pour tant facent les pouvres compaignons qui se vouldront marier ri-
chement ainsi que fit Angle, s'ils peuvent.

LA TRENTE-SEPTIÈME NOUVELLE.

*D'ung cardinal qui se donna au diable pour estre
pape, et le diable lui bailla dix ans de terme et le
devoit prendre* in sancta civitas, *dont le pape
reschappa.*

UNE foys advint à Rome qu'entre plusieurs cardinaux en y avoit ung, lequel avoit si très grant envie d'estre pape, qu'il en mouroit sur les piez, et tout son pensement n'estoit à autre chose fors que d'estre pape. Le diable, caux et sutil, sachant la grant envie de ce cardinal qu'il avoit d'estre pape, se apparut à luy et luy dit : Vien ça, tu as grant envie d'estre pape, mais si tu veux faire cela que je te diray, devant qu'il soit ung mois d'ici je te feray pape de Rome paisible. — Voire! mais, dit le cardinal, qui es tu ? — Je suis, dit-il, ung diable, mais ne te soucie, je ne te feray nul mal. — Or ça, dit le cardinal, que veux tu que je fasse afin que je soye pape ? — Je veux, dit le diable, que tu te donnes à moy et te bailleray dix ans de terme, que de dix ans je ne te feray, ne chercheray en aucune manière que ce soit, mais te laisseray jouyr de la papalité tout à ton bel aise, et encore te feray-je ung autre party, c'est que je ne te prendray jamais après tes dix ans passés, sinon *in sancta civitas.* Ce cardinal pensa à son affaire et regarda que le diable luy faisoit une belle offre d'avoir dix ans de terme et regarda aussi qu'il ne le devoit prendre sinon *in sancta civitas.* Ledit cardinal entendoit par *in sancta civitas,* la sainte cité de Jérusalem, et pensoit en luy mesmes qu'après les dix ans passés qu'il se garderoit bien d'aller en Jérusalem, et par ainsi le diable ne l'aroit jamais. Si apointèrent eux deux ensemble le marché ainsi que le diable l'avoit devisé.

Après ces apointements faits ne tarda pas longuement que le pape morut et fut ledit cardinal esleu pape et sacré, et en jouyt tout à son plaisir ainsi que les autres papes l'espace de dix ans. Quant le terme fut passé, le diable ne dormoit pas; non faisoit pas le pape, car il avoit bien pensé que son terme que le diable luy avoit baillé estoit passé, mais il pensoit en luy même que le diable ne le saroit prendre, car il ne vouloit pas aller en la sainte cité de Jérusalem. Si advint ung jour entre les autres, quelque temps après, qu'il falloit que le pape allast faire ung service en une esglise de Rome. Si y vint pour faire ledit service, et quant il fut revestu prêt à chanter, il y vint sur ladite esglise plus de dix mille corbeaux, auquel on en fit le rapport au pape, dont il fut merveilleusement esbay et eut paour ; et demanda comment s'appeloit ceste église, et on luy dit que c'estoit *in sancta civitas.* — Ah ! mon Dieu, dit-il, je suis perdu. Si commença à dire sa messe bien dévotement et quant il fut en son *memento,* pensez qu'il parla à Dieu du bon du cœur, luy disant comme le diable l'avoit trompé, deceu, en requirant à Dieu pardon, mercy et miséricorde, et la bonne repentence qu'il avoit, nostre Seigneur luy pardonna et depuis vesquit encore longuement sans que le diable luy fit jamais aucun mal.

LA TRENTE-HUITIÈME NOUVELLE.

PAR JEHAN DARDA.

D'ung barbier qui pour argent vouloit copper la gorge à ung gentilhomme en luy faisant sa barbe, mais il s'en garda, dont il eut la vie sauve après qu'il eut tout avoué.

EN ensuivant nos nouvelles dire vous en veuille une de mémoire. N'a pas longtemps que au pays de Poictou avoit un gentilhomme assez grant terrien. Or dit on communément que qui a terre a guerre; vray est que cestuy gentilhomme n'estoit point marié et n'avoit ne femme, ne enfens, mais il avoit des parens, contre qui il plaidoit fort et ferme en la cour de parlement à Paris, tellement que lesdits parens ne sçavoint plus ce qu'ils devoint faire, car ils estoint quasi prests à perdre leur procès. Et ainsi qu'ils devisoint ensemble l'ung dit : Si ce dyable là nostre parent estoit mort, nostre procès seroit gangné, et si arions tous ses biens, car nous sommes ses héritiers. — Par ma foy! dit l'autre, il est vray.

— Par la Pasque Dieu ! dit ung autre, il nous le fault despescher, aussi bien nous fait-il trop d'ennuy. Si conclurent ces troys de le faire morir, et pour le despecher parlèrent au barbier qui luy faisoit la barbe, et firent marché avec luy, en luy baillant trois cens escus pour luy copper la gorge en luy faisant la barbe, dont ils luy en avancèrent cent escus. Ledit barbier les print et leur promit qu'il feroit le cas ainsi qu'il avoit entreprins.

Si ne tarda pas longuement après que le gentilhomme envoya querir le barbier, pour luy faire la barbe ; si y vint avec ung rasouoir bien tranchant, pensant de parfaire son entreprinse et salua monseigneur, puis luy va commencer à mouiller la barbe. Or vous devez savoir que la salle là où le gentilhomme faisoit sa barbe estoit toute painte d'escriptaux et devises et en plusieurs lieux avoit on escript contre les soliveaulx en belles grosses lettres : « Quoy que tu fasses, pense à la fin. » Tousjours ce barbier regardoit contre mont, en mouillant la barbe du seigneur, et pensoit fort à ce dicton, qui disoit : « Quoy que tu fasses, pense à la fin. » Si pensa en luy même : Si je luy coppe le cou, je suis perdu à tout jamais, car ceux mêmes qui me le font faire me tueront, ou me feront morir. D'autre part, disoit il en luy mesme, j'ay fait marché à eux, j'ai prins leur argent, je ne sçay que je feray. Et en ce pensement, après qu'il luy eut mouillé la barbe, print le rasouoir pour la faire, mais la main luy trembloit si très-fort que il ne luy eust sçu faire la barbe, dont le seigneur se apperçut, l'empoigna par le poing, luy disant :

Qu'est-ce là, barbier ? vous tremblez ! Par la mort bieu, vous avez envye de faire quelque mal ! — Ah, monseigneur, dit le barbier, je vous crie mercy, je vous prie que me veuillez pardonner et je vous diray toute la vérité. Si luy confessa tout le cas, qu'à l'aveu de ses parens luy devoit copper la gorge, au moyen de trois cens escus qu'il devoit avoir, dont il en avoit receu cent, et que par le dicton de la salle, qui disoit : « Quoy que tu fasses, pense à la fin, » il avoit esté esmeu en son cœur et gardé de faire mal. — Et pour tant, monseigneur, dit il, ayez pitié de moy et me pardonnez, car je vous dis la vérité. — Or vien ça, dit monseigneur, je te pardonne moyennant que tu veuilles tousjours entretenir tes paroles. — Monseigneur, dit le barbier, je le feray. Si avertit le gentilhomme la justice du cas et fut prins le barbier et tous ceux qui luy avoint fait faire, c'est à sçavoir ses parens qui plaidoint contre luy. Après la prinse faicte et le cas averé et confessé, furent condampnés à estre pendus et estranglés et à grant peine peut estre sauvé le pouvre barbier, mais il n'eut nul mal, Dieu mercy au gentilhomme.

———

LA TRENTE-NEUVIÈME NOUVELLE.

PAR PHILIPPE DE COUCY.

D'ung jeune gallent qui en allant à Lion coucha avec une abesse et comment un hermite lui donna un aneau qui faisoit croitre le membre de demi pied et de ce qui advint à l'évesque qui trouva le dit anneau.

L fut une foys ung marchant fort riche homme et homme de bien, et avoit plusieurs enfens et entre les autres avoit ung jeune gallent, beau fils de l'aage de vingt-cinq ans ou environ et avoit nom Anthoine. Si l'appella son père ung jour à part et en secret, et luy dit : Vien ça, Anthoine, il fault que je parle à toy. — Mon père, dit le compaignon, que vous plaist il ? — Tu dois sçavoir, dit le marchant, que tu es mon fils, mais tu es bastard et n'es pas fils de ma femme, et pour toy advertir, s'il advenoit que j'allasse de vie à trépas, on te chasseroit de céans comme ung coquin et ne te bailleroit on pas ung denier, et pour tant tandis que je suis en vie, je te veux faire du bien et advise de quoy tu te veux mesler et je t'ayderay à mon pouvoir à pourveoir selon ton affaire. Si fut bien esbay le compaignon, quant il vit qu'il n'estoit pas propre fils de la maison, respondit honnestement à son père : Mon père, puisque ainsi est que je suis tel que

vous dites et qu'il vous plaist de me faire quelque
service, j'en suis tenu à vous, mais s'il vous
plaist je suis deliberé de suivre le train de marchandise que de vostre grace du commencement
m'avez monstré. — Or bien, dit le père, voicy
que je te feray; tu t'en iras à Lyon faire ton emplette, tu sçays le train que je t'ay monstré, je te
donne cinq cens escus en pur don, et les esplète
si bien en marchandise qu'il te puisse proffiter.
Je te bailleray ung logis à part pour mettre ta
marchandise et là pourras vendre et acheter
à ton appetit et cela te demorera, et fais tant
que tu soyes homme de bien le temps advenir.
— Mon père, dit le compaignon, je vous remercie. — Si luy bailla les cinq cens escus et luy
fit delivrer ung bon cheval. Lors prent congé de
son père et prent le grant chemin de Lyon et
chemina tant par ses jornées qu'il s'approchoit
fort de Lyon, mais il luy vint une mauvaise
adventure, car il se mit dedans ung bois sur la
vespres et perdit son chemin, tellement qu'il
ne sçavoit où il estoit; mais il chevaucha tant à
travers le bois, tousjours cuidant trouver quelque
chemin, tellement qu'il fut nuit et ne sçavoit
plus où aller. Et chevaucha encore ung peu, tant
que par l'ayde de Dieu, il vit quelque maison;
si tira tant comme il peut vers celle part et vint
arriver à une grande porte et hurta à l'huys tant
comme il peut, mais on ne luy sonnoit mot.
Mais tant heurta qu'il vint quelqu'un à la fenestre, et estoit la portière de léans, luy demandant
qu'il vouloit. Lors luy fit response qu'il estoit
esgaré. Lors descendit la dicte portière à bas
avec une chandelle allumée, et vint ouvrir ung

petit guichet pour parler à luy, lors elle luy
demanda qu'il vouloit. — Helas, madame, dit
le compaignon, je suis ung pouvre gentilhomme
qui alloys à Lyon et je me suis esgaré et four-
voyé dedens ces bois, et ne sçay où aller, il
vous plaira de vostre grace me loger pour meshuy, et je vous contenteray bien. — Ah! mon
amy, dit la portière, on ne loge point céans,
c'est une abbaye de nonains qui sont céans encloses, et d'autre part les hommes n'y entrent
point, car si vous donniez ung millier d'escus,
vous n'y coucheriez pas. Et quant Anthoine oyt
ceste response si fut bien estonné, car il ne sçavoit où aller et d'autre part il veoit celle portière
qui estoit tant belle et luy faschoit bien de s'en
aller. Si luy dit encore de rechef : Madame, il vous
plaira de vostre grace de me loger pour meshuy en vous bien payant. — Comment, dit elle,
monsieur, je ne suis pas la dame et n'ay puissance de rien, je suis tout simplement la portière de céans. — Hé, comment, dit Anthoine,
fait on d'une si belle dame comme vous la portière ? — Ah ! dit elle, monsieur, vous vous
mocquez bien de moy. Vrayement je ne suis
pas digne d'estre simple chamberière à madame
l'abbesse quant à la beaulté. Alors eut Anthoine
encore plus grande envie de loger léans qu'il
n'avoit par devant quant il ouyt parler de la
grande beaulté de l'abbesse. Si dit à la portière :
Madame la portière, il vous plaira de vostre
grace, d'aller dire à madame l'abbesse, qu'il y
a icy à sa porte ung pouvre gentilhomme esgaré
et ne sçait où se retirer pour meshuy, et qu'il
luy plaise me loger pour ennuit, en la bien

payant, et je vous promets de vous donner dix
escus pour vos peines. Si fut la portière joyeuse,
et le va dire à l'abbesse, laquelle quant elle
ouit qu'il avoit donné dix escus à la portière,
pensa bien qu'il estoit gentilhomme et le fit
entrer et mettre son cheval en l'estable honnestement, et le fit bien traiter ; puis entra Anthoine
en la chambre de l'abesse, et la salua honnestement, comme à elle appartenoit, et elle, luy
rendant son salut, et alors il commença à luy
compter de ses affaires, et comme il alloit à
Lyon, et comment il s'estoit esgaré emmy la
forest. Lors luy fit l'abesse beau recueil et
bonne chère et fut le soupper prest soudain et
devisèrent en souppant de plusieurs matieres
fort plaisantes, mais tousjours avoit l'oeuil Anthoine sur madame l'abesse, car elle estoit belle
en perfection. Après souper on osta la nappe et
fut question de soy aller coucher, mais le dit
Anthoine n'y vouloit aller, et tousjours devisoit
avec la dite dame, tousjours parlant d'amours et
d'autres choses, tant que le dit Anthoine se va
aventurer de luy dire : Madame, je ne vous
puis plus celer mon secret, mais s'il vous
plaisoit de moy accoler et baiser ung petit, je
vous promets de vous donner cent escus que
voicy en une bourse. — Hé comment, dit madame l'abesse, monsieur, voudriez vous ainsi
baiser et accoler les dames de religion ? — Ah !
madame, dit Anthoine, il m'est avis que je seroys
le plus eureux homme du monde si j'estoye en
vostre grace. — Et je vous promets, dit elle,
que vous y estes quelque petit et non pas trop
aussi. Alors tire sa bourse et luy compta cent

escus qu'il luy donna, puis la baise et l'accole,
mais cela ne luy estoit rien s'il ne luy faisoit
autre chose.   Si luy dit madame l'abesse :
Monsieur il est temps de vous retirer en vostre
chambre et vous aller coucher. — Comment,
coucher, dit il, madame, il n'est pas temps, il
n'est encore nulle heure. — Voire, dit l'abesse,
mais je me veuille aller coucher. Si ne sçavoit
Anthoine quelle contenance tenir; tousjours regardoit celle dame. Alors va tirer sa bourse en
lui disant : Madame, je vous prie que je soye
vostre amy s'il vous plaist, et que je couche ennuit
avec vous et voila encore quatre cens escus que
je vous donne. — Comment, dit elle, monsieur,
estes vous fol de vouloir coucher avec moy.
— Par ma foy, dit il, ma dame, je pensoys
bien vous faire autant de services que vous
m'en feriez, et pour tant, je vous prie, ne diffe-
rez plus à cela. Alors la baise et accole, et madame le baise aussi et serre l'argent et s'en vont
coucher ensemble. Et voila comment le marchant fit son emplette, et fut léans huit jours
tous entiers, puis après, quant madame l'abesse
vit qu'il n'en povoit plus, elle luy dit qu'il falloit qu'il se retirat, de peur qu'on ne s'apperceut qu'il y eust ung homme léans. Si print
congé de l'abesse le plus honnestement qu'il
peut, luy disant adieu bien dolentement.

Et quant il fut dehors il ne savoit de quel
costé aller, car d'aller à Lyon, il n'y avoit ordre à
cause qu'il n'avoit pas ung denier. Si s'advisa
qu'il retorneroit cheux son père et y alla, puis
quant il fut venu, son père luy fit bonne chère,
en luy demandant s'il avoit acheté force mar-

chandise ; il luy respondit que ouy et qu'il avoit
espleté tout son argent et de l'autre avec et que
la marchandise viendroit quelque jour. Ung
temps après se passa que ceste marchandise ne
venoit point. Si s'enquit secretement le père à
d'autres marchans qui avoint esté à Lyon, mais
il n'en y eut pas ung qui dit j'ay veu vostre fils.
Si congneut bien incontinent qu'il avoit perdu
son argent, et le appella à part, et luy demanda
qu'il avoit fait de son argent et qu'il dit la vérité, car il sçavoit bien qu'il n'avoit rien acheté.
Si fut bien estonné Anthoine, et ne savoit que
dire, car il veoit bien qu'il estoit prins et qu'il
falloit qu'il dit la vérité. Si dit à son père qu'il
luy pardonnat, et qu'il avoit tout joué. — Oh !
meschant paillart, dit son père, malheureux que
tu es, comment as tu ainsi meschamment joué
tout mon argent ? Je te promets que tu t'en repentiras. Si fut le père longuement marry à
son fils.

Si advint quelqu'espace de temps après que
la foire estoit à Lyon et appella le dit Anthoine
et luy dit : Vien ça, meschant paillart que tu es,
tu ne vaudras jamais rien, encore te veux-je
faire ung beau party. Tiens, voila encore cinq
cens escus que je te donne, mais sçay tu qu'il y
a ? ne reviens jamais si tu n'amène force marchandise, et ne te trouve jamais devant moy. Si
prent Anthoine les cinq cens escus et monte à
cheval, et s'en va le grant chemin de Lyon, et
tant chevaucha qu'il arriva au chemin pour
aller à l'abbaye, et ne sçavoit que faire d'y aller
ou non ; et ainsi qu'il estoit en ce pensement,
tousjours regardant le chemin par où il devoit

aller, il voit arriver ung grant homme devant luy habillé en hermite, la barbe longue et les cheveux tous blancs, lequel se va presenter devant luy, en luy disant : Dieu te garde mon enfant. — Beau père, dit Anthoine, Dieu vous doint bonne vie. — Où vas tu, mon beau fils, dit l'hermite? — Je vous promets, dit Anthoine, que je ne sçay de quel coté aller? — Je te promets, dit l'hermite, que je sçay bien ton envie, tu iroyes voulentiers encore ung coup veoir madame l'abesse, mais pour l'amour de toy je te veuille faire ung beau party, car je t'ayme du bon du cueur. Si fut Anthoine bien estonné quant il luy dit ces paroles et ne sçavoit que penser. — Or çà, Anthoine, dit il, pour l'amour de toy, voila ung anneau fée que je te donne, car par cet anneau tu pourras facilement recouvrer les cinq cens escus que tu as baillé à madame l'abesse, à tout le moins si tu as de l'esprit; cest anneau fée a cette propriété, que qui l'a dedans son doigt en faisant le signe de la croix, le membre luy croistra de demy pied et pour tant prend le, je te le donne du bon du cœur. — En bonne foy, beau père, dit Anthoine, je vous remercie et ne sçay comme je vous en saroye recompenser; voire, mais, dites moy, s'il vous plaist, quant on aroit le membre si grant, est il possible de l'appetisser! — Ouy dea! dit l'hermite, il fault faire le signe de la croix par derrière. Lors print congé Anthoine de l'hermite en le remerciant grandement du bon service qu'il luy faysoit. Alors prend son chemin devers l'abbaye et tant picqua qu'il y arriva. Et incontinent que la portiere le vit,

elle luy fit bonne chère, luy demandant comme
il se portoit. Si lui dit que bien et demanda
comment se portoit madame l'abesse. Elle luy
dit que très bien; si la vint incontinent veoir,
laquelle luy fit bonne chère, luy disant que bien
fut il venu. — Madame, dit Anthoine, je vous
remercie, sachez que je suis ici venu pour l'amour
de vous, et si ay encore cinq cens escus et vous
suis venu veoir pour coucher avec vous avec la
plus grant voulenté que j'en eus jamais, mais il
fault que je fasse mon plaisir de vous toute une
nuit et que vous l'endurez à le faire tout mon
saoul, et je vous donneray encore les cinq cens
escus, ou autrement je ne les vous vouldroye
pas donner. — Ah ! je vous promets, dit l'abesse,
que j'en suis contente, et encore mieux, si je
ne vous puys endurer une nuit je vous rendray
ceux que vous m'avez baillé. — Par ma foy,
dit Anthoine, cela est bien appointé. Lors tira
les cinq cens escus qu'il avoit et les monstra à
l'abesse, puis elle alla querir les autres et mit
on tout ensemble. — Or ça, dit le compaignon,
tout cela est à ung homme. — Par ma foy, dit
l'abesse, c'est mon. Lors s'en vont soupper et
faire bonne chère, et après soupper ils devise-
rent ung petit, puis s'en vont coucher. Le compaignon, qui estoit frais et deliberé, rompit trois
lances de plaine venue avec son membre naturel,
lequel pouvoit bien avoir ung bon demy pied
à bonne mesure, et avoit son anneau dedans le
doigt, lequel va faire le signe de la croix, et
soudain il luy allonge d'ung demy pied, puis
recommença à jouster pour la quatriesme foys,
et l'abesse le trouvoit merveilleusement bon,

mais bien tost luy passa la bonté car il doubla
à faire le signe de la croix, tant que la pouvre
abbesse ne le pouvoit plus endurer, et se print
fort à crier et à sortir hors du lit, luy quittant
et donnant les mille escus et estoit bien esbaye,
où tous les diables il avoit pesché cest instrument, car par avant il ne l'avoit pas, mais tousjours vouloit besongner, mais l'abesse ne voulut
jamais qu'il y touchast, et ainsi se passa la nuit
jusqu'au matin que le compaignon se leva et
print congé de madame l'abesse avec ses mille
escus qu'il emporta, et s'en va le grant chemin
de Lyon, et en s'en allant, il trouva une moult
belle fontaine et mit pied à terre pour se raffraî-
chir, et se vint laver à la fontaine et osta l'anneau de son doigt et le mit sur une pierre, sur
le bord de la fontaine, puis après quant il eut
là esté quelqu'espace de temps, monte à cheval
et s'en va et oblia son anneau sur la pierre, et
s'en va le grant chemin de Lyon.

Or devez sçavoir que bientôt passa par la fontaine, ung evesque avec ses gens, qui s'arresta
à celle fontaine et veit l'anneau sur la pierre, si
le print et le mit à son doit sans y penser, car il
n'estoit pas de grant vallue. Et d'autre part il
ne sçavoit pas la vertu du dit anneau. Après
que le dit evesque se fut ung peu rafraichi, il
monte sur sa mulle, et s'en va avec ses gens, et
devez savoir que celluy evêque s'en alloit en
une petite ville en Auvergne, pour faire son entrée, car il estoit evesque de là et tous ceux de
la ville l'attendoint. Si chevaucha tant qu'il
arriva ès faux bourgs de la ville, et tout messieurs de la ville luy vindrent au devant. Et in-

continent il va commencer à faire le signe de la
croix, ainsi comme il est de coustume, et son
membre va croistre de demy pied, puis chemina
encore jusqu'à la porte de la ville, et tout le
monde se mettoit à genoux pour avoir la béné-
diction, et il faisoit le signe de la croix, et tousjours ce membre croissoit, tant qu'il passoit par
entre les oreilles de la mulle, et estoit si très
honteux luy et ses gens, qu'ils ne sçavoint que
faire et tant firent qu'il arriva à la grande esglise,
et puis de là on le porta en son logis bien dolent et courroucé, et quant il fut là arrivé, il va
commencer à prier Dieu et la Vierge Marie, et
tousjours se signoit et tousjours ce membre
croissoit, tant qu'il ne pouvoit plus tenir en la
chambre. Messieurs de la ville le vindrent veoir,
tout le monde estoit fort esbay de ceste fortune,
tant que toute la ville en fut assavantée, et se
respandit par tout le pays d'environ, tant que
les nouvelles en vindrent jusqu'à Lyon et le
sceut incontinent Anthoine. Si se pensa bien que
celluy evesque avoit trouvé son anneau, et demanda en quel lieu se tenoit cest evesque et on le
luy dit. Incontinent monta à cheval et tira celle
part, et luy arrivé à la ville, va faire incontinent
des escriptaux, disant qu'il estoit venu ung medecin qui guerissoit de toutes maladies et de
plusieurs autres; et incontinent que l'evesque le
sceut, il le manda pour veoir s'il luy sçaroit faire
quelque chose, le medecin arrivé regarda ce
membre qui avoit plus de dix aulnes de long et
fit bien de l'esbay, puis le regarda au visage et
aux mains, et congneut bien son anneau en son
doigt, mais il n'en fit nul semblant. Adonc on

luy demanda s'il gueriroit bien l'evesque de ce
grant membre, il respondit que ouy, mais qu'on
le voulsit bien payer. — Helas, maistre, dit
l'évesque, il n'est point question de payement,
vous arez tout tant que vous voudrez, fussent
dix mille escus. — Or bien, dit le medecin, je
vous promets que devant qu'il soit quinze jours,
je vous feray le membre bien petit, mais il fault
tout premierement que vous me bailliez tous
les anneaux que vous avez aux doigts. Si les
luy bailla trestous, puis quant il les eut, il fit
semblant de luy faire boire quelque breuvage,
et puis luy faisoit le signe de la croix par derriere. Et ce dit jour pour le commencement, il
le fit bien rappetisser d'ung pied dont ils furent
trestous grandement joyeux. Il eut bien tout
appetissé en ung jour, mais il ne vouloit pas, et
tant continua en ces quinze jours, qu'il luy appe-
tissa son membre tellement qu'il n'en avoit plus
qu'un fort petit, dont l'evesque fut merveilleusement joyeux; car après il le paya bien, et luy
donna quatre mille escus, dont Anthoine fut bien
joyeux et s'en retourna à Lyon faire grosse
chère avec de bons compaignons et de bonnes
dames, auxquelles il besongna ung petit de son
membre de mesnage, tant qu'elles s'en trou-
verent bien et fit tant qu'il amassa force argent,
car il fut plus de demy an à Lyon, puis après
achepta force marchandise, laquelle il envoya
cheux son père, qui fut bien esbay quant il veit
qu'il avoit si bien prouffité et ne le tança plus.
Mais telles adventures n'adviennent pas à tout
le monde.

LA QUARANTIÈME NOUVELLE.

PAR PIERRE DU ROLLET.

*D'ung seigneur qui par force vouloit avoir la terre
d'ung abbé, s'il ne luy donnoit responce de trois
choses qu'il demandoit, laquelle il fit par le
moyen de son mounier.*

UNE foys fut qu'au pays de Champagne
avoit ung gros seigneur riche et puissant
et grant terrien. Or est-il ainsi que en
sa subjection avoit une abbaye, duquel l'abbé avoit quelque place de terre, joignant aux terres dudit seigneur, dont par
plusieurs foys avoit cuydé avoir ceste terre
dudit abbé ou du couvent, mais jamais ne
luy vouloint bailler, car l'abbé disoit à monseigneur qu'il ne l'avoit pas aquestée et que
c'estoit du couvent et que il ne le pouvoit vendre ne engager. Et quant monseigneur parloit
aux moines et les menassoit que si ne se con-
sentoint à ceste vendicion, que il les battroit
bien, les moines se excusoint et disoint que c'estoit affaire à l'abbé et que à eux n'appartenoit à
rien vendre. Quant monseigneur congnut ceste
affaire, il fut bien marry. Mais ung jour entre les
autres il trouva l'abbé aux champs, et luy dit :
Venez ça, maistre abbé, vous ne me voulez pas
bailler ce lopin de terre qui me joing, mais par
la foy de mon corps, je vous en feray repentir

et du corps et des biens. Et vous enchargé d'icy
et desjà que vous ayez à venir en mon logis parler à moy dedans vingt-quatre heures pour me
bailler responce de ce que je vous demanderay :
c'est que me saichiez à dire combien je vaulx, et
où est le milieu du monde, et cela que je pense.
Et ne faillez pas à me venir demain donner responce, et si vous faillez, je vous promets que
vous vous en repentirez. Le povre abbé, bien
estonné de ceste demande, ne sçavoit que penser,
part et s'en va en son abbaye, et quant il fut là
près de l'abbaye, il rencontra son mounier, lequel
le salua et luy demanda qu'il avoit, car il le veoit
tout pensif. Lors luy respondit l'abbé : Et que
as tu affaire que j'ay, mounier ? quant je te aroys
dit mon affaire, tu ne me sçaroys de rien ayder.
Dit le mounier : Monsieur, je vous vouldroys
faire plaisir et service, se à moy possible estoit ;
mais dictes moy que vous avez. Alors luy commença à compter l'abbé tout de point en point,
comme la besongne alloit touchant monseigneur
et les demandes qu'il luy avoit faites. Le mounier, oyant tout cela, pensa subtilement comme
il en feroit et dit à monseigneur l'abbé, qu'il ne
se souciast de rien et que il viendroit bien à
bout de son affaire, mais que il falloit que il luy
baille son habit. Respondit l'abbé que ne tiendroit pas à cela. Le lendemain matin, le mounier
vint à l'abbaye avec une grant couronne sur sa
teste, laquelle il s'estoit fait faire comme à ung
des moines et print l'habit de l'abbé en luy disant : Monsieur ne vous souciez, je vous promets devant que revenir que je rendray telle
responce à monseigneur, que jamais ne vous

demandera rien. — O mon Dieu, dit l'abbé, mounier, se tu me fais ce service là que tu dis, et
tu en puisses venir à bout, je seray tenu à toy
tout le temps de ma vie. — Ne vous souciez,
dit le mounier, je m'en vois besongnier pour
vous.

Alors part et s'en va et vint au chasteau, là
où estoit monseigneur, auquel on dit que l'abbé
estoit venu. Si le fit venir parler à luy, lequel y
vint incontinent. Adonc monseigneur lui demanda : Or ça! maistre abbé, me baillez vous
responce des trois choses que je vous ay dictes?
Vous sçavez que dès hyer je vous en advertis. — Monseigneur, dit le mounier, qui estoit
habillé en abbé, vous direz encore, si vous
plaist, que c'est. — Il fault, dit monseigneur,
que me dictes combien je vaulx, et là où est
le milieu du monde; et davantage, que me
dictes ce que je pense. — Or bien, monseigneur, il m'est advis tout premièrement que vous
pouvez bien valoir environ vingt-sept ou vingt-
huit deniers. — Ah! meschant abbé, dit monseigneur, hé ne vaulx je non plus? — Ah par
ma foy, dit l'abbé, monseigneur ne vous en courroucez point, car vous ne valez guères davantage, Dieu ne fut vendu que trente deniers et
vous ne valez pas tant que Dieu. Et quant je
vous mets à deux deniers près de Dieu, encore
m'est-il advis que c'est beaucoup. — Ah! par ma
foy, dit monseigneur, tu dis vray, je te quitte celle
là. Or ça, dit monseigneur, il fault que tu me
monstres où est le milieu du monde. — Ouy da!
dit le mounier. Alors le mena bien environ d'ung
quart de lieue loing, au milieu d'ung pré, et luy

dit : Regardez, monseigneur, voicy justement le
milieu du monde. — Comment ! dit monseigneur,
il n'est pas possible. — Monseigneur, dit le mounier, si est, et je vous le donneray à congnoistre. Prenez une corde et l'attachez icy et puis
allez aux quatre bouts du monde et vous trouverez qu'il sera juste, et si vous n'aviez tant de
corde, mesurez à vos pas. — Comment dyable,
dit monseigneur, je n'aroys jamais fait cela ! —
Or si fault-il que vous le faciez, si vous le voulez
sçavoir. — Vrayment, dit monseigneur, je l'ayme
beaucoup mieulx croire que d'y aller veoir. Je
te quitte du second; mais dy moy que c'est que
je pense. — Que vous pensez, monseigneur, dit
le mounier, il est fort à faire. Or venez ça, monseigneur, ne pensez vous pas que je soys l'abbé ?
— Ha! ouy, vrayment, dit monseigneur, et qui
es tu donc ? — Saint Jehan ! dit-il, non suis, je
ne suis que son mounier. Alors jetta l'habit hors
de dessus luy, et quant monseigneur le vit ainsi
despouillé, il congnut bien que ce n'estoit pas
l'abbé, et luy dit : O mounier, vous m'avez
prins, que le dyable vous prengne ! Allez vous
en à vostre abbé et luy dictes hardiment que je
le quitte et que jamais ne luy demanderay rien.
Alors part le mounier et va faire le rapport à
l'abbé, dont il fut très-joyeux quant il sçut
comme le mounier l'avoit ainsi prins et contenta
très-bien le mounier.

———

LA QUARANTE-UNIÈME NOUVELLE.

PAR LE GRENETIER DU PONT.

D'ung homme qui eut trois femmes l'une après l'autre qui toutes trois se pendirent à un arbre lequel estoit en son jardin.

UNG homme fut conjoint par mariage à une femme assez jeune, qui fut si plaine de bonne voulenté, que elle print une fantaisie en elle de ne vouloir jamais obéir à son mary, mais si fault-il quelque chose qu'il y ait qu'elle obeysse en droit et raison. Mais ceste cy estoit fine, despite et orgueilleuse. Son mary du commencement la traicta humainement, luy cuydant changer sa condicion, mais tant plus luy faisoit à son plaisir, et tant plus estoit maulvaise. Advint ung jour après, qu'il eust mis peine de la chastier par parolles et que il vit qu'il perdoit sa peine, luy fit plusieurs menaces, dont elle fut si fort despitée, qu'elle s'en fouyt en ung jardin, où il y avoit ung bel arbre, print une corde et se pendit à une branche. Et quant son mary la vit et fut adverty, fut bien marry de la fortune, mais il n'y avoit remède. Si y eut quelqu'uns de ses voisins et amys qui le reconfortèrent au mains mal que peurent. Si se délibéra qu'il trouveroit moyen d'en recouvrer une autre. Et de fait pour la seconde foys espousa une autre femme, qui fut si plaine de concupiscence charnelle et libidineuse, qu'elle n'escon-

duysoit homme, touchant le jeu d'aymer, dont
le mary se apperceut. Si se advisa qui n'y sçaroit mettre remède, fors l'enfermer en sa chambre, et la garder de troter par les rues et gaster
le pavé, par quoy l'enferma par aucune espace
de temps en une chambre. Toutefoys elle trouva,
une nuyt, façon d'eschapper secrètement, entra
au jardin et se pendit avec la première femme.
Le mary, fort esbay de cette aventure, ne sceut
que penser. Toutefoys quant il avoit veu la
mauvaistié de sa femme, il le prenoit en patience
et se arrestant à ung proverbe qu'on dit, Toutes
tierces sont bonnes, se délibéra d'espouser encore une autre femme. Laquelle chose il fit
et en trouva une, laquelle luy fut advis, à son
semblant, que ce seroit bien son cas. Mais il
n'y a si bon et habille qui n'en soit bien trompé.
Car si la première fut fière, despite et orgueilleuse, et la seconde plaine de concupiscence
charnelle, la troisième fut encore plus pleine de
volupté mondaine, car toutes les sepmaines
vouloit avoir vestemens nouveaulx, et estoit
impossible au mary savoir entretenir son gros
estat sans devenir povre et meschant. Si luy
remonstra au mieulx qu'il peut, disant, pour la
chastier, qu'il avoit acheté de la marchandise,
et qu'il falloit vendre partie de ses habits, pour
la payer, dont elle fut courroucée très-fort,
disant qu'elle estoit bien de lieu venue pour porter tel estat et sans considérer que son mary
estoit de moyen estat. Toutefoys advint ung
jour que pour aucune debte que le mary devoit,
les sergens furent à la maison, qui prindrent les
meilleures robes qu'elle eust par exécution. Or

le lendemain la femme estoit de nopces de l'une
de ses parentes. Si print si grant despit en elle
disant : Hélas ! si je me y treuve ainsy pouvre-
ment acoustrée, tout le monde s'en moquera, et
encore plus si je ne m'y trouve, ce me sera une
grant honte et reproche. Par quoy sans plus
autre chose faire, se délibéra la nuit ensuivante
de soy aller pendre au jardin avec les autres, à
l'arbre propre qui avoit porté si bon fruit, et de
faict y alla et la trouva son mary au lieu propre
des autres.

Alors le pouvre mary voyant ung tel arbre,
auquel s'estoint pendues ses trois femmes, fit
plusieurs complaintes, s'adressa à ung sien fils
et à plusieurs de ses voysins, triste, merenco-
lieux, et parla à eux en plourant, disant tels
mots : J'ay en mon jardin ung arbre bel et plaisant, mais tant y a que ma première femme s'y
est pendue, la seconde aussi, et pareillement la
tierce, qui m'est une peine merveillable. Si
vouldroye bien avoir vostre conseil sur ce cas.
Or les voysins, à qui il faisoit ce récit, estoint
mariés à femmes noisives et tenseresses. L'ung
d'iceux luy fit responce : Tes troys femmes se
sont pendues à troys branches de l'arbre ; je te
prye, donne moy une greffe de chascune branche,
afin que j'en départe entre mes voysins, qui
avent maulvaises femmes. Si les planterons en
nos jardins, où le temps advenir nos femmes se
pendront, qui nous sera ung très-grant reconfort et joye singulière. Par quoy me semble que
tu as tort de pleurer la perte de celles qui te
tourmentoint jour et nuyt. Le mary, à qui ces
femmes s'estoint pendues, alla en son jardin,

prit de chascune des trois branches ung scion,
les bailla à l'ung de ses voysins, qui se délibéra
les départir aux autres, afin d'avoir des arbres
pour pendre leurs femmes qui guères ne va-
loint.

LA QUARANTE-DEUXIÈME NOUVELLE.

PAR LE GRENETIER DU PONT.

*D'un archer de la garde du roy qui mit les couil-
lons d'un curé qui besongnoit sa femme dedans
une met, et comment le curé se les coppa pour
eviter le danger du feu.*

LA chose est veritable qu'au pays de
Touraine, assez près de la ville de
Tours, avoit ung archier de la garde
du Roy, et estoit Escossois. Cestuy
Escossois avoit espousé une belle jeune damoiselle et se tenoit en ung sien chasteau ou maison
de plaisance, près du dit Tours comme j'ay dit.
Vous devez sçavoir que celluy Escossois alloit à
la court pour faire son quartier à servir le Roy,
comme à luy appartenoit. Et tandis qu'il estoit
en court, il ennuyoit fort à ceste dame d'estre si
longuement sans besoingner, et devez sçavoir
qu'elle alloit aucunes fois à la messe près d'illec
en une esglise, où il y avoit ung gallent de
prestre qui souvent la regardoit et tousjours se
presentoit devant elle pour luy faire quelque service honneste, luy gettant de l'eau benoiste ou

autre service plus grant s'il eust esté possible.
Ung jour entre les autres, après que la dame
eut ouye la messe, sault hors de l'esglise, et le
curé incontinent après, qui la salua luy présen-
tant à desjuner s'il luy plaisoit au presbytaire.
Laquelle dame luy fit response que non, mais
que s'il luy plaisoit venir à la maison qu'elle luy
feroit bonne chère, lequel s'y accorda incontinent, et furent desjuner à la maison, et firent
grosse chère et là firent leurs appointemens pour
besongner, tant que le dit prestre n'en bougeoit quasi tous les jours, et tant y continua
que tous les voisins s'en apperceurent, et y en
avoit d'aucuns à qui il en desplaisoit bien, mais
ils n'en osoint sonner mot. Or advient que voici
venir mon Escossoys, lequel avoit fait son quartier et s'en vint en sa maison, là où il fut bien
receu, Dieu le sçait. Quelque peu de temps après,
quelqu'homme de bien va dire au dit Escossoys :
Monsieur, vous devez sçavoir qu'il hante ung
tel prestre en vostre maison, et plus souvent
que tous les jours, et m'est advis que ce n'est
pas chose honneste à vostre femme de retirer à
elle si souvent ce prestre, car elle est jeune et
sotte, et s'il y alloit pour dire ses heures, encore
diroit on qu'il iroit pour autre chose, non obstant
si croy-je bien qu'il n'y va pas pour enfiler des
perles, et si ne veux pas dire que madame vostre
femme ne soit femme de bien, mais donnez
vous en de garde. Et quant l'Escossoys entendit
ces paroles, il vit bien que la besongne estoit
faite, dont il fut bien marry, et n'en fit nul semblant à sa femme ni à homme du monde, mais
quelque temps aprés fit semblant d'aller dehors,

monte à cheval luy et ses gens, et va seulement
jusqu'à trois lieues de là, puis tout soudain s'en
revint en sa maison et trouva sa femme et
maistre prestre assis vis à vis comme deux four-
bisseurs d'épée, en dinant et faisant grosse
chère ; et ne les trouva point autrement en desa-
roy, comme on a fait d'autres. Si empoigna le
prestre par le poing, luy commença à demander
pourquoy il venoit léans. Le pouvre curé fut
bien estonné et ne sçavoit que dire. — Sçavez
vous qu'il y a, dit l'Escossoys? cette foys icy
vous sera pardonnée, et vous en allez viste, et
ne retornez jamais céans, car je regnie bieu, si
jamais vous y venez, ne pour bien ne pour mal,
vous y lerrez les couillons. Et le curé tenant la
queue entre les jambes courut tant qu'il peut
aller. Puis commença à dire à sa femme : Madame la paillarde, vous fault il avoir tousjours
ce curé auprès de vous? avez vous le cul si
chault qu'il vous faille avoir tousjours ung re-
fresdisoir et sçavez vous qu'il y a ? Il vous sera
pardonné comme à luy, mais je fais bon voeu à
Dieu que si jamais je le trouve céans, je vous
copperay le nez et à luy les couillons. Si se
passa ainsi grant espace de temps tant qu'il convint qu'il retornast faire son cartier, part de sa
maison et s'en va prenant congé de sa femme,
en bien luy chargeant que jamais ne fît venir
le prestre. Mais il ne tarda pas quinze jours
aprés que madame avoit dejà le feu au cul et
manda le prestre qui y vint incontinent, et tous
les jours comme il avoit accoustumé. Si se pensèrent en eux mêmes, qu'ils meneroint ceste vie
jusques à huit jours devent que le quartier fut

venu. Mais le dit mary de la dame, qui estoit
fin et qui prenoit les matières à cœur, trouva
façon envers son capitaine d'avoir congé ung
mois devent son quartier achevé, luy disant
qu'il avoit quelqu'affaire en sa maison. S'en partit de la cour et vint en sa maison ung peu trop
tost, car il trouva le dit curé, oultre son commandement en sa maison, qu'il luy avoit deffendue. Si s'en cuyda fouyr le dit curé, mais il
l'en garda bien et le fit prendre par ses gens et
l'enferma en une chambre, puis après il vint
à luy, luy disant : Hé! venez ça, maistre curé;
qui vous a fait venir en ma maison oultre mon
commandement ? Vous savez bien que je vous
l'avoye deffendue, et par la foy de mon corps,
vous vous en repentirez et de bref. Si fit prendre
le curé par ses gens, et le fit mettre aussi nud
comme il sortit du ventre de sa mère. Puis fit
ouvrir ung grant coffre de boys et prindrent
mon curé par les couillons, et les luy enfermè-
rent à bonne clef dedens le dit coffre, et le pouvre curé estoit là bien estonné tout debout les
couillons dedens le coffre, et n'avoit garde d'eschapper. Quant il fut ainsi prins, il luy demanda :
Or ça curé, quant vous le faisiez à ma femme,
vous estiez bien ayse, vous voyez maintenant
comme il vous en prent, et je vous l'avoye tant
deffendu. — Ah! monseigneur, dit le curé, je
vous requiers misericorde. — Je vous promets,
dit l'Escossoys, que pour l'honneur du maistre
que vous servez bien meschamment, je ne vous
feray rien, mais allez vous en quant vous voudrez. — Helas, monsieur, dit le curé, je ne saroye. — Par la mort bieu! dit l'Escossoys, si

vous feray-je bien desloger tantost et en haste.
Si va faire apporter trois ou quatre grant
boteaux de paille et les fit deslier et respandre
tout autour du curé, puis fit mettre auprès de
luy ung couteau bien tranchant sur le dit coffre,
et puis fit ouvrir tous les huys de la maison et
mit on le feu en la paille, et le pouvre curé
commença à sentir la chaleur du feu tant qu'il
se brusloit. Alors vit il bien qu'il falloit que ses
couillons y demorassent. Si print le couteau et
luy mesme se coppa les couillons, car autrement il se fut bruslé, puis commença à fouyr
tout nud comme si le diable l'emportoit; ne oncques depuis ne revint en la maison pour le bon
tour qu'on luy avoit fait. Puis vint le dit Escossoys à sa femme, et la despouilla toute nue, et
la battit tant de verges que c'estoit la plus grant
pitié du monde que de la veoir, car le sang en
sortoit de tous costés. Et voila comment nostre
Escossoys fut vengé de sa femme et du curé.

LA QUARANTE-TROISIÈME NOUVELLE.

PAR MONSIEUR DE CRESPY.

*D'ung cordelier qui predit que le pape devoit morir
dedans quelque temps et que son successeur ne
vivroit que quinze jours, par quoy les cardinaux
firent ung pape qui vescut longuement.*

UNE foys advint à Rome que il y avoit
ung pape grant homme de bien, et
avoit plusieurs cardinaulx qui tous luy
faisoint la cour comme raison estoit.

Et devez sçavoir que entre toute la multitude
des cardinaulx, il y en avoit ung que le pape
aymoit merveilleusement, et ne bougeoit jamais
d'avec le pape, car il se fioit en luy de toutes
choses, tant que le pape s'en contentoit. Et
entre toutes autres choses vous devez sçavoir
que il y avoit ung cordelier grant clerc et grant
astrologue et homme sçavant et qui bien se congnoissoit aux estoiles, et hantoit fort cestuy cordelier avec le cardinal que le pape aymoit tant,
et parce que le pape l'aymoit ainsi, les autres
cardinaulx en estoint envieux, et le hayssoint
mortellement : tellement que à peu estoint
délibéré de luy faire quelque bon tour. Or
s'en doubtoit bien celluy cardinal, mais il
ne bougeoit jamais guères d'avec le pape.
Or advint ung soir entre les autres, qu'il faisoit
ung beau temps et clair, et toutes les estoiles
apparoissoint au ciel et celluy cordelier les regardoit moult affectueusement. Si vint icelluy
cardinal à luy, et luy demanda que il luy sembloit des estoiles. A ce dit le cordelier : Monseigneur, je voy au ciel des choses merveilleuses et une grande aventure qui bientôt nous
adviendra. Dieu, par sa grâce, nous veuille à
trestous bien ayder. — Comment, dit le cardinal, monsieur, est-ce chose si grande que vous
dictes, qui nous adviendra, et que sera-ce à
votre advis ? — Par ma foy, monseigneur, dit le
cordelier au cardinal, je vous assure pour toute
vérité, que dedans quinze jours d'icy le pape sera
mort. — Nostre dame ! dit le cardinal, est-il bien
possible ? — Je vous asseure, dit le cordelier, qu'il
est vérité. Le lendemain matin ledit cardinal va

compter aux autres cardinaux comment le cordelier avoit déterminé de la mort du pape, et que
sans faulte il disoit qu'il devoit morir. Si furent
tous esbays et vont dire que c'estoit bien hardiment parler au cordelier de dire à quel jour
devoit morir ung tel prélat et prince. Si ordonnèrent par entre eux que ledit cordelier seroit
mis prisonnier, jusques au terme passé qu'il
disoit que le pape devoit morir, non pas en prison forte, mais fut gardé en une chambre. Les
cardinaulx se donnèrent bien garde du jour. Si
advint la derrenière nuyt que le pape s'en alla
en sa garde robe à son retraict, et là morut tout
royde, dont ses vallés de chambre furent bien
esbays. Si vint le cardinal, qui estoit tant aymé
du pape, car il avoit accoustumé de venir tousjours à son lever. Si fut bien esbay quant on
luy dit qu'il estoit mort. Si s'en alla devers le
cordelier, auquel il compta le piteux cas. Et luy
dit ledit cardinal : Monsieur, si vous voulez faire
une chose que je vous diray, je vous feray le
plus grant homme de vostre linage. — Hé comment, monseigneur ? dit le cordelier. — Vous
devez sçavoir, dit-il, que les cardinaulx viendront incontinent par devers vous, pour sçavoir
de la mort du pape. Et vous leur direz comme
il est mort, et sy direz davantage que le premier
pape après luy ne vivra que quinze jours ; et je
suis sûr que incontinent ils me feront pape, afin
qu'ils soyent despéchés de moy ; et je vous promets de vous faire grant homme en ma court.
Si s'y accorda le cordelier, et l'apointement fait
se retira le cardinal en son logis. Tantost après,
voicy venir messieurs les cardinaulx pour avoir

des nouvelles du pape. Si leur fut dit comment il estoit mort; peu après s'en allèrent parler au cordelier, en luy disant que le pape n'estoit point mort, et que il avoit mal parlé. Adonc leur respond le cordelier et leur dit : Messeigneurs, je vous advertis que le pape est mort en allant à son retraict et n'y a faulte nulle. Et si vous dis encore plus fort que le premier pape après luy ne vivra que quinze jours, et en faictes comme vous l'entendez. Lors furent tous les cardinaulx moult esmerveillés, et se retirèrent à part pour parlementer ensemble, et vont conclure par entre eux qu'ils feroint ledit cardinal pape et de fait le eslirent pape, cuydant qu'il deut morir dedans quinze jours. Mais il vesquit plus de quinze ans, et fit le cordelier grant homme, car il fut cardinal prochain du pape, comme il estoit devant la mort de l'autre. Et voilà comme il fut pape par abileté.

LA QUARANTE-QUATRIÈME NOUVELLE.

PAR JEAN DE COUSY.

De deux brodeurs dont l'un battit sa femme laquelle s'enfouyt et fut coucher cheux l'autre, qui la besongna deux fois, dont sa femme s'esveilla, se leva et la battit bien durement.

POUR accroitre mon nombre des nouvelles que j'ay promises compter et descripre, j'en mettray icy une dont la venue est fresche.

Au pays de Touraine est advenu n'a pas longtemps que deux brodeurs demoroint auprès
l'ung de l'autre, voisins et bons amis ensemble
comme gens se doibvent entr'aymer. Or est il
ainsi qu'ils alloint bien souvent besongner à
leurs jornées cheux ung autre maistre de leurs
mestiers, comme souvent advient. Et d'avanture
ils besongnoint à ceste heure là tous deux cheux
ung maistre. Or devez vous sçavoir que l'ung
avoit nom Jehan et l'autre Guillaume. Si advint
d'avanture à ung soir ainsi que Jehan se vouloit
aller coucher, il dit quelque chose à sa femme
qu'elle print à desplaisir, et de fait se courrou-
cèrent très fort l'ung à l'autre, tant que les horions commencèrent à cheoir sur la pouvre
femme de Jean. Elle de crier : Va paillart ! va
meschant ! Tu ne vaux riens, car quant tu viens
de voir tes paillardes et ribaudes tu me fais
tousjours ainsi, meschant ! malheureux que tu es !

Et quant Jehan se ouyt ainsi lesdanger et bla-
zonner ses armes, il empoigna ung baton de
deux piés et demy de long, qu'autrefoys avoit
manié pour telle affaire et commença à cuider
charger sur sa femme et elle de fouyr et eviter
la fureur de son mary et s'en vint cheux son
voisin Guillaume le brodeur. Et là vint faire ses
complaintes au mains mal qu'elle peut, luy
priant que pour celle nuit on la vousist heber-
ger jusques au matin, qu'elle pensoit que son
mary aroit passé sa colère. Si en furent contens
Guillaume et sa femme, et luy firent au mains
mal qu'ils peurent. Mais vous devez sçavoir que
Guillaume n'estoit pas des plus riches du monde
et ne avoit qu'ung lit, pourquoy il convenoit

qu'ils couchassent tous trois ensemble. Laquelle
chose ils firent et devez sçavoir que Guillaume
estoit couché devant, et sa femme au milieu
du lit, et la femme de Jehan qu'ils logeoint pour
l'amour de Dieu estoit couchée darrière en la
ruette du lit, et passerent ainsi une partye de la
nuit tant que ce vint environ mynuit, ou bien
tost après. La femme de Jehan, qui estoit logée
et couchée comme dit est, ne dormoit pas, mais
bien advisa en se couchant comme estoit couché
Guillaume et se leva tout doulcement et vint
coucher auprès de luy, puis elle le commença à
taster et à manier tant que Guillaume s'esveilla
et se vira vers elle et luy commença à manier
les tetins et le c.. tant qu'il sentit que ce n'estoit point sa femme et luy fut advis que par
adventure elle·pourroit avoir meilleur manie-
ment que la sienne; si monta dessus, pour veoir
de plus loing et luy fit ung bon cop sans que
sa femme en sceut oncques rien, car elle dormoit bien fort et fut bien advis à Guillaume
qu'il avoit bien besongné. Si se rendormit quelque petit et ung peu après, sur les deux heures
après mynuit, la femme de Jehan commença de
rechef à assaillir Guillaume, et Guillaume de
remonter dessus. Et ainsi qu'ils besongnoint fort
et ferme à leurs pieces, la femme de Guillaume
qui ouit le bruit, s'esveilla et commença à taster
et trouva comme son mary avoit embroché sa
voisine jusqu'au poil. — Ha, ha! de par tous
les diables! suis-je ainsi·trahie! Ha! par la
mercy Dieu, il n'en ira pas ainsi! et elle se leve
vistement et va allumer de la chandelle, et quant
le pouvre Guillaume veit la chandelle allumée

il sault du lit et se leve et la femme de Jehan demoroit là, car elle estoit surprinse et ne sçavoit que faire ne que dire. La femme de Guillaume ne sçavoit comment la battre, mais print vistement le pot à pisser, qui estoit demy plain et la commença à frapper du pot à tout le pissat sur le visage, tant que le pot qui estoit de terre fut tout rompu et cassé, et de l'ance du pot, quelle tenoit encore, luy diffama tout le visage, en luy disant : Ha! mechante paillarde! est-ce le plaisir que je t'ay fait de t'avoir logée et gardée de battre, qui fait que tu me rens si beau guerdon? Et de recommencer à battre de l'ance du pot, tant que le pouvre Guillaume en eut pitié et les vint desmeler et les rapointa au mains mal qu'il peut et disoit à sa femme : Ma mye, ne te courrouce point, car je promets ma foy que je pensoye que ce fut-ce toy et n'en saiche point de mauvais gré. Quelque peu se rappaisa la femme de Guillaume et croit son mary, mais tousjours disoit à la femme de Jehan : Meschante femme, pourquoy passoys tu de l'autre costé, pour toy aller faire besongner à mon mary? Si dit la femme de Jehan qu'elle luy pardonnast, et qu'elle l'avoit fait sans y penser et pensoit estre cheux elle et cuidoit que ce fut son mary qui la besongnast pour refaire son appointement. Et de fait elle la creut quelque petit et se rappointerent au mains mal qu'ils peurent, et passerent ainsi le demorant de la nuit.

Au matin à l'heure accoustumée, Guillaume s'en alla à la besongne cheux le maistre où il besongnoit et là trouva Jehan qui estoit dejà en

besongne. Or devez vous savoir que la femme
de Jehan au matin quant il fut grant jour print
congé de son hostesse, et la remercia doulcement
de peur d'estre decellée, et s'en retourna en sa
maison bien dolente d'avoir ainsi le visage dif-
famé, et elle se regardoit en un mirouer, et
n'estoit guère belle ; alors part et s'en va là où
besongnoit son mary. Et quant il la vit ainsi
blessée au visage il fut moulx esbay et luy dit :
Hé déa ! ma femme, qui vous a fait cela ? arsoir
quant je vous voulois battre je ne le vous fis pas.
— Saint Jehan ! non, dit elle, ce a esté la femme
de ce meschant Guillaume que voila auprès de
vous qui m'a ainsi accoustrée. — Par ma foy, dit
Jehan à Guillaume, ce n'est pas bien fait. — Ah !
mon amy, dit la femme de Jehan, il a bien
fait pis de par tous les diables. — Hé ! qui y
a-t-il, dit Jehan ? — Par ma foy ! dit elle, ce
meschant là Guillaume me l'a fait deux fois en
dormant quant j'estoys couchée en leur lit. —
Ah ! de par tous les diables, dit Jehan, ce n'est
pas bien fait. — Ha ! par Dieu, dit Guillaume,
vous avez faulcement menty, car vous ne dor-
miez pas, et puisqu'il fault dire la verité je la
diray tout devant vostre mary, car vous vous
estes levée d'auprès de ma femme et vous estes
venue coucher auprès de moy et me tastiez le
ventre et me grattiez la couille tant qu'elle se
dressa, et puis je saultay sur votre corps, mais
en bonne foy puisqu'il le fault dire je pensoys
que ce fut ma femme, et voila comment il en va,
dit Guillaume. Si fut bien esbay Jehan et vouloit
encore rebattre sa femme, mais elle s'en fouyt
et les deux maris appointerent ensemble et

allerent boire pour faire l'appointement, car il
valoit mieux ung bon appointement que tant de
gens morts.

LA QUARANTE-CINQUIÈME NOUVELLE.

PAR LE PREVOST DU PONT.

D'ung vicaire et d'ung prestre qui tuèrent leur curé;
et puis, par faulx tesmoings, vouloint dire que
ç'avoit été ung gentilhomme, dont ils en furent
tous pugnis.

VOUS devez sçavoir que une foys advint
en Touraine une chose, laquelle n'est
pas à celer, pour soy donner garde de
aucunes mauvaises gens, et principalement de faulx tesmoings. Vray est que en ung
petit village, auprès de Tours, avoit dedans
l'église ung vicaire, et cestuy vicaire avoit ung
chapelain soubz luy, et est ainsi que ils beu-
voint et mangeoint souvent ensemble. Avint ung
jour entre les autres, eux estant à table, le prestre va dire au vicaire : Plust à Dieu, monsieur
le vicaire, que vous fussiez curé et que je fusse
votre vicaire ! — Ma foy, je le vouldroys bien,
dit le vicaire. — Si ce dyable de curé estoit
mort, cela seroit vostre. — Il est vray, dit le
vicaire. Et pour le vous donner à entendre, le
curé dudit village se tenoit à une grant lieue de
là et ne se soucioit pas fort de ceste cure là,

car il avoit beaucoup de revenu et aymoit fort ledit vicaire, tellement qu'il luy avoit resigné sa cure après sa mort. Si se pensèrent eux deux, comment on pourroit haster d'aller ce curé. — Sang bieu, dit le prestre, il le fault haster d'aller puisqu'il demeure tant. Si entreprindrent eux deux de le tuer le plus secrètement qu'il seroit possible. Après la conclusion faicte, ils eurent deux faux tesmoings, pour leur ayder à faire leur cas; auxquels ils baillèrent, à chascun desdits faux tesmoings, chascun son escu soleil et bien à disner. Cela fait, ils vont espier ledit curé qui tous les jours s'en alloit à une chapelle près de là, pour dire la messe, et pas-soit par ung petit bois, auquel il trouva le vicaire et le prestre qui l'attendoint et là le tuèrent tout roide. Puis s'en vont à travers pays, sans faire semblant de rien et se retirèrent en leur village.

Quelque peu de temps après, le curé fut trouvé tout roide mort. De quoy tous ses voi-sins et autres furent bien esbays, et ne povoit-on sçavoir qui l'avoit tué. Or devez sçavoir qu'il y avoit ung gentilhomme là auprès, qui hayssoit mortellement ledit curé. De quoy les deux faux tesmoings estoint assez avertis et de plaine venue vont dire que le gentilhomme avoit tué le curé. Si les fit on venir en justice et l'ung jura et affirma qu'il estoit dedans ung champ, là où il vit le gentilhomme, qui tençoit après le curé et que le curé s'en fuyoit devant luy, et le gentilhomme couroit après, et autre chose n'avoit veu, et l'autre faux tesmoing jura et affirma comme il avoit veu le gentilhomme, lequel avoit

donné ung grand coup de dague au curé et
l'avoit tué, puis après s'en estoit fouy et sur ce
jurèrent ces tesmoings. Fut alors pris le gentilhomme et mis prisonnier là où il fut longuement, et souvent furent confrontés les tesmoings devant luy, et nioit tousjours tout, et
lesdits faux tesmoings estoint si asseurés, que
jamais ne furent trouvés variables de la première parole qu'ils dirent, mais tousjours èstoint
asseurés, et d'autre part la mauveillance que
ledit gentilhomme avoit au curé donnoit grande
occasion qu'il eust fait le coup, tellement que
ledit pouvre gentilhomme estoit detenu bien
estroitement en prison.

Or vous devez sçavoir que quelque temps après
ces deux faux tesmoings avec d'autres gens estant
ung jour en une taverne à boire, dont il y en
avoit plusieurs qui parloint du gentilhomme, et
disoint qu'il estoit en grant danger d'estre
pendu et estranglé, et que ce seroit grant dommage. Si va dire l'ung des faux tesmoings, qu'il
estoit bon homme et qu'il le trouvoit de bonne
sorte. — Ma foy, dit l'autre, je ne saroys
croire qu'il eut fait le coup. Quelqu'un de la
compaignie n'oblia pas ce mot. Après cela fait,
chascun se retira quant il eut beu. Or celuy qui
avoit ouy dire le mot le vint dire aux parens du
gentilhomme, leur disant qu'il y avoit quelque
trayson et que l'ung des tesmoings qui avoit
déposé du gentilhomme en disant qu'il avoit tué
le curé, avoit dit, en la compaignie de plusieurs,
que ce seroit dommage de faire morir le gentilhomme et que il ne povoit croire que il eut
tué le curé. Si firent incontinent la poursuite

après et furent prins et mis en prison les deux
faux tesmoings, et les vouloit-on faire gehenner,
mais ils dirent que on ne leur fist rien, que ils
diroint la vérité. Ce qu'ils firent, et discoulpèrent
du tout le gentilhomme, et que c'estoit le vicaire
et le prestre qui l'avoint tué, et qu'ils avoint eu
chascun ung escu pour dire que c'estoit le gentilhomme. Si fut regardé à leur cas et à la confession qu'ils firent, ils furent condampnés à
estre pendus et estranglés; laquelle chose fut
faite incontinent, car ils l'avoint bien mérité.
Après l'expédition faite, fut envoyé le prevost
des maréchaux, pour l'affaire du vicaire et du
prestre, lequel vint au village pour les trouver,
mais ils estoint à l'église, à ung service qu'ils
faisoint et attendit qu'ils eussent chanté; mais
après qu'ils furent sortis hors de l'église, incontinent les fit prendre et, leur confession faite,
incontinent les fit pendre et estrangler, car ils
l'avoint bien mérité. Et par ainsi vous povez
veoir et congnoistre que par faux tesmoings il
advient beaucop de maux.

LA QUARANTE-SIXIÈME NOUVELLE.

PAR JEHAN DARDA.

D'un marchant qui bailla cent escus à son hostesse
pour coucher avec elle, puis après s'en repentit et
comment il disoit qu'il s'en tenoit à la souppe
et ne vouloit point de sa char pour le prix.

EN ensuyvant le compte de nos nouvelles, vray est qu'ung jeune marchant
de Paris en s'en allant à Lyon aux
foires, là où il avoit affaire, arrivant à
ung soir, vint loger en ung logis, là où il y avoit
une merveilleusement belle hostesse, et d'aventure l'hoste n'y estoit pas. Ce marchant en sou-
pant avec son hostesse tousjours la regardoit et
elle luy, et tant la regarda et convoicta qu'il en
fut fort amoureux. Après souper vindrent à deviser eux deux ensemble de plusieurs choses,
et tousjours ce marchant la regardoit, tant qu'il
s'adventura à luy dire une partie de sa pensée
et de fait luy dit qu'il vouldroit qu'il luy eust
cousté cent escus et couché une nuit avec elle.
Quant cette dame ouyt parler de cent escus,
elle ne dormit pas, mais luy dit bien doulcement : Ah ! monsieur, entre vous hommes après
que vous avez fait vostre plaisir de quelque
dame honneste, vous vous en mocquez et le
dites aux autres, et ne leur donnez rien, si non
tromperies que vous leur faites ; et voilà pour-

quoy une honneste femme ne s'ose aventurer à
vous faire quelque service. — Comment, madame, dit le marchant, dites vous cela pour
l'amour de moy? Je vous promets ma foy que
jamais je ne me mocqueray de dame, quelle
qu'elle soit, et si vous sembloit advis que je me
voulisse mocquer de vous, je vous diroye bien
du contraire. Lors va à sa bourse, et luy compta
cent escus, en luy disant : Tenez, madame,
est-ce moquerie? voilà cent escus que je vous
donne pour coucher avec vous ceste nuyt. Et
quant la dame vit les escus si les prent et les
sarre en son coffre, en luy disant : Monsieur, je
m'y accorde. Vous soyez le très bien venu. Si
fut le marchant bien joyeux de sa requeste, qui
luy fut accordée. La dame fit apprester le lit pour
eux coucher, et tandis le marchant va veoir
penser son cheval, et faire ses besongnes. Entre
ces entrefaites ce marchant va penser comme
ceste dame s'estoit si tost abandonnée à luy et
pensa en luy mesme qu'elle l'avoit fait à
d'autres, puis d'autre part avoit regret à ses
cent escus qu'il luy avoit si tost donné, et s'en
repentoit amèrement et les eust bien voulu rete-
nir, non obstant qu'ils estoint ja livrés. Si vint
la dame devers monsieur le marchant, luy
disant : Monsieur, quant il vous plaira, vous
irez coucher, vostre lit est prest. Puis vindrent
en la chambre pour eux coucher; tousjours le
marchant pensoit, et avoit regret en ses escus.
Si dit à la dame : Madame, si vous plaist, faites
apporter ung bassin à faire de l'eaue; si fut fait
incontinent. Après cela la dame vouloit faire
coucher le marchant, mais il la fit coucher la

première, puis après print le bassin et luy presenta, luy disant : Madame, si avez envie de
pisser, voilà le bassin. A ce dit elle : Je n'en ay
pas fort grant envie; mais tant la pria qu'elle
pissa au dit bassin, et le marchant le mit sur le
banc, puis après en se deshabillant pensoit à
ses cent escus qu'il avoit baillé, et y avoit grant
regret, si pensa bien en luy mesme qu'il trouveroit bien façon de les ravoir. Quant il fut tout
deshabillé, il prent le bassin là où la dame avoit
pissé et le mit sur le banc, puis après prent son
membre et va commencer à le laver dedans le
bassin, et de mouiller, et de laver, et la dame
l'attendoit dedans le lit toute nue, puis commença à regarder qu'il faisoit, luy disant qu'il
se vint coucher, et quant elle vit qu'il se lavoit
ainsi dedans ce bassin, luy demanda : Hé ! mon
amy, que faites vous là, que ne vous venez vous
coucher ? — Par Dieu, madame, dit le marchant, je me prens à vostre souppe et me passe-
ray de vostre chair, car elle est trop chere et
pour tant ne laissez pas de dormir et reposer,
car je vous promets que je ne coucheray jà avec
vous pour le prix. — Comment, dit elle, hé !
vous mocquez vous de moy ? — Par ma foy,
dit il, nenny, mais je veux ravoir mes cent
escus. — Monsieur, dit la dame, venez vous
coucher avec moy, je vous promets de vous en
rendre la moitié. — Par ma foy, dit il, je n'en
feray jà rien, car je les veux avoir trestous.
Lors fut la dame bien marrie et se leva tout en
pleurant, en disant : Or, suis-je femme bien malheureuse de moy estre consentie à vostre plaisir faire et puis vous vous mocquerez de moy.

Tenez, dit elle, voilà vos cent escus et ne les plorez plus; mais d'une chose je vous prie, ne sonnez mot à personne du monde de cela que nous avons dit vous et moy. — Par ma foy, dit le marchant, je ne le diray pas à deux à la foys, pourveu que j'en puisse treuver quatre ensemble. — Hé! comment, dit elle, me voulez vous ainsi deshonnorer? — Ma mye, dit le marchant, nenny, allons coucher vous et moy ensemble et je vous promets de ne sonner jamais mot. La dame voyant qu'aussi bien estoit elle deshonnorée, s'y accorda, et vont coucher eux deux ensemble, et le marchant dormit plus asseurement quant il eut ses cent escus, et par ce point fut fait leur appointement.

LA QUARANTE-SEPTIÈME NOUVELLE.

PAR JEHAN HIHOU DU PONT.

D'un gentilhomme qui gagea à une damoiselle qu'il luy feroit douze fois pour une nuit; il les fit et davantage, mais pour ce qu'il y en avoit de seches elles furent estimées bonnes par le rapport même du mari de la damoiselle qui les jugea sans y penser.

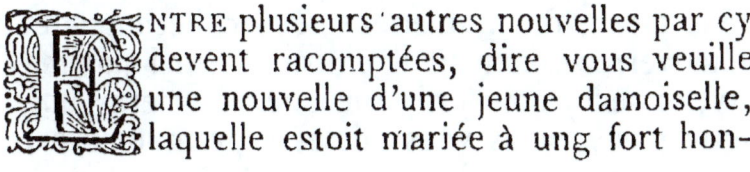NTRE plusieurs autres nouvelles par cy devent racomptées, dire vous veuille une nouvelle d'une jeune damoiselle, laquelle estoit mariée à ung fort hon-

neste gentilhomme. Or est-il ainsi que cestuy
gentilhomme n'estoit pas fort souvent en sa
maison, car il hantoit la court avec plusieurs
jeunes gentilshommes de sa congnoissance. Advint ung jour entre les autres, qu'il y avoit ung
jeune gentilhomme, lequel estoit son voisin, qui
hantoit fort léans dedans et tout pour l'amour
d'elle, si devint le jeune gentilhomme tant amoureux de la jeune damoiselle, qu'il ne sçavoit
quel estat tenir, tant qu'à ung jour qu'ils devisoint eux deux ensemble, tandis que monsieur
estoit à la court et ne se soucioint pas de luy, si
va commencer à dire à la demoiselle toutes ses
douleurs et comme il estoit bien amoureux d'elle,
et tant la prescha et persuada, luy disant de
belles raisons que s'il estoit couché avec elle,
qu'il feroit rage, davantage que son mary n'estoit pas pour elle et que bien pensoit qu'il estoit
bien lasche à la besongne, et que si elle l'avoit veu
en besongne qu'elle mesme l'estimeroit ung des
bons ouvriers du monde touchant cela. — Ah !
par ma foy, dit la damoiselle, j'ay tousjours
ouy dire que de grant venteur, petit faiseur, et
ainsi je me pense que vous en dites assez, mais
vous n'en feriez guères. — Je vous promets
ma foy, dit le gentilhomme à la damoiselle, que
si j'estoye couché avec vous à mon appetit, je
voudroys que l'on me coupat le membre, si je
ne vous le faisoys douze foys pour la nuit. —
Et autant pour le brodeur, dit-elle. — Or, je
vous diray, dit-il, mettez moy en besongne et
vous verrez comment il en ira. — Ah ! par ma
foy, dit-elle, non feray, mais je vous feray ung
autre party, vous vous faictes si grant ouvrier,

je vous gaigeray vingt beaux escus, que vous
ne ferez point les douze foys que vous dites
pour une nuyt. — Hé! je gage que si, dit le
gentilhomme; et ainsi firent leur accord et appointement. Une nuit après advint qu'ils coucherent ensemble tant et si longuement qu'ils
voulurent, et aussi tant que la nuit dura, qui
estoit assez longue. Si besongna le gentilhomme
bien et beau, et tant fit qu'il parfist les douze
foys, mais il y en avoit trois qui estoint seches.
Si disoit la demoiselle qu'il avoit perdu et à
toute force voulloit elle avoir les vingt escus,
mais tousjours disoit le gentilhomme qu'il avoit
gaigné et elle aussi d'autre costé, tant qu'ils
s'en mirent sur arbitres. Et entendis le gentilhomme, mary de la demoiselle, va arriver,
auquel on fit grant chère, Dieu le sçait. Si dit
l'amy de la damoiselle: Madame, de nostre discort que nous avons vous et moy en voulez
vous croire monsieur vostre mary? — Ah! par
tous les diables, dit-elle, j'aymeroye mieux avoir
perdu cent escus qu'il le seut. — Or ne vous
souciez, dit-il, il en sera le juge et si ne sara
que ce sera. — Hé bien, dit la dame, mais que
mon honneur soit sauvé, je ne m'en donne rien.
Si fut le traicté fait et ung peu après le gentilhomme dit au mary de la demoiselle : Monsieur,
si c'est vostre plaisir vous nous osterez d'ung
discort que nous avons mademoiselle vostre femme
et moy, et avec ce y a une bonne gageure. Vray
est que madame que voilà estoit l'autre jour en
ces jardins là bas et j'estoys avec elle devisant.
Il luy print envie de manger des nois, et ainsi je
prins ung baston court que j'avoys et gageay à

elle que j'abattroye de mon court baston une douzaine ou plus de nois tout d'ung coup. Je jette mon baston à travers du noyer et abbattye une douzaine de nois dont il y en avoit trois seches en la douzaine, et par ainsi madame dit que j'ay perdu pour l'amour de ces trois nois seches. — Ah! par ma foy, ma femme, dit le gentilhomme, vous avez perdu, car les seches luy ont plus cousté à abattre que les vertes. — Saint Jehan! monsieur, dit-il, il est vray. Et ainsi fut la dame condampnée, mais depuis firent bien leur appointement, ainsi que j'ay ouy dire.

LA QUARANTE-HUITIÈME NOUVELLE.

PAR MONSIEUR DE VILLIERS.

D'un gentilhomme qui avoit entreprins de le faire à sa femme tous les jours quatre fois dont il cuida morir, mais par abilleté un homme d'esperit lui fit rompre sa gageure.

ENTRE plusieurs autres nouvelles advint une foys au pays de Picardie qu'ung jeune gentilhomme se maria avec une honneste demoiselle, et s'entre aymèrent bien l'ung l'autre tant qu'entre plusieurs autres choses, ils n'avoint autres passe temps que de besongner tousjours aux basses marches, et la dame, qui bien aymoit le mestier, s'en contentoit grandement. Et ainsi qu'ils devisoint

ung jour ensemble de plusieurs matieres ledit
gentilhomme entreprint pour une grosse somme
d'argent, qu'ung an durant il le feroit tous les
jours à sa femme quatre foys, pour le moins; il
estoit fort jeune et deliberé et y continua l'espace de plus de six mois, mais le pouvre gentilhomme n'en pouvoit plus, et devint aussi sec
que bois, et sa femme en engraissoit d'autant.
Advint ung jour entre les autres qu'il rencontra
ung homme qu'il congnoissoit, si luy demanda
et dit qu'il avoit, qu'il estoit tant maigre et
defait; si luy racompta la cause de sa gageure
tout au long. Adonc lui respondit cest homme :
Je vous promets, monsieur, que si vous conti-
nuez encore deux mois, vous voilà mort, mais
si voulez payer ung bon banquet, je vous feray
rompre vostre gageure. Lors respondit le gentilhomme qu'à cela ne tiendroit il pas et qu'il
luy bailleroit encore une demye douzaine de
bons escus, et ainsi firent l'appointement. Si dit
au gentilhomme : Monsieur, ne vous trouvez
point demain en vostre maison sur le midy, mais
que madame vostre femme y soit; si l'accorda le
gentilhomme. Le lendemain, sur le midy, nostre
homme ne faillit pas à son entreprinse et vint à
la maison de la damoiselle tout armé de pié en
cap avec ung autre homme avec luy, bien instruit de ce qu'il devoit dire et demanda ainsi
l'aumosne à la damoiselle. Alors elle luy demanda où il alloit ainsi armé. Si ne luy respondit mot, mais se print à plorer, puis la dame
demanda à l'autre homme qui le menoit pourquoy il pleuroit. — Mademoiselle, dit-il, il y a
bien de quoy. Vous devez sçavoir que cestuy

gentilhomme armé que vous voyez devant vos
yeux, s'en va en voyage à Nostre Dame de Lo-
rette, et est contraint d'y aller ainsi à pied ainsi
armé que vous voyez, et si ne faut point qu'il
parle, mais doit demander l'aumosne qui est
une grosse peine, et je m'en voye avec luy pour
luy ayder à se norrir et de peur qu'il ne parle
et est contraint d'y aller ainsi. — Voire! mais,
dit la damoiselle, quel mal a-t-il fait, pourquoy
il va ainsi? — Helas, dit-il, madame, je ne l'ose-
roye dire. — Et pourquoy, dea? dit-elle, il
m'est advis que vous le me pouvez bien dire.
— Madame, mais qu'il ne vous desplaise, je
le vous diray; vous devez sçavoir et entendre
que ce jeune gentilhomme icy est marié avec
une belle jeune damoiselle comme vous pourriez
estre, or est-il ainsi que pour accomplir l'œuvre de
nature, ils avoint quelque gageure luy et sa
femme de luy faire le jeu d'amours tous les jours
une quantité de foys, lesquelles il faisoit et de
fait luy a tant fait qu'il luy a fait venir les deux
pertuys à ung, tellement que la pouvre damoiselle est toute effondrée; il en a esté à confesse
au curé, le curé l'a renvoyé à l'evesque, l'evesque l'a renvoyé au pape, et le pape l'a enchargé
d'accomplir la penitence ainsi que vous voyez,
et voilà la peine en quoy est le pouvre homme.
Alors commença bien fort à plorer. Si luy fit la
demoiselle très bien bailler à disner et puis les
envoya, puis après vint à sa chamberiere et luy
dit : Jehanne, ma mye, j'ay paour d'estre diffamée, car j'ay fait une gageure à mon mary tout
de mesme que celle de ce pouvre homme là qui
est armé, et pour tant je te prie que tu me regarde

quelle distance il peut avoir entre mon cul et
mon c... — Et bien, mademoiselle, dit la chamberiere, j'y verray voulentiers. Alors luy monstra
mademoiselle son enseigne, laquelle monsieur
avoit bien repoussée. Si regarda la chamberiere
au calendrier de la demoiselle, et quant elle eust
bien tout regardé, luy dit : Je vous promets,
mademoiselle, qu'il ne s'en faut guères qu'ung
bon poulce que les deux pertuys ne soint à ung.
— Ah! Sainte Barbe, dit-elle, je suis femme
perdue, et comment Jehanne, dit-elle, dites
vous qu'il ne s'en faut qu'ung poulce? — Au
moins, mademoiselle, dit la chamberiere, il ne
s'en faut point pour le plus que deux doigts ou
environ. — Ah! par l'ame de mon père, dit la
demoiselle, mon mary n'y touchera plus. Et
quant ce vint le soir au coucher que le gentilhomme fut couché avec sa femme il voulut besongner, comme il avoit accoustumé. — Ah!
par ma foy, dit mademoiselle, vous n'y touche-
rez plus. — Et pourquoy dea? dit le gentilhomme, pensez vous que pour ung petit de
temps que j'ay encore à achever je veuille tout
quitter, nenny dea! — Or ce, dit-elle, je vous
quitte toute la gageure que j'avons fait vous et
moy et le vous donne gaingné et ne le me
faictes plus qu'une foys ou deux la sepmaine,
encore m'en passeray-je à mains si vous voulez.
Et ainsi fut le gentilhomme bien joyeux de ces
nouvelles et remercia et paya très bien celluy
par qui il estoit quitte de sa gageure et par ainsi
vous pouvez veoir et congnoistre qu'il y a d'aucuns hommes qui cuident rompre le cul à leurs
femmes et ils se rompent la teste.

14

LA QUARANTE-NEUVIÈME NOUVELLE.

PAR JEHAN TARGAS.

D'une jeune femme qui se fit faire un enfant par un garson qu'elle avoit dont son mari fit faire un escommuniement pour savoir qui le lui avoit fait et comment le garson dit à son maître ceux qui avoint besogné sa femme.

ADVINT n'a guères au pays de Touraine, en ung lieu que je ne veux pas nommer, parce que puis n'a guères est advenu, une avanture dont je vous fourniray ceste nouvelle pour mettre au nombre des précédentes.

Il y avoit ung homme d'estat riche et puissant et vivant de son bien et de ses offices, lequel avoit une plaisante et assez gente femme, laquelle laissoit le boire et le manger pour aymer par amours et estoit tout oultre de la confrairie de houlette. Rien ne faisoit plus voulentiers que ce joly esbatement que chascun sait, et où elle pouvoit deployer ses armes, elle se monstroit vaillante et peu redoutante des horions. Advint ung jour entre les autres que ceste jeune dame estoit en sa mason avec un sien garson, gros viau et lourdois qui espeluchoit des noix avec sa maistresse seulette avec luy, car son mary estoit absent du village où il se tenoit, et estoit fort souvent sur les champs à ses affaires et négoces. Ceste dame,

qui avoit envie qu'on luy rembourrast son bas,
avoit le cul fort eschauffé, par quoy elle
trouva façon et manière que ce garson la besongnast. Toutes foys et quantes qu'elle ne pouvoit
avoir d'autre lieutenant que cestuy garson elle
le prenoit. Or advint que par succession de
temps ceste dame devint grosse d'enfant. Son
mary, qui s'apperceut de l'affaire et qui longtemps avoit esté sans revenir au logis, congneut
et s'apperceut que ce n'estoit pas luy ne de son
fait, qui luy avoit fait cest enfant, dont il fut
merveilleusement marry et esbahy, et principalement envers sa femme, laquelle il lessa quelque
temps sans hanter avec elle, mais à la fin il s'advisa de faire ung escommuniement de tous ceux
qui l'avoint besongnée, pour veoir s'il pourroit
sçavoir celluy qui luy avoit fait cet enfant et de
fait le fit annoncer à la paroisse par le curé dudit
lieu ; lequel fit la publication jusques à la troi-
sieme fois de tous ceux qui avoint besongné sa
femme, dont le curé mesme qui gettoit l'excom-
munication l'avoit bien besongnée et plusieurs
autres. Si furent les nouvelles repandues partout
de cette ammonicion, tant que le garson en fut
adverty par quelqu'un, lequel revela tout, car il
luy estoit advis qu'il estoit dejà dampné pour les
paroles qu'on disoit et vint parler au curé,
lequel luy conseilla qu'il le dit en géneral à son
maistre, mais il n'entendoit pas qu'il dut parler
si advent qu'il le fit. Le pouvre gars se mit à
genoux devent son maistre, luy requerant pardon
et misericorde touchant le fait de sa maitresse,
et qu'il n'en pouvoit mais. Le maitre eut pitié
de luy et luy dit qu'il luy comptast toute la ve-

rité et qu'il luy pardonneroit. Le pouvre gars
estant à genoux devent son maistre, demy mort
et pensent bien mourir à ceste heure, luy commença à dire : Mon maistre, bien est vray que
j'estoye avec ma maistresse espeluchant des
noix, elle me commença à regarder bien fort et
me dit que je luy montrasse cela que j'avoye
entre les jambes, laquelle chose je ne vouloys
pas, mais elle me le print et le mania et me le
fit devenir gros et enflé, et puis me mena dessus
son lit et me fit faire je ne sçay quoy tant que
j'en avoys le ventre tout barbouillé et mon
chose avec, et puis au soir elle me faisoit coucher avec elle quant il n'en y avoit point d'autre
et me mettoit dessus elle et ne dormions quasi
point toute la nuit, car nous faisions tousjours
cela, et puis je luy disoys que ce n'estoit pas
bien fait, mais elle me disoit qu'il n'y avoit point
de danger, et qu'elle avoit paour et ne se osoit
coucher sans homme. — Comment, dit le maistre, y en as tu vu coucher d'autres que toy ! —
Saint Jehan ! monsieur, dit le garson, ouy tous
les jours, il en vient tousjours quelqu'un quant
vous n'y estes pas. — Hé ! qui sont ils, dit le
maistre ? — Je ne les congnoys pas trestous,
dit le garson, mais le curé y vient assez souvent
et des autres prestres que vous même y adme-
nez, mais vous n'y pensez pas, car que vous
faciez bonne chere ce vous est tout ung, mais
que il ne vous couste rien. Et aussi des moines
et des cordelliers, et puis ce Rodien qui est tousjours céans dix ou douze jours à chascune foys
qu'il vient, que vous même faites venir et à qui
vous faites si bonne chere pour ce qu'il vous

baille tousjours quelque chose. — Voire! mais
dit le maistre, quant il est céans il ne couche
pas avec elle. — Saint Jehan! si fait, dit le garson, elle se leve bien d'auprès de vous quant
vous dormez, et s'en va coucher avec luy et
avec d'autres encore, et même elle est bien
venue coucher avec moy plus de vingt fois
quant vous même y estiez, et puis le fils d'ung
tel gentilhomme, votre voisin, y vient assez souvent, et bref pour vous le faire court, elle seroit
bien marrie quant vous n'y estes pas qu'il n'y
eust tousjours quelqu'un avec elle, car elle dit
qu'elle s'en trouve bien. — Hé comment, dit le
maistre, il y a donc beaucop de coursiers, et
j'ay beaucoup de compaignons à cela que tu me
dis? — Par ma foy! monsieur, elle n'en refuse
pas ung, les chiens en ont pour des os, et quant
elle veoit quelqu'homme elle le regarde ferme
et si ses yeux sçavoient parler ils leur diroint sa
voulenté et pour vous dire, monsieur, j'en étais
ung petit jaloux de ce qu'elle regardoit ainsi ces
hommes et quant je le luy dis, elle me dit que
les yeux estoint faits pour regarder. — Ah! par
la mort bieu, dit-il, j'en tueray quelqu'un. Or
va, dit-il, je te pardonne, puisque tu m'as dit
toute la vérité, mais n'en sonne mot et n'y reviens jamais. Puis après vouloit faire getter
l'ammonition, mais il y en eut plus de quatre
vingt opposans, sans ceux qui n'estoint pas au
pays, et fut bien estonné le pouvre pacient et
ung jour rencontra ung de ceux qui avoint besongné sa femme. Si luy dit: Ha! traitre larron
que tu es, tu l'as fait à ma femme, mais je te
promets que je m'en vengeray. — Et va! ladre

pourry que tu es, dit l'autre, tu es infame et pourry, car on pique ta chair et tu ne le sens pas, et d'autre part quant je luy aroys fait, ce seroit à ton adveu, car je luy prestay une fois de l'argent que tu ne vouloys pas rendre, mais toy mesme me dis que je luy fisse pour l'argent qu'elle me devoit et par ce point il n'y a point de danger. Si fut bien estonné le pouvre Jehan et ne dit mot, et aucunes fois advient ainsi bien souvent qu'ung homme est cause du mal que fait sa femme.

LA CINQUANTIÈME NOUVELLE.

PAR LE GRENETIER DE CHALONS.

D'un homme apellé Jehan Hihou qui trouva un autre homme couché avec sa femme et comment ils appointèrent tous deux.

SE au temps du très renommé et eloquent Boccace l'aventure dont je veuille fournir ma nouvelle fut advenue à son audience et congnoissance parvenue, je ne doubte point qu'il ne l'eust adjoutée et mise au reng des nobles hommes mal fortunés, car je ne pense pas qu'ung homme jamais pour un cop eut guère fortune plus dure à porter que le bon seigneur dont je vous compteray l'avanture, et se malle fortune n'est digne d'être au dit livre de Boccace, j'en fais juge tous ceux qui l'orront

racompter. Vray est que ledit seigneur dont
nous parlons avoit nom Guillaume de Poictou.
Or est-il ainsi que le dit Guillaume avoit ung
sien prochain voisin appellé Jehan Hihou. Ledit
Jehan avoit une belle femme et honneste, appellée Colette, et devez sçavoir que le dit Guillaume n'estoit point marié, et aucunes foys et
souvent hantoit cheux le dit Jehan Hihou, et
ainsi que amours, qui seme ses vertus où mieux
luy plaist et bon luy semble, fut amoureux le dit
Guillaume de Colette. En bref temps fut si bien
en sa grace que rien ne luy fust esconduit de
ce qu'il voulut et osa demander, et luy desi-
rant employer son service et son temps, en la
très honorable court d'amour, soy sentant de
la dicte dame Colette estre bien pourveu, et
pour y employer son temps luy donna son cœur,
son corps et ses biens, et l'entretint bel et bien
et longuement, et trop bien luy sembloit qu'il
estoit bien advent en sa grace, et à dire la
vérité aussi estoit-il comme les autres, dont elle
avoit plusieurs, mais je croy moy et tiens pour
verité que ledit Guillaume estoit par dessus tous,
à tout le moins durant ce temps là. Or il advint
ung jour entre les autres, ainsi que Guillaume
et Collette sa mye devisoint de plusieurs choses,
ils prindrent l'heure de passer une partie de la
nuit ensemble. Laquelle chose se fit ainsi que je
vous diray. Vray est qu'il y avoit ung petit
huys qui alloit à un retrait, et de là on entroit
en la chambre de Guillaume, et par là entra
dame Collette et laissa l'huys ouvert à la malle
heure, et alla coucher avec son amy Guillaume,
et n'avoit encore le pouvre Guillaume rompu

qu'une lance, que la mauldite fortune arriva
que le dit traitre Jehan Hihou, son mary, qui du
cas se doubtoit s'esveilla et ne trouva point sa
femme près de luy, si se leva soudain et vint
cercher à ce retrait, pensant qu'elle fut allée
au dit retrait, et trouva le petit huys ouvert,
entra dedans et vint trouver le pouvre Guillaume
couché entre les bras de sa mye, lequel vouloit
recommencer la seconde partie. — Oh! mauldit
huys de Dieu soye tu! hé! fermez l'huys de la
cheville, on ne sait qui va ni qui vient. Oh!
mauldite cheville que tu ne fus fermée, disoit le
pouvre Guillaume à part soy; mais qui fut le
plus esbay de tous trois, je ne sçay. Mais bien
dit Jehan Hihou : Sang Dieu, Guillaume, vous
estes meschant homme d'estre couché avéc
ma femme. Si ne savoit le pouvre Guillaume
que dire, car il se trouva prins et tout nud
dedans le lit, mais soudain se leva et empoigna
Jehan Hihou au travers du corps, le voulant
jetter par les fenestres en bas; mais il filla doux,
et dit à Guillaume, je vous prie ne me faictes
rien, la chose est faicte, le conseil en est prins,
ne sonnons mot, et que cela soit mis soubz le
pied, car il n'y a si bon cheval qui ne tresbuche,
mais dites la verité de tout. Le pouvre Guillaume cuidant à ces paroles que cela se apoin-
teroit incontinent luy alla dire une partie de ce
qu'il avoit fait, car il voyoit bien qu'il ne le
pouvoit nyer; et aussi pensoit aux paroles que
disoit le dit Jehan Hihou, que tout cela seroit
pardonné. Mais il alla bien au contraire, car le
traitre Jehan Hihou battit tant la pouvre Collette, qu'il la cuida faire mourir, et suis mer-

veilleusement esbay qu'elle n'est morte des
extorsions qu'il luy a faictes, et tous les jours
incessamment luy reprochant la mauldite journée, nonobstant quelque jurement qu'il eut fait
de n'en jamais luy en rien dire. Toujours il re-
commençoit, et si le dit Guillaume eut sceu la
grant trayson que depuis fit le traitre Jehan
Hihou, il n'en fut pas ainsi allé. Et pour tant à
tous, je vous prie et conseille, que si avez envie
de vous trouver en telles affaires, fermés bien
l'huys de la cheville, on ne sait qui va ne qui
vient.

A tant se passèrent une partie des fantaisies
de Jehan Hihou, et refit son appointement fourré
avec Guillaume et firent encore bonne chere
ensemble pour l'amour de Collette, non pas
pour l'amour de luy, non, car il ne le valloit
pas ; et si dit on communement en ung proverbe, qu'on ne se doit jamais fier en son en-
nemy reconcilié, car il y a grant danger. Aussi
ne fit ledit Guillaume, mais bien se delibera
ung jour entre les autres de luy compter ses
verités. Et quelque jour le trouva et luy commença à dire : Viens ça, Jehan Hihou, tu
me mescroys que je face quelque deshonneur à
ta femme, tu mens faulcement, car je te promets ma foy que je l'ayme mieux que toy, en
tout bien tout honneur ; et si aroys plus grant
paour qu'elle se forfist que toy mesme. Et si
d'avanture tu m'as trouvé avec elle devisant et
esbattant sans penser à nul mal, pense tu que je
vousisse faire comme toy, qui en est droit Celestin. Elle est ta femme, elle est ma mye en
despit de toy, et aymeroys mieux estre mort

que de faire cela que tu as fait; tu te fais tant fin
et tant sage, regarde les lieux là où tu l'as
menée, mais que l'on te face bonne chere à toy
c'est tout ung. Tu as esté en des lieux là où on
t'a fait bonne chere pour l'amour d'elle, non
pas pour l'amour de toy. N'as tu pas amené disné
ung moine en ta chambre, qui puis après t'a
envoyé sur les champs cercher la nuit, et est
demoré là tout seul avec ta femme, et tu dis
que ta femme se garde et toy mesme la boute
en la gueule au loup. Considere là où tu vas et-
avec qui tu la laisses. Te souviengne, quant tu
la menas disner cheux le chanoine, puis après
disner tu allas à l'esbat et la lessas avec luy, là
où la pouvre femme cheut toute esvanouye
entre les bras du chanoine, quant elle t'eut
perdu de vue et tu t'en donne si bien de garde
envers moy, qui luy veux tout bien et honneur et
si tu fusses esté homme de bien l'eusse tu menée
cheux ce paillart prestre, toy qui dis tant de
mal des prestres et dis toy même qu'ils ne vallent rien, et qu'ils le feroint à leur mère propre.
N'as tu pas l'entendement de congnoistre que
l'on te fait.bonne chere, mais c'est à cause
d'elle, à quelle occasion est-ce que l'on te baille
tous les ans verjus, vinaigre, torche, chandelle,
trefoul de Noel, chappons d'aguillenneuf, oeufs
de pasques, et plusieurs autres choses en te
donnant à entendre que tu es officier de messieurs. Vrayement tu es un gentil officier! à
quoy pense tu, que l'on baille à ta femme chausses, souliers, pantouffles, patenostres, gans et
anneaux, manchons de satin et autres, chape-
rons, argent; que à toy mesme on t'a baillé

pour luy apporter plusieurs autres choses, dont toy mesme en est le messagier; tu as envoyé des présens au chanoine au nom de ta femme, afin qu'il l'aymast mieux, or congnois à ceste heure que tu en est Celestin. N'as tu point de consideration en toy que tout cela que on luy baille n'est point pour l'amour de toy. Car tout premierement tu ne vaux rien, tu es lasche et meschant, tu es yvrogne, tu es larron et mal disant de tout le monde, tu es luterien, tu ne t'en peux excuser aux paroles que t'ay ouy dire et que tu sçay. Tu es sacrilege, car tout tant que tu peux prendre à l'esglise et ailleurs tu le prens, chandelles, torches et autres choses; tu mets tout à ton proffit. Tu ne considere point que tout le bien que l'on te fait, que ce n'est point pour l'amour de toy, mais de ta femme. Tu devrois baiser les pas là où elle marche, car elle te gaingne ta vie, que au contraire tu luy devrois gaingner, encore la vas tu battre et mutiler tous les jours. De ton art et de ta science de quoy tu te mesles, tu n'en sçais rien, et sans ta femme, tu fusses meschant et malheureux, tu ne considere ne regarde point quant il te faut faire quelque chose de ton art et science il faut que tu meine ta femme pour tailler et tout mettre en ordre, car tu n'en viendroys pas à bout, tant es non sçavant, puis tu la laisses là en abbaye, hostellerie ou autres lieux là où toy mesmes la menes et vas cercher patrons et autres choses pour monstrer que l'on t'envoye querir, tandis que l'on luy taille des chausses, et puis tu dis qu'à une bonne ouaille il ne faut point de pasteur. Il est vray, mais toy

même la mets au chemin de meschanceté. Or
vien ça, Jehan Hihou, je te promets qu'il me
fasche bien de te dire une partie de tes verités,
mais la grant haine que tu as contre moy me le
fait dire moy qui veux tant de bien et honneur
à ta femme, vien ça meschant que tu es, toy
mesme m'as dit plus de six fois, que je luy fisse
cela pour quelque peu d'argent, que je luy avoys
preté pour ton affaire, que tu ne vouloys pas
rendre, et quant je luy aroys fait ce seroit à ton
adveu. Or considere, regarde et voy quelles
gens toy même amene en ta maison, prestres,
moines et autres gens d'estat, gentilshommes et
autres qui vont faire grosse chere en ta maison,
et te baillent argent pour faire les provisions,
tu demeures deux ou trois heures et lesse là
ta femme avec eux toute seule, tu ne t'en soucie
pas, car tu ferre la mule et prend leur argent.
Ce t'est tout ung; mais que tu en aye et puis au
soir les loge en ta chambre, regarde combien
de foys on t'a ennivré en ta maison, qu'il te
falloit aller coucher et porter par les bras et
par les jambes, moy mesme l'ay veu en ma presence et tu dormoys toute la nuit comme ung
yvrongne que tu es. Mais les autres ne dormoint
point toute la nuit, et tu ne penses point pourquoy c'est que l'on t'ennivroit. Tu laisses prendre
à ta femme bagues, anneaux, et chaperon, robes
et autres choses et toy mesme en prend robbe
et usurpe à ceux qui sont cheux toy. Toy même
vens ta femme, puisque tu prens ces biens là,
mais ils ne s'en soucioint pas, car ils se recompen-
sent sur elle. Regarde l'homme de bien de Celestin que tu congnois, quels hostes t'amena il à

loger cheux toy et les grans banquets qui se
foisoint, pense tu que ce fut pour l'amour de toy,
nenny, non, tu as les yeux bandés, tu ne le veux
pas veoir. Regarde le Rodien que tu amenes
cheux toy, qui à chascun voyage, y est huit ou
dix jours et ne bouge jamais de la chambre avec
ta femme, et tu n'y penses point, où n'en fais
pas le semblant. Pense tu qu'il se tienne là pour
l'amour de toy? Il t'a baillé robbes et autres
habillemens, bagues et plusieurs autres choses
à ta femme, et pense tu que ce soit pour
l'amour de toy, la bonne chère qu'on te fait en
plusieurs lieux, là où tu vas? Nenny, non, car
il n'y a point de plaisir ni de passe temps en toy.
Si tu es à table tu ne fais que roter et peter
devant gens de bien, et hors la table tu dis mal
des autres. Il t'est advis que tu besongnes bien,
mais si ce n'estoit ta femme, on te chasseroit
à tous les diables, à grans coups de baston.
Vien ça, Jehan Hihou, souviengne toy d'ung
moine, qui estoit une foys cheux toy, qui
disoit qu'il bailloit tousjours cinquante escus à
une honneste femme, pour en faire à son plaisir,
et devant six jours après, toy même y menas ta
femme jusque dedans sa chambre pour veoir
s'il luy bailleroit les cinquante escus, et puis tu
dis que tu aymeroys mieux estre pendu que
d'estre le maquereau de ta femme. Et pourquoy
la mène tu donc chez un paillart moine? Tu sçay
bien qu'elle n'y pourroit acquerir honneur; tu
congnois le moine, tu as veu la femme qu'il a
hantée, jamais ne luy bailla rien. Vien ça, meschant, tu as reproché à ta femme plus de cent
fois que je ne lui avoie rien donné, et qu'elle

l'avoit fait pour du lart, c'est donc à entendre qu'il ne t'en chault, mais que on luy baille argent ou bagues. Toy même tu as dit qu'elle avoit refusé dix escus et qu'il eut mieux vallu qu'elle les eut prins que de s'abandonner à moy, je ne croy pas moy qu'elle refusast si belle offre. Tu es lasche et meschant, car je luy ay plus donné trois fois que tu ne penses, mais tu ne saras meshuy tout, et à te ouyr parler ce t'est tout ung, mais que on te donne quelque chose, car tu ne penses qu'à l'avarice, mais elle est si honneste femme, qu'elle ne daigneroit rien demander. Mais toi tu serois content d'avoir argent et qu'on ne la touchast point. Penses tu qu'ung homme d'esprit baille son argent, bagues ou autres choses, s'il n'en fait son plaisir! Nenny, non. Mais tu veux dire qu'une femme est pour se garder et que jamais ung homme ne sçaroit prendre une femme par force. Je dy moy qu'il n'y a si femme de bien en France que si elle sentoit un membre entre ses jambes, qu'elle le refusast; mais de dire qu'elle l'allast cercher, jamais femme de bien ne le fera; mais de ta femme, tu luy admène les marchans et prens argent ou bagues, comme j'ay jà dit. Lors tu la vens et puis tu veux qu'elle se garde et comment se gardera-t-elle, quant toy même ne la garde pas, et tu fays si bien le guet sur moy et sur elle, mais tu aroys meilleur mestier de faire le guet à d'autres qu'à moy. Jehan Hihou, il faut que je te dise encore ung mot, ne sçay tu pas bien que le chanoine dont nous avons parlé, tu l'as invité à gouter plusieurs fois, avec toy, luy disant : Monsieur, venez à deux heures et nous ferons bonne chere, il n'y failloit pas, mais toy tu n'y venois qu'il ne fut quatre heures, et n'est-ce pas signe d'un bon Celestin et d'ung homme qui ne veult pas garder sa femme. Je l'ai veu en ma presence, et ay tint compagnie au chanoine, car je ne vouloys pas laisser ta femme seule avec luy. D'autres prestres que tu as convyé à banqueter en ta maison, tu les y as veu et tu t'en fouys, puis après ton retour s'ils y estoint encore tu t'en retournois arrière cacher, et est-ce le fait d'ung homme de bien et d'ung homme qui veult garder sa femme? Le cueur m'en fait mal, mais je n'y sarois que faire, tu as une honneste femme et qui ne refuse jamais ung honneste homme d'ung baiser ne d'autre chose avec, mais je te promets, que tu en es cause, et si ce ne fut elle, tu seroys prest à demander l'aumosne, mais il ne t'en chault, car tu sçay bien qu'elle gaigne bien sa vie, puis après par despit de moy, tu la vas battre et mutiller, dont je te promets qu'il m'en fait mal et t'en souviengne.

Après que Guillaume eust compté une partie des verités à Jehan Hihou, ledit Jehan n'estoit pas contant, mais regardoit de travers, fronçant le nez, roullant les yeux, grissant les dens, comme il a de coustume, plus transy qu'ung mort, et se absempta de devant Guillaume et s'en alla ronger son frein, pensant à cela qu'on luy avoit dit, dont il n'estoit pas fort contant et pour cause, et par ainsi vous pouvez veoir et congnoistre, que aucune foys ung homme est cause que sa femme ne vault guères. Et pour ce à tous je vous prie qui avez vos dames par amours, ne faictes pas comme Guillaume, ou Collette, qui laissa l'huys ouvert, mais fermez l'huys de la cheville. On ne sçait qui va ne qui vient.

LA CINQUANTE-UNIÈME NOUVELLE.

RACOMPTÉE PAR LE SEIGNEUR DE FONTENAI, RECEPVEUR DU PONT.

D'une maquerelle, appellée Celestine, des filles qu'elle vendoit et refaisoit pucelles, des amours de deux compaignons, et des grant finesses que font les femmes à d'aucuns amoureux qu'elles ont avec plusieurs autres matières, bonnes et proffitables pour apprendre du bien et du mal.

EIGNEURS et dames vous devez sçavoir et entendre que ledit sieur Recepveur du Pont racompte ici une nouvelle merveilleuse et de grant efficace, et laquelle se trouve bien veritable et en plusieurs lieux.

Il estoint une fois deux jeunes compaignons, lesquels s'entr'aimoint merveilleusement et estoint de bonne maison et riches, et l'un s'appelloit Joachin, et l'autre Olivier. Or est il ainsi que celluy Joachin estoit fort amoureux, beau, gallent, jeune et deliberé; prest à servir les dames, mais celluy Olivier n'y vouloit entendre, car c'estoit un homme chiche et avaricieux et on dit communement, que qui veult bien aymer il ne faut point estre chiche de son bien, mais doit on estre large et abandonné.

Or pour venir à mon propos cestuy Joachin estoit amoureux d'une belle jeune dame, appellée Elicia, et pour mieux faire ses besongnes s'accointa d'une vieille maquerelle appellée Celestine, laquelle demouroit au bout de la ville, en une rue estrange. Sa maison estoit separée des autres, et estoit demye rompue, et mal aornée. Elle sçavoit six mestiers, c'est assçavoir lingère, parfumiere, maistresse de faire le fard et de refaire pucellages, bonne maquerelle, et ung peu sorcière. Le premier mestier estoit la couverture de tous les autres, soubz couleur duquel beaucop de filles venoint en sa maison, pour se faire besongner et pour tailler et coudre chemises, et gorgias et plusieurs autres choses, nulle n'y venoit sans ung bon morceau de jambon, figues et farine, ou ung pot de vin à la main, et autres provisions, qu'elles povoint desrober à leurs maistresses. Aussi autres larrecins ung peu plus grans là se receloint. Elle estoit assez aymée de varlets, de curés et d'escoliers, de despenciers et de valets d'abbés, à ceux là elle vendoit le pucellage de pouvrettes jeunes filles, lesquelles le faisoint legièrement pour les promesses qu'elle leur faisoit. Son fait s'estendoit à tant que par le moyen d'elles, elle venoit à communiquer avec celles qui sont encloses et separées de conversations, jusques à les amener à exécution de son propos. Et ce faisoit en temps honneste, comme en allant aux processions, ou gaingner les pardons, ou à la messe de

minuyt et autres devocions secretes. Et infinies
femmes couvertes entroint en sa maison et après
elles hommes nuds-pieds, contrits et destachés
qui entroint dedans à plourer leurs péchés. Que
pensez vous que de telles choses elle exécutoit?
Elle se faisoit medecine de petits enfens. Elle
prenoit du lin à filer d'aucunes dames, et le
bailloit à filer à autres pour avoir occasion de
parler à elles. Les unes l'appelloint : Mère,
venez ça. Les autres disoint : Véez là la vielle;
les autres : Véez la mère de tout le monde
qui vient avec tous ses tourments et travaulx.
Jamais n'eut laissé d'aller à la messe ni à vespres, ni elle ne lessoit abbaye de moines et de
nonains. En tout, pour ce qu'elle faisoit là ses
alleluya et confederacions. Et en sa maison, elle
faisoit parfuns, contrefaisoit storacq, benjoy,
ames, ambra, agalles, almisques, musques. Elle
avoit une chambre plaine d'alembics, de fiolles, de
barillets, de verres de terre et d'estain fais de mille
manières. Elle faisoit du Soliman, vin cuit et autres
eaux pour le visage, de rasures, de gamones,
de traguncia, de fiel, de verjust, de moult dis-
tillées et asseurées. Elle faisoit delier les coeurs
avec jus de limons, avec tur vive, moesle d'os
de heron. Elle faisoit eaues pour sentir de roses,
d'ozahar, de jasmin, de treboul, d'oeillets, d'an-
niselles, pulverées avec du vin. Elle faisoit pour
les cheveulx de la lissive de sarment, et de
chesne, de seigle, de soufre, d'alun et autres
diverses choses, et des unguents qu'elle tenoit,
c'est honte d'en parler, de vache, de ours, de
cameaulx, de couleuvres, de connils, de balaine,
de chat, de herisson et de daing. Après pour

les baings c'est une merveille des herbes qu'elle
avoit et des racines pendues au teste de sa maison, Romarin, mauves, mancaville, fleurs de
serre, de chenesve, de lavande, de laurier
blanc; des huiles qu'elle faisoit pour le visage,
c'est une chose incredible, de storac, de benjoy,
de jasmin, de limon, de pepites, de violettes,
de pinnons, de atraunisses, de pois, et avoit ung
petit de basme en une fiolle qu'elle gardoit pour
quelqu'egratigneure qu'elle avoit sur le nez.
Quant est de faire pucellage, elle en besongnoit
en deulx manières, de vessie et d'esguilles. Elle
avoit sur une table ung petit coffret et dedans
une esguille de peletier moult deliée, et fil de
soye enciré, et aussi y avoit pendues des racines
de feuille plasure, bois sanguin, oignons, alba-
rans; de cecy elle faisoit merveilles, tellement
que quant passa par cy l'ambassadeur de Venise,
elle vendit une fille trois foys pour pucelle. Elle
remedioit à beaucoup de pauvres filles despuce-
lées, par charité, quant elles venoint par devers
elle. Et en autre lieu à part avoit pour donner
remede aux amoureulx et pour faire aymer elle
avoit os de cueur de cerf, teste de caille, cervelle d'asne, la corde d'ung pendu, une espine
de herison, graine de fougère, la pierre du nid
de l'aronde et autres mille choses. Beaucop de
gens venoint à elle, hommes et femmes. Aux
ungs demandoit le pain où ils mordoint, aux
autres de leurs habillemens, aux autres de leurs
cheveulx, aux autres elle escrivoit lettres avec
du safran au fons de la main, aux autres avec du
vermillon, aux autres elle donnoit des cueurs
de cire plains d'esguilles rompues, et autres

choses faictes sur du plomb, ou sur de la terre,
moult espouvantable à veoir et tout ce que elle
faisoit estoit follye et mensonge.

Et pour vous avertir, dès son jeune age, c'estoit la plus forte putain et paillarde que l'on
eust sceu trouver, abandonnée à tout le monde ;
qui en vouloit l'avoit, tellement que chascun
la congnoissoit et ne pensez point que en la
ville, n'y en y eust plus de trente mille, qui
l'avoint labourée. Si elle alloit entre cent femmes,
et quelqu'un lui disoit vielle putain, sans nulle
honte tournoit la teste, et respondoit allegre-
ment. Aux banquets, aux festes, aux nopces,
aux confrairies, en toutes bonnes compaignies,
on passoit le temps avec elle. Si elle passoit
entre les chiens ils ne abayoint autre chose si
non vielle putain. Si elle estoit emprès des
oyseaulx autre chose ne chantoint, sinon vielle
putain. Si elle estoit emprès des moutons, ils
ne besloint autre chose, sinon vielle putain.
Si elle alloit près des Raignes, elles ne crioint
autre chose, si non vielle putain. Si elle alloit
auprès des marichaux, leurs marteaux ne frap-
point autre chose, si non vielle putain ; char-
pentiers, menuysiers, chauderonniers, et tous
mestiers d'instrumens sonnoint en l'air son nom.
Les armuriers la chantent, les telliers, les
laboureurs à leur charrue, aux vignes et en
aout et en jouant incontinent chantent ses
louanges. En quelque lieu qu'elle soit on ne
l'appelle point d'autre nom que vielle putain.
Que voulez vous plus, si une pierre frappoit
contre l'autre, elle ne sonneroit autre chose que
vielle putain.

Et voilà l'estat et le traings que menoit Celestine, laquelle estoit gardienne de Elicia, dame par amours de celluy Joachin, dont nous avons parlé au commencement, auquel il print voulenté de l'aller veoir et se mit en chemin. Or y avoit il un gallent léans, lequel entretenoit la dite Elicia, mais quant la vielle Celestine vit venir Joachin, luy escria vistement que l'on cachast le gallent et que Joachin venoit. Incontinent la dite Elicia luy dist : Mon amy, cachez vous vistement icy dedans, car voicy mon cousin qui vient icy, et ung des grant familiers de céans, et si vous voyt céans, je suis femme perdue. — Il me plait bien, dit-il, mais ne vous fatiguez point. Alors le firent cacher en ung cabinet à balays, et incontinent Joachin entra léans, et Celestine luy vint saillir au col luy disant : Mon fils, mon roy, comment as tu pu estre trois jours sans nous veoir. Alors appella Elicia. — Hé! qui est-ce là mere, dit Elicia! — Et! c'est Joachin, dit Celestine. — Ah! maudit soyes tu, traistre, dit elle, de malle mort puisse tu morir, helas! helas! A ce respondit Joachin : Hé que as tu ma mye Elicia, de quoy te plains tu ? — Helas, dit elle, il y a trois jours que tu ne m'as veu, jamais Dieu ne te voie et ne te doint consolation! Bien est malheureuse celle qui en toy se fie et y met toute l'esperance et fin de sa felicité. — Si luy dit Joachin, tais toy, ma mye, pense tu que la distance du lieu aye pouvoir de separer l'amour cordiale et le feu qui est en mon cueur. Là où je vois tu viens, et es avec moy, ne te afflige point ne me moleste, ne me donne autre tourment que celluy que j'ay souffert pour toy. Mais, dis moy, qui est cela qui chemine en haut. — Qui ? dit elle, ung mien amoureulx. — Je le croy bien, dit il. — Certes, dit elle, il est vray. Monte en hault et tu le verras. — J'y voye, dit il. Alors Celestine l'empoigne et luy dit : Viens ça, laisse ceste folle, car elle est troublée de ton absence, tu la mets maintenant hors d'entendement, elle dira mille folies. Viens ça, parlons ensemble, et ne laissons point passer le temps en vain. — Mais qui est là hault, dit Joachin ? — Mais le veulx tu savoir, dit Celestine. — Je te prye, ouy. — C'est une fille, laquelle, ung moine m'a recommandée. — Et quel moine, dit Joachin ? — Ne procure point de le sçavoir, dit Celestine. — Je te prye, par ta foy, dy moy mère quel moyne c'est. — Tu es bien ostiné, dit elle, tu morrois si tu ne le savois. C'est le gros ministre. — Oh ! la pauvrette, dit Joachin, et quelle charge elle portera. — Eh ! dit Celestine, mon fils nous souffrons tout, tu en as veu peu de blessée pour leur monter sur le ventre. — Saint Jehan ! voire, dit Joachin, mais je te prie mère, montre la moy. Alors dist Elicia : Ha ! mauvais homme, tu la veulx veoir, les yeulx te puissent saillir de la teste, car une, ne autre, ne te suffist pas, va, va la veoir et me laisse à jamais. — Taye toy ma mye, dit Joachin, ne te courrouces, je ne la veulx point veoir ne nulle autre femme de ce monde fors que toy. Je veulx parler à ma mere, adieu te dis. — Va t'en, descongneu, dit elle, et demeure autre trois jours sans me veoir. Alors print congé Joachin et s'en revint en son logis. Quant

Joachin fut arrivé il trouva Olivier, son compaignon, lequel lui demanda dont il venoit, et il
luy respondit qu'il venoit de veoir sa mye. —
— Ha ! meschant, dit Olivier, te veux tu tousjours ainsi amuser après les femmes, tu ne t'en
trouveras pas bien et t'en repentiras le premier.
Regarde et escoute le dit des sages, prens garde
au sage Salomon qui dit que le vin et les femmes font saillir les hommes hors de leurs sens.
Prens conseil de Seneque et tu verras en quoy
il les repute. Ecoute Aristote, regarde Bernard,
gentils, jusifs, crestiens sont de ce cas en con-
corde; toute foys ce que j'ay dit et ce que je
diray d'elles ne le prens pas en commune erreur
pour ce qu'il en fut et en y a de bonnes et
vertueuses et sages, desquelles la resplandisante
couronne ote le general vitupère, mais des
autres qui est ce qui te pourroit compter leurs
mensonges, leurs legeretés, leurs mutations,
leurs pleurs, leurs altercations, leurs hardiesses?
tout ce qu'elles pensent mettent à effet, sans
autres deliberations ; leurs dissimulations, leur
langue, leurs tromperies, leurs oublys, leurs
haines, leur ingratitude, leur inconstance, leur
testification, leur presomption, leur vaine gloire,
leurs abus, leurs folies, leurs despris, leur or-
gueil, leur parler, leur luxure, leur frauderie,
leurs craintes et monstrer beau semblant, leurs
sorcelleries, leurs maquerelleries et leurs moque-
ries? Considere quel sens il y a dessoubz ces
beaux atours, quel pensement dessoubz ces
gorgias, dessoubz ce grant chaperon, quelles
imperfections il y a dessoubz ces pompeuses
et braves robes, ce n'est rien sinon une figure

d'ung temple bien paint. Elles sont dictes armes
du diable, chef de peché, destrucion de paradis.
N'as tu pas lu en la feste du Sainct Jehan, là où
il est dit : c'est ici la femme, antique malice, qui
jeta Adam des delicts de paradis, elle mist le
lignagne humain aux enfers. La femme mes-
prisa Helye le prophete et pour tant fuy leurs
tromperies. Elles font choses difficiles d'entendre. Elles n'ont point de mode, ne de raison
ne intention. Quant elles se veulent habandonner,
elles font des rigoureuses. Ceux qu'elles font entrer secrètement par les trous elles les vituperent
en la rue. Elles convoint, expedient, appellent, re-
fusent, monstrent amour, declarent haynes, elles
sont tost courroucées et plustost apaisées ; elles
veulent que vous devinez soudainement que leur
plaist. Oh ! quelle playe, oh ! quel ennuyt, oh !
quelle fatigacion, conferer avec elles plus que
de ce bref temps qu'elles sont appareillées à
delicts ; voilà pourquoy plus ne t'en dis. — Ah !
malheureux que tu es, dit Joachin, comment tu
desprises les nobles dames, auxquelles il y a
tant de beaux passe temps, de joyeusetés et
belles devises. Mais je sçay bien pourquoy tu le
dis, car tu es ung gros veau, et ung gros sot,
ung avaricieulx et homme mequanique, et n'as
pas l'entendement d'aymer par amours quelque
belle dame, car tu crains à despendre ton bien,
mais jamais ung noble cueur ne le craindra, car
tousjours sera serviteur des dames. Ah ! Olivier,
compaignon et amy, si tu savoys le grant plaisir
que l'on a de bien aymer, tu ne dirois pas cela
que tu dis, tu dois sçavoir qu'il n'est si grant
passe temps au monde que d'homme et de femme

quant ils s'entre ayment bien car nature fuit la
tristesse et appete chose delectable, et le plaisir est avec les amis ès choses sensuelles et es-
pecialement à racompter des choses d'amour et
les communiquer. Avec sa mye on est tant
aise. J'ay fait cecy. Elle m'a dit cela. Je luy dis
baise moy. Elle me dit non feray, mais pousse
moy et je cheray et puis tu me baiseras. Puis
elle me dis : Mon doulx amy, fagotte car tu as
du bois abattu, et moi de fagotter et de panfi-
chonner. Mon doulx amy, mon doulx cueur.
Nous fismes telles joyeusetés, je la prins de
telle maniere, je la baisay, et elle me mordit
ainsi, mais ainsi l'embrassay. Ainsi s'approcha.
Nous fusmes au grenier, parlasmes au pertuis.
Oh! quel parler! Oh! quelle grâce! Oh! quel
jeu! Oh! quel baiser doulx et amoureux ! Allons
là, tornons de ça, sur ce grand lit, en la couchette, sur l'autre lit. Disons mots à plaisir,
chantons chansons nouvelles, esbatons nous.
Quelle devise porterons nous, ou quel mot? tous
mots couvers. Elle va à la messe et moy après;
elle viendra demain. Allons par sa rue ; je l'entens toussir. Véez cy son mot, jouons, devisons,
allons de nuyt, tiens moy l'eschalle. Garde la
porte. Comment as tu fait, où est le villain ? le
diable l'emporte; voila le cornu; où est il? Il
monte en traistre. Je l'ai laissée seule, retournons là. Adieu luy dis. Elle s'en va.

Oh! Dieu! dit Olivier, tu me comptes là
de grant passe temps que tu as prins avec ta
mye, ainsi comme tu dis. Mais je te prye, dis
moy où elle est et là où tu rue tes coups. — Hé
bien, dit Joachin, je le veulx. Viens t'en avec

moy et je te la monstreray. Lors se mirent à
chemin et le mena Joachin cheulx la Celestine,
et tout incontinent qu'ils furent arrivés, Olivier
la va congnoistre et commença à dire : Oh ! la
paillarde, oh ! la maquerelle et vielle putain !
Lors respondit Celestine : En putains jours
puisse tu vivre mauvais garson. Et comment es
tu tant hardy ? — Pour ce que je te congnois,
dit Olivier. — Et qui es tu, dit Celestine ? —
— Hé ! je suis Olivier, fils d'Albert, ton com-
père. J'ay demoré avec toy ung peu de temps.
Ma mère me donna à toy, quant tu demo-
rois auprès de la riviere à costé des tanneries.
— Ah ! Jesus, dist Celestine, Jesus, es tu le fils
de Claudine ? — Ouy, fait l'autre, sans faulte.
— Alors, dit Celestine. Le feu te puisse bruler,
car aussi grant putain estoit ta mere comme
moy. Pourquoy me dis tu cela, Olivier, es tu
celuy là vrayement ? Par les saints de Dieu
approche toy de moy, viens ça, car mille coups
de verge et mille coups de poings t'ay donné et
autant de foys je t'ay baisé. Te souviens-il
quant tu dormois à mes pieds, follet ? — Ouy,
en bonne foy, dit Olivier, et aucunes foys encore quant j'estoys petit, tu me faisoys monter
au chevet et me embrassoys et pour ce que tu
sentoys la vielle, je m'en fuyois de toy. — Hé !
tes fievres cartaines, dit Celestine, et comment
le dy tu si deshonnestement et dès ta premiere
entrée tu m'as reproché mon mestier. Mon fils,
escoute, tu as veu peu de jeunes filles pucelles
grâce à Dieu, en ceste ville, qui ayent ouvert
boutique pour vendre, de quoy je n'aye esté la
premiere courretière. La petite fille en naissant

je la fais mettre en escrit en mon registre, et cecy
est pour sçavoir combien il m'en eschappe. Que
pense tu, Olivier? Ay-je à me norrir du vent.
Ay-je autre maison ou autre vigne? Sçay tu que
j'aye autres biens, sinon ce mestier? De quoy
ay-je à boire et à manger. De quoy suis-je vestue ou chaussée ne en ceste ville norrie? En
icelle maintenant honneur comme tout le monde
sçait, et puis par avanture je ne suis pas congnue et tiens pour estrange à qui ne sara mon
nom et mon logis. Ah! mon fils Olivier, je t'ay
vu naitre, je t'ay aydé à norrir. Ta mère et moy
estions comme l'ongle et la chair. D'elle j'apprins tout le meilleur que je sçay de mon mestier, nous mangions ensemble, nous dormions
ensemble, nous prenions nos plaisirs ensemble
et tenions nos conseils et advis en la maison et
dehors comme seurs, jamais je ne gagnay denier,
qu'elle n'en eust la moitié, toutesfoys je n'en
estoye pas trompée, si ma fortune eut voulu
qu'elle eut vescu. Oh! mort, mort, ha! combien
de gens as privé d'agreables compaignies, ha!
combien desole ton ennuyeuse visitation. Pour
ung que tu mange tu en coppes mille en verjus. Car si elle fust encore en vie je ne fisse pas
beaucop de choses seulle que je fais. Oh! Dieu
ayt son ame, car bonne et loyale compaigne
m'a esté. Jamais ne me laissa seulle faire chose
qu'elle ne fust presente, si je apportoye le pain,
elle la chair, si je mettoye la table, elle la nappe.
Elle n'estoit pas folle ne glorieuse comme celles
de maintenant. Sur mon ame elle s'en alloit jusqu'au bout de la ville ung pot en la main, que
par tout le chemin nul ne luy disoit pis que ma-

dame Claudine, et sans mentir il autre ne congnoissoit pis le vin et autre marchandise qu'elle;
quant on pensoit qu'elle ne fust pas à demi chemin, elle estoit ja retornée. Tout par tout où
elle alloit, tous la convioint pour l'amour qu'ils
avoint en elle, et jamais ne retornoit en sa maison sans avoir tasté dix ou douze foys du vin. Elle
emportoit ung pot en la main et l'autre au corps,
on luy faisoit aussi bien credit de deulx ou trois
tonneaulx de vin sur sa parole comme sur une
tasse d'argent. Sa promesse étoit un gaige d'or
en toutes les tavernes. Si nous allions par la rue
et nous avions soif, nous entrions en la premiere taverne et faisoit incontinent tirer demy
pot de vin pour mouiller la bouche, mais croyez
qu'on ne luy demandoit pas gaige, on le mar-
quoit seulement en sa taille. Oh ! Dieu veuille
avoir son ame. Or regarde mon fils Olivier
qu'elle estoit ta mère Claudine. Alors respondit
Elicia, la dame par amours de Joachin : Je croy
mère que c'est ceste bonne femme de quoy vous
me parliez une foys, qui estoit tant abille. — Saint
Jehan ! dit Celestine, tu dis vray, mon enfant.
Alors fut Olivier tout esbahy d'ouyr ainsi racompter des fais de sa mère. Et demanda à
Joachin se Elicia estoit sa dame par amours. Si
luy respondit que ouy. Si demanda Celestine à
Olivier, si jamais il avoit esté amoureux, il luy
respondit qu'il avoit bien veu une jeune dame
en une grosse maison demorant, et que voulentiers il en seroit amoureux et que elle s'appelloit
Alison, ainsi qu'on disoit, et que n'avoit jamais
veu femme à son appetit que celle là. Lors respondit Celestine, je te prye Olivier, mon amy,

monstre la moy et où elle demeure et je me fays
fort de t'en faire jouyr, car je veux que tu
soyes des notres et de nostre bande. Penses tu
que j'aye encore oblié les tours et abilletés que
m'apprenoit ta feue mère, tousjours supplioit
mes faultes, je luy descouvroye mes secrets,
c'estoit tout mon bien et mon alegement. Ah !
mon enfant, que tu as perdu en elle ! Non obstant elle te recommanda à moy et pour l'amour
d'elle je feray pour toy tout tant qui me sera
possible, plus m'estoit que seur ne commère.
Oh ! qu'elle estoit gracieuse ! Oh ! que habille et nette ! Oh ! qu'elle estoit hardie, car
sans peine ne crainte s'en alloit à la minuyt
de cymetiere en cymetiere cerchant après pour
nostre mestier comme si ce eust esté de jour.
Elle ne lessoit chrestiens, maures, ne juifs,
desquels ne visitast les fosses. De jour faisoit le
guet à les enterrer, de nuyt les deterroit. Ainsi
se delectoit avec la nuyt obscure comme tu fais
au jour clair. Elle disoit que la nuit estoit la
couverture des malfaicteurs. Une chose te diray
afin que tu saches quelle mère tu perdis, combien
que ne se doit point dire ; toutes foys avec toi
tout peut bien estre dit. Elle osta sept dents à
ung pendu avec unes petites tenailles de quoy on
arrache les sourcils ce pendant que je luy des-
chaussoye ses souliers. Elle entroit à ung cercle
mieux et plus courageusement que moy, encore
que j'eusse assez bon bruit et plus que maintenant, car pour mes pechés j'oubliay tout à sa
mort. Que veult tu plus, sinon que les diables
mesmes la craingnoint. Elle les tenoit craintifs
et espouvantés pour les terribles voix qu'elle

leur faisoit. Elle estoit d'eux aussi congnue
comme tu es en ta maison, ils venoint tombant
l'ung sur l'autre à son mandement, ils ne luy
osoint dire mensonges selon la puissance de
quoy elle les contraingnoit. Depuis que la perdis je
n'ouys d'eux vérité. Alors respondit Olivier :
Dieu luy aide ainsi comme ces paroles me plaisent. — Si luy dit Celestine, que dis tu mon
fils Olivier, et mon fils plus que mon fils. — Je
dis, dit Olivier, comment avoit ma mere cest
avantage, puisque les paroles que toy et elle
disiez estoint toutes unes. — Comment ! et de
cela t'esmerveilles tu, dist Celestine, ne scés tu
pas que l'on dit qu'il y a grande difference entre
Jehan et Jehan ; nous ne pouvons pas toutes avoir
la grace de ma commere. N'as tu pas veu aux
mestiers les uns bons ouvriers et les autres meilleurs ? ainsi estoit ta mère, à qui Dieu pardoint, la
meilleure de nostre mestier et pour telle façon
la tenoit on et en estoit congnue de tout le
monde et aussi aymée des gentils hommes et
autres, comme de prestres, vieulx, mariés, jeunes
et petis enfens, puis filles vierges et chambe-
rieres. Aussi prioint à Dieu pour sa vie comme
pour celle de leur propre père avec tous avoit
affaire, avec tous parloit. Si nous saillions en la
rue tous ceux que nous rencontrions estoint ses
filliots, car son principal mestier fut d'estre
sage femme, bien l'espace de seize ans de maniere que puis que tu ne savois pas ses secrets
pour ton jeune age, maintenant est raison que
tu les saches, puisque elle est morte et que tu
es homme. — Or me dis mère, dit Olivier,
quant la justice manda que tu fusses prinse moy

demorent en ta maison, avois tu grant congnoissance avec elle ? — Jesus! dit Celestine,
congnoissance merveilleuse ensemble, nous faisions nostre cas ensemble, ils nous congneurent
ensemble, nous prindrent et nous accuserent
ensemble, nous firent endurer la peine celle foys
là et croy que ce fut la premiere, mais tu estoys bien petit, et je m'esbahye comme il t'en
souvient, pour ce que c'est la chose la plus
obliée qui soit en la ville. Ce sont choses qui
adviennent en ce monde tous les jours, tu verras
pugnir malfaiteurs, si tu vas en ce marché. —
Il est vray, dit Olivier ; mais du péché c'est le
pis que la perseverance, car ainsi que le premier mouvement n'est pas en la puissance de
l'homme, aussi n'est pas la premiere faulte. On
dit que qui peche et s'amende, etc. — Ha ! ha !
follet, dit Celestine, allons nous à la verité !
Attens que je te touche où il te deulx. — Que
dis tu mere, dit Olivier ? — Je te dis, mon filz,
dit elle, que encore quatre foys sans celle là ta
mère, dont Dieu ayt l'ame a esté prinse, elle
toute seulle. Et encore luy vouloint testifier
qu'elle estoit sorcière, pour ce qu'elle fut trouvée de nuit avec une petite chandelle amassant
terre en ung carrefour, elle en fut tenue demy
jour en l'eschalle avec une mitre painte sur la
teste au millieu de la place, mais ce ne fut riens ;
moult de choses ont les hommes à souffrir en ce
triste monde pour entretenir leurs vies et honneurs. Regarde que tant peu elle estima cela que
elle ne lessa pas de là en advent de user mieulx
de son mestier. Cecy est venu pour ce que tu
disoys de la perseverance, après que aucun a

une foys failly. Elle estoit gracieuse, car sur
Dieu et sur ma conscience quant elle estoit en
l'eschalle sembloit que tous ceux d'en bas elle
ne estimoit en ung denier selon sa presence et
ses gestes. — Ah! je te prie, dit Olivier, laissons les mors et parlons des affaires presens. Ne
me as tu pas dit que tu me feras avoir l'amour
d'Alison. — Ouy, dist Celestine, je te l'ay dit
et promis et le feray et t'en vas et ne t'en
soucies plus. Ah! Dieu ayt l'ame de ta feue
mere; encore fault il que je use des drogues
qu'elle m'apprit pour faire cela; Elicia, monte
vistement là haut, au plancher, et m'apporte la
boiste de l'huyle serpentine que trouveras pendue
d'ung bout de la corde que je apportay l'autre
nuyt des champs. Ouvre le coffret et à la main
destre, tu trouveras ung peu de papier escript
de sang de chauve souris et garde que tu ne
repande l'eau de may que on me apporta hyer
à confectionner. — Mere, dist Elicia, elle n'est
pas là où tu dis. — A ce, dit Celestine,
jamais ne te souviens de choses que tu gardes,
entre en la chambre des vignemens et en la
peau du chat noir, là où je te commanday
mettre les yeulx de la louve, le trouveras et me
aporte du sang du bouc et ung petit des barbes
que je luy ay coppées. Lors luy apporta Elicia
tout ce qu'elle demandoit. Si commença Celestine à dire : Je te conjure, triste Pluto, seigneur
de la profondité infernale, empereur de la mort
dampnée, capitaine de la court dampnée, des
anges orguilleux, seigneur des feux sulphurés,
que les ardens mons de Ethna jettent, gouverneur des tourmens et tourmenteurs des ames

pecheresses, gouverneur des trois furies Thesi-
phone, Megera et Alecto, administrateur de
toutes les choses noires du Royaume stigié et
ligué avec toutes les larves et ombres infernales
et litigieuses, chars deffenseurs des arpies volan-
tes avec toute l'autre compaignie des espouvan-
tables et paoureux hydres, moy, Celestine, ta
plus congnue clientule te conjure par la vertu
et force de ces lettres rouges, par le sang de
ce nocturne oyseau de quoy elles sont escriptes,
par la gravité des nombres et signes contenus
en ce papier, par l'aspre venin des serpens de
quoy ceste huille a esté faicte, que sans tarder
tu viengnes obeir à ma voulenté pour amolir le
cueur à Alison et à autres à qui il me plaira et
cela fait, demande moy ta voulenté, si tu ne le
fays incontinent tu me tiendras pour mortelle
ennemye, je fraperay avec lumiere tes prisons
tristes et obscures, je accuseray cruellement tes
mensonges, je presseray avec aspres paroles
ton horrible nom, et de rechef je te conjure et
reconjure ainsi confiant à ma grant puissance
là où je m'en voye veoir la belle Alison.

Alors part Celestine et s'en va là où elle sçavoit qu'elle devoit trouver la dite Alison.

Alors vient Celestine et trouva Alison en la
maison, laquelle ne cognoissoit point, mais par
vives raisons luy fit entendre qu'elle la congnoissoit. — Oh! Alison, ma mye, que je plains ton
mal, veu que j'ay congneu ton père et ta mère,
qui sont tous venus de bonne maison et tu es
icy comme une pauvre chamberiere et ne sçays
que tu gaignes. Tu sers tousjours les dames et
ne jouys point de tes plaisirs en façon du monde.

Tu es belle et digne d'avoir ung bel amy, tu
ne congnois point les doux guerdons d'amour,
tu ne converses point avec parentes ou filles
de ton esgal ou à qui tu puisses parler toy pour
toy ne dire, as tu soupé, es tu grosse, maine
moy souper à ton logis, monstre moy ton amoureux, qui sont tes voisines et autres choses sem-
blables, et faut tousjours avoir madame à la
bouche. Et pour cela je me mis à part depuis
que je me sceus congnoistre, car jamais me
prise de me nommer si non de moy, principalement de ces dames de maintenant, on perd avec
elles le meilleur temps de la jeunesse, et avec
une vielle robe pelée, de celles qu'elles laissent,
elles payent le service de dix ans d'une pouvre
fille. Elles sont vituperées et mal traictées, elles
sont tant sujettes que devant elles n'osent parler, et quant elles voyent le temps approcher de
les devoir marier, jamais ne leur faut une ex-
cuse ou qu'elles sont amoureuses du vallet, ou
de leur fils; elles sont jalouses de leurs maris,
ou pretendent qu'elles sont de nuyt entre les
hommes à la maison, ou qu'elles ont desrobé
une tasse d'argent ou perdu un anneau d'or.
Elles leur donnent cent coups de verges et les
envoint hors de leur maison, disant : Va vilaine, larronnesse, putain, tu ne destruyras plus
ma maison ni mon honneur, de maniere qu'elles
esperent guerdon, mais elles resçoivent blason.
Elles esperent d'estre mariées et saillent deshon-
norées. Elles pensent estre bien vestues et saillent toutes nues, voilà leur payement et leurs
benefices; le plus grant honneur qu'elles reçoi-
vent en leurs maisons c'est d'estre mesagiere de

madame et d'aller de rue en rue, de dame en
dame, cerchier messages; jamais elles n'oyent
leur propre nom de la bouche d'elles, si non
putain icy, putain là, où vas tu tigneuse? que
fais tu vilaine? pourquoy as tu mangé cela,
goulue? pourquoy as tu dit cela, sotte? Comment as tu perdu ce drap, tu l'as donné à ton
ruffien! Et après tout cela, mille coups de chap-
pin, de baston et de verges, il n'y a personne
qui les puisse contenter ni souffrir; tous leurs
plaisirs sont de crier, toute leur gloire est de
tanser, tant plus vous leur faictes bon service,
moins se contentent. Et pour tant Alison, ma
mye, il vault beaucoup mieulx vivre en une mai-
sonnette, maitresse et dame, que non en leurs
riches palais subjette et captive. Les sages disent
qu'il vault mieulx une miette de pain en paix
que toute la maison plaine de viande en que-
relles, et pour tant ma fille et ma mye, tu vois
comme je te conseille. — Ah! ma mere et ma
mye, dit Alison, je vois bien que vous me conseillez mon proffit, car tout cela que vous m'avez
dit et compté, je le voy tous les jours, et n'en
mentés de mot, et vous promets que bientost
trouveray ung logis et feray tout cela que me
conseillerez moyennant que ce soit mon proffit.
— Ah! ah! ce dit Celestine, mon enfant, je ne
le vouldrois pas autrement et te promets de te
bailler une belle chambre en mon logis.

Ad ce s'accorda. Alison, print congé de la
dame, puis après vint au logis de Celestine, là
où elle luy bailla une belle chambre bien près
d'elle et incontinent l'introduit au mestier, et
luy promist que bientost luy bailleroit ung bel

amoureux qui l'entretiendroit gorgiasement.

Or est il ainsi que comme Olivier et Joachin estoint compaignons ensemble comme estes avertis cy devent, proposerent eux deux ensemble d'aller veoir Celestine pour veoir comment elle avoit besongné avec la dame par amours de Olivier, car ils devoint disner ensemble, puis prindrent leurs cappes et leurs espées, puis se misdrent à chemin. — Si dit Joachin à Olivier, allons par ceste rue icy afin de passer par l'esglise et verrons si Celestine a achevé ses devocions et l'amenerons avec nous. -- A ce, dit Olivier, pense tu qu'à telle heure elle fust en oroison et te advertis que quant elle a quelque chose à faire, elle ne se recorde de Dieu, ni a cure des saintetés. Quant il y a que ronger en la maison les saints sont saints. Quant elle va à l'esglise ses patenostres en la main il n'y a que disner en la maison, encore qu'elle m'ait norry, je congnois bien ses proprietés ; ce qu'elle dit en ses patenostres sont les filles qu'elle a à renouveller et combien d'amoureux il y a en la ville, et quelles filles elle a recommandées et quels despensiers luy donnent la collation, et lequel luy donne meilleure et comment ils ont nom, afin que quant elle les rencontrera, qu'elle ne parle comme estrange, et quel chanoine est le plus jeune et le plus franc. Quant elle meult les levres c'est pour faindre mensonges et ordonner cautelles pour avoir de l'argent. Je commenceray par là et il me repondra cecy, je luy repliqueray cela, et voilà les patenostres de Celestine. — Or bien, ce dit Joachin, je sçay bien tout cela d'elle, mais encore que nous le sachions pour nostre proffit, ne le publions pour nostre dam. — Tu as bien dit, dist Olivier, tays toy, parle bas, car la porte est ouverte, frappe à la porte devent qu'entrer, car par aventure elles sont occupées et ne vouldroint point estre veues ainsi. — Si, dit Joachin, entre, ne te soucie, nous sommes tous de céans. Et quant Celestine les vit entrer. — Oh! mes amoureulx, mes perles precieuses, tel me vienne le bon an, comme vostre venue me plaist. — Or ça, dit Olivier, mère Celestine, comme avez vous besongné avec Alison? Que dit elle? — Ah! mon enfant, si tu la pouvoys une foys tenir entre tes bras, comme tu serois heureux! — Comment, dist Olivier, n'y a-t-il point de re-confort. — Le meilleur du monde, dit Celestine, je te conteray tout, je la fus veoir et la prins de si près que la trouvay au lit toute nue. Oh Dieu! quelle grace elle avoit, bien comprinse de corps, par mesure, longueur de même, mode-rée, blanche comme la rose du mois de mai, les cheveux avoit reluisant comme fin or; et des-soubs avoit la face terminée en ung petit de rondeur, avec bonne couleur vermeille, les yeulx estoint riant, clers comme à ung faulcon mué et estincellans comme deux estoilles, la gorge avoit blanche comme neige, deliée comme soye, les mamelles ouvertes, ne trop grosses ne trop petites; touchant le ventre, il n'estoit rien si plaisant, blanc comme papier, aussi uny qu'un dé et son petit ventre assez hault, avec un poil follet blont, et tout le demorent de ses autres membres comme bras, cuisses, et jambes bien proporcionnés à l'équipolent. A bref parler c'estoit la plus plaisante créature que je vis jamais. Oh! dist Celestine, si j'eusse esté homme, quel plaisir j'y eusse prins. — O Dieu, dit Olivier, mère Celestine, que n'estoys-je caché dessoubs ta robbe pour veoir ceste belle creature. — Ah! mon enfant, dit elle, hé! l'on t'eust veu de tous costés, car ma robbe est percée en plus de quinze lieux. — Hé! je te promets, mère, fais bien mes besongnes et je te bailleray une robbe et une cotte et dès maintenant. — Ne te soucie, dist Celestine, je l'ay tant preschée et amadouée et luy ay baillé de si belles remonstrances, que je luy baille une chambre et elle vient demorer icy auprès de moy, et dès demain au matin, et me reviens veoir, et je te promets de te faire parler à elle à ton appetit. Si prindrent congé de Celestine et s'en allèrent, et tandis Celestine appresta la chambre, mais devant que partir, elle dit à Olivier : Ah! mon fils, si tu eusses en mémoire de l'amour du temps passé que j'avoye en toy, le premier logis que tu prins quant nouvellement tu vins en ceste ville, ce devoit estre le mien, mais vous autres jeunes avez peu de soucy des viez, et vous vous gouvernez à vostre plaisir, vous pensez que jamais vous n'arez nécessité des viez. Jamais ne pensez en maladies, vous pensez que jamais la fleur de votre jeunesse ne vous doit faillir. Regarde donc, mon fils, que pour telles necessités comme celle là une vielle est de bon·secours, amye, mère, et plus que mère; c'est bon logis pour reposer, bon hospital pour guerir les maladies, bonne bourse pour la necessité, bon coffre pour garder argent en prosperité, bon feu d'hiver

environné de broches bien garnies de viandes,
ombre en esté, bonne taverne pour boire et
pour manger, que diras tu, Olivier, d'estre
aussi bien traité? Regarde Joachin, je l'ay fait
homme après Dieu. — Mere, dit Olivier,
je confesse mon erreur, et te demande pardon,
et veulx que d'icy en advent tu ordonnes de
moy et adieu. Fais bien les besongnes.

Alors la mère Celestine s'en va en la chambre
de Alison pour luy aider à accoustrer son me-
nage et l'accoutrerent si très honnestement que
c'estoit belle chose à le veoir, puis elle print
congé d'Alison et s'en revint en sa maison, là
où elle trouva Elicia, qui la commença à tencer.
— Hé comment as tu tant tardé, mère, jamais
tu ne peux retorner au logis, tu es tousjours
longtemps où tu vas. Tu as été aujourd'huy
serchée du père de la fiancée que tu menas le
jour de Pasques au chanoine pour ce qu'il la
veut marier d'icy à trois jours et est nécessaire
que tu luy donnes remede puisque tu le luy a
promis, de peur que son mary ne congnoisse la
faulte de sa vierginité. — Ma fille, dist Celestine, je ne sçay que tu dis, j'en ay tant mené,
vendu, et livré au jour de Pasques, Pentecouste
et Noel et autre bonne feste que je ne sçay lesquelles ce sont. — Comment, dist Elicia, ne
t'en souviens il point? Tu as la memoire bien
caducque, quant tu l'amenas, tu me dis que tu
l'avoye renouvellée sept fois. — Si, dit Celestine, ne t'en esmerveille point, ma fille, car qui
en plusieurs lieux met sa mémoire où nul la
peut tenir, la pert; mais dis moy si elle tornera.
Jesus, dit Elicia, si elle retornera, elle t'a baillé

des bracelés d'or en gaige pour ton travail. —
Ah! est-ce celle des bracelés, dit Celestine, je
sçays bien pour qui tu dis, et pourquoy ne pre-
nois tu les choses necessaires et ne commençois
tu de faire quelque chose, car en telles choses
tu avois apris de exerciter et de esprouver de
tant de foys que tu me l'as veu faire, ou si non
tout le temps de ta vie, demoureras ainsi sans
sçavoir rien comme une beste, et sans savoir
mestier. Et quant tu seras de mon age, que tu
ne pourras plus remuer le cropion, ne jouer des
rains, et que il ara pleu sur ta marchandise, tu
pleureras la paresse de maintenant, car la juven-
tude ocieuse amène la vieillesse à repentis et tra-
veilleuse. Je le faisoye bien mieux quant ta
grant mère, à qui Dieu pardoint, me enseignoit
le mestier, car au bout de l'an j'en sceus plus
qu'elle. — Lors, dit Elicia, je ne m'en esbays
pas, car plusieurs fois, comme l'on dit, le dis-
ciple surmonte le maistre, et cela ne va en autre
chose, si non au bon vouloir d'aprendre. Nulle
science n'est bien employée en celuy qui d'apprendre n'a affection. J'ay ce mestier en haine
et tu meurs pour luy. — Or ce, dist Celestine,
je m'en raporte à toy, veulx tu avoir pouvre
viellesse, tu penses que jamais n'aras de saillir
de dessoubz mes aelles. — Alors, dist Elicia,
pour l'amour de Dieu lessons tout ennuy, et
alors comme alors, ayons plaisir, et quant nous
arons à menger pour aujourd'huy ne pensons
point pour demain, aussi bien se meurt celuy
qui trop amasse comme celuy qui vit pouvre-
ment. Et le docteur comme le pasteur, et le
pape comme le marguillier, et le seigneur

comme le serviteur, et toy avec ton mestier comme moy sans luy, nous n'avons pas de vivre tousjours talent; resjouissons nous et prenons plaisir, car la viellesse peu la voyent, et de ceux qui la voyent peu meurent de faim. Je ne veux en ce monde si non ma vie et part en paradis, combien que les riches ayent meilleur appareil pour gaingner la gloire que ceux qui sont pouvres, il n'y a nul content, il n'y a nul qui die : J'en ay assez; il n'y a nul de eux avec lequel je changeasse mon plaisir pour son argent. Lessons les soucis d'autruy et nous couchons, car il est heure; plus me engraisse ung bon dormir sans crainte que tout le tresor de Venise.

Le lendemain Olivier, à qui il souvenoit de ses amours, n'oblia pas la promesse que luy avoit fait Celestine, car elle estoit ja saisie de la robbe et de la cotte que luy avoit promis. Si se transporta en sa maison et la trouva luy disant : Ah ! mère Celestine, il ne te souviens plus que tu me promis, que tu me feroys avoir Alison et que je mourois pour ses amours. — Il est vray, dit Celestine, que je te le promis, je ne l'ay pas oblié et ne croys que avec les ans j'aye perdu la memoire, car de cela elle a receu de moy plus de trois assaux, je croy qu'elle sera bien meure. Allons le chemin de sa maison, car elle ne se pourra eschapper de mat. Aussi c'est le moins que je vouldroys faire pour ton service. — Ce dit Olivier, je pensoys de jamais n'en joyr pour ce que onc je ne sceus faire à elle qu'elle escoustast de moy une parole. Et comme l'on dit c'est mauvais signe d'amour que de fouyr et torner la face ; je sentoys en moy grant deffience pour ceste cause. — Je ne m'esbays pas, dit Celestine, de ta deffience, car tu ne me congnois pas ni sçavoys comme tu fais maintenant que tu as à ton commandement la maitresse de ces œuvres ; à cette heure tu verras combien tu vauldras par mon moyen, et le pouvoir que j'ay avec telles et ce que je sçay en fait d'amours ; marchons. Tout beau, voici sa porte, entrons tout doulcement, que les voisins ne l'entendent. Attends ung peu dessoubs ce degré, je monteray en hault pour veoir que je pourray faire, car par adventure nous ferons plus que toy et moy n'avons pensé. Quant Alison ouyt monter, demanda qui c'estoit qui monstoit à telle heure en sa chambre. — Lors repondit Celestine : C'est qui ne te veult aucun mal, et qui jamais ne fut pas sans penser à ton proffit et qui a plus de memoire de toy que de soy mesme. C'est une tienne amoureuse combien que vielle. — Lors dit Alison entre ses dents : Le diable y ait part en la vielle ! A quoy vient elle à telle heure comme fantasme ! Puis dit tout hault : Dame tante qu'elle bonne venue est-ce cy. Tant tart est que je me despouilloye desja pour me coucher. — Lors dit Celestine : Quant et les gelines, ma fille, ainsi se fera la besongne, mais c'est tout ung passé, c'est à d'autres à pleurer les necessités, et non pas à toy. Il n'est pas mort qui a dit pourveoir ; telle vie vouldroit chascun avoir. — Jesus, ce dit Alison, je me veulx retorner vestir car j'ay froit. —- Non feras, dit Celestine, sur ma foy, mais entre dedans le lit et de là nous parlerons. — Ainsi m'aist Dieu, dit elle, que j'en ay bon mestier et me sens malade tout aujourd'huy de maniere que plus la nécessité que le plaisir me fait de bonne heure prendre les draps. — Alors dist Celestine : Couche toy doncques et ne soye plus assise et te boute dessoubz la couverture. Tu me semble une syrène. Hé! comme tout cecy sent bon, quant tu te remues; sans faulte, tout est bien en ordre; tousjours je me suis contentée de tes choses, de tes fais et de ta netteté. Dieu te benie. Que tu es fresche, quels draps, quels materats! quels aurillers et quelle blancheur! Telle soit ma vieillesse comme tout me aparoist bien. Perle d'or, Voicy celle qui à telle heure te visite, ne desire que ton bien. Laisse moy veoir à toute ma voulenté, car j'y prens plaisir. — Lors dit Alison : Tout beau, mère, ne me touche point, car tu me chatouilles et me provoque à rire, et le rire me croist la douleur. — Quelle douleur, ma mye, dit Celestine? Te mocques tu de moy? — Malle joye soit à moy, dit Alison, si je me mocque, si non qu'il y a quatre heures que je meure de la mère, je l'ay montée en la poictrine et me veult oster de ce monde, je ne suis pas tant à mon aise que tu penses. — Lors dit Celestine : Donne moy donc le lieu que je puisse tater, car je ne sçay que c'est de ce mal, pour mes peschés chacune de nous a sa mère et ses douleurs d'elle. — Si, dit Alison, ainsi que Célestine la tastoit : Je la sens plus hault, à l'estomac. — Hé! Dieu te benie, dit Celestine et Monsieur Saint Michel l'ange. Hé! que tendre et fresche tu es. Quelle poicterine et quelle gentillesse. Je t'ay tinse pour belle jusques cy, en voyant ce que toutes peuvent veoir, mais main-

tenant je dis qu'il n'y a en la ville autres trois
corps plus beaux ne gentils que le tien. Ad ce
que je congnois il ne semble pas que tu ayes
quinze ans. Oh! si j'estoys maintenant homme
et j'eusse si grant congnoissance avec toy, que
je prendroye de plaisir. Par Dieu tu fais peché en
ne donner part de telles graces à tous ceux qui
t'ayment, car Dieu ne les a pas données pour les
laisser passer ainsi en vain, ni ta belle juven-
tude ainsi entre les draps. Garde que ne soyés
avaricieuse de ce que peu couste. Ne fais point
tresor de ta beauté, puisqu'elle est de sa nature,
tant communicable comme l'argent. Ne ressem-
ble pas au chien du jardinier, lequel ne mange
les choux ne pareillement les veult lesser manger aux autres. Et puisque tu ne peux de toy
propre jouyr, en jouysse qui pourra. Ne croys
pas qu'en vain tu fusses créée, car quant la
femme nait, pareillement l'homme et quant
l'homme la femme, il n'y a chose créée super-
flue en ce monde, ni que la nature ne preveust
par raison accorder. Considere que c'est peché
donner fatigue aux hommes et de leur bailler
peine pouvant donner remede. — Alors, dit
Alison : Voire, mère, et il n'y a homme qui me
veuille, donne moy quelque remede pour mon
mal et tu feras mieulx que de te mocquer de
moy. Lors, dit Celestine : De ceste commune douleur toutes sont maitresses, ce que
j'ay veu faire à plusieurs et ce qui à moy m'a
toujours proffité, je diray. Car comme les qualités des personnes sont diverses, ainsi les mede-
cines font diverses operations et differentes.
Toute odeur forte est bonne, comme pouliot,

rue, encens, receue avec grande diligence,
approufite et amitique la douleur et tourne peu
à peu la mère en son lieu. Mais je trouve autre
chose meilleur que tout et ceste ne te la veux
dire puisque tu te fais tant saincte. — Quelle ?
mère, par ta foy, dit Alison, tu me vois en
peine et tu me celle le salut. — Tu m'entens
bien, dit Celestine, ne fais point la sotte. — A
ce dit Alison : Je puisse morir de malle mort si
je t'entendoys, mais que veux tu que je face. —
Tu sçays bien, dit Celestine, ce que je t'ay dit
d'Olivier, il se plaint à moy et dit que tant seulement regarder ne le veux. Je ne sçay pourquoy, si non pour ce que tu sçays que je l'ayme
et que je le tiens pour mon fils. Certes, je regarde d'autre maniere pour ton proffit, car jusque à tes voisines me resjouissent le cueur
toutes les fois que je les voy seulement de sçavoir qu'elles parlent à toy. — Certes, dit Alison, mère tu ne vis pas trompée. Dit Célestine : Je ne sçay, je croy aux œuvres, car les
paroles se vendent à bon marché en toutes parts.
L'amour ne peut jamais estre payé si non par
amour, et les œuvres avec les œuvres. Tu
sçays bien le parentage qu'il y a entre toy et
Elicia. Voilà Olivier qui est venu avec moy. Il
est compagnon de Joachin, qui est amy d'Elicia. Eux deux s'entre ayment bien et toy et
Elicia. Regarde si tu veux qu'il monte icy?
A ce dit Alison : Malheureuse que je suis s'il
nous a ouyes! — Non, dit Celestine, car il est·
demoré en bas, je le veux faire monter, fays
moy ce plaisir que tu le veuilles congnoistre et
que tu parles à luy et luy face bonne chere, et

s'il te semble tel qu'il jouysse de toy et toy de luy, car encore qu'il y gaigne beaucop tu n'y perdras rien. — Mere, dit Alison, j'ay bien ceste congnoissance que toutes tes raisons présentes et passées s'adressent à mon proffit, mais comme veulx tu que je face celle chose ? car j'ay à qui rendre compte comme tu l'as ouy, et si le sçait il me tuera. J'ay des voisines envieuses, incontinent le luy diront, de sorte qu'encore qu'il n'y eut point plus grant mal que de le perdre, ce sera plus que je ne gaigneray en coupliant à celluy à qui tu me commandes. — Oh ! dit Celestine, ce que tu crains je l'ay preuvu premier que entrer, car je suis entrée bien secretement. — A ce, dit Alison : Je ne le dis par pour ceste foys, si non pour autres. — Comment, dit Celestine, est tu de celles là ? De telles manieres te gouvernes tu ? Seras tu jamais riche, tu le crains estant absent, que ferois tu s'il estoit en la ville ? C'est mon adventure de jamais cesser de conseiller sottes et d'en trouver tousjours qui faillent, mais je ne m'en esmerveille pas, helas, ma fille, si tu veoys le savoir de ta cousine et que tant luy a proffité mon conseil et créance et que bonne maistresse elle est. Croy qu'elle ne se trouve pas mal de mon chastiment, car toujours elle en a ung au lit et ung autre à la porte attendant, et ung autre qui soupire pour elle, et elle à trestous satisfait, à tous montre bonne chere, et chacun pense estre le mieux aymé et chascun estre le premier et le plus favorisé et que luy seul luy donne ce qu'elle a besoin, et toy, tu crains qu'avec deux que tu as que les tables du lit

l'ont à descouvrir ? D'une seule goutiere te main-
tiens tu, il ne te demorera pas grandes viandes.
Je ne veux pas attendre tes reliez, jamais ung
seul me pleut, jamais en ung mis toute mon
affecion, plus de pouvoir ont deux, et plus
quatre et plus donnent et plus tiennent, en y a
plus que choisir; il n'y a chose, ma fille, plus
perdue que le raton qui ne sçait qu'un pertuys,
car si on luy estouppe il ne sçara où se cacher
du chat; qui n'a qu'un œil, regarde en quel
gran dangier il va; une ame seulle ne chante ne
pleure; un seul acte ne fait pas habit. Peu de
foys rencontreras par la rue ung moine seul.
Une perdrix pour merveille vole seulle. Manger
une sorte de viande continuellement fasche bientost. Une seule hyrondelle ne fait pas l'esté.
Ung seul tesmoing ne fait pas entiere foy. Qui
n'a qu'une seule robbe bientost la rompt. Que
veux tu, ma fille, que je te dise de ce nombre
ung ? Plus d'inconvenients te diray de luy que
n'ay d'ans. Entretiens en deux si tu veux, car
c'est compaignie louable, si comme tu as deux
aureilles, deux piés, deux mains et deux draps
au lit, deux chemises, et si plus en veux meilleur pour toy, car tant plus en y a et mieux
vaut. Honneur sans proffit n'est, si non comme
l'anneau au doigt, et puis que tous deux ne peuvent estre en ung sac accueille proffit. Monte,
mon fils Olivier. — Mere, ne le fais pas
monter, dit Alison, je puisse morir si je ne sçay
que devenir de honte, car je ne le congnois
point, j'ay eu tousjours honte de luy. — Lors,
dit Celestine : Je suis icy qui te l'osteray, je
parleray et couvriray pour tous deux, car il est

aussi honteux comme toy. — Alors entre Olivier
et dit : Madame, Dieu garde ta gracieuse presence. — Gentil homme, dit Alison, bonne soit
vostre venue. — Lors, dit Celestine : Approche
toy en ça, asne, où vas tu te asseoir là à ce
coing, ne soye point honteux, car homme honteux le diable le mene en court. Escoutez moy
tous deux ce que je veux dire. Tu sçays bien,
mon fils Olivier, ce que je t'ay promis, et toy,
ma fille, ce que je t'ay prié, laissant à part la
difficulté que tu as faicte devant que le me oc-
troyer. Peu de raisons sont necessaires, car le
temps ne le souffre pas. Il a tousjours vescu
en peine pour toy, je croy que en voyant sa
peine ne le voudras faire morir et encore congnois je que il te senble tel qu'il sera bon qu'il
demeure cette nuit céans. — Si, dit Alison : Sur
ma foy, mère, il ne le fera pas, Jesus ne le me
mande. Alors parla Olivier à Celestine en l'oreille,
luy disant : Mere, pour l'amour de Dieu que je ne
saille pas d'icy sans bon accord, car son gracieux vis m'a ravi d'amour, je te prie, mère, dis
luy que je luy bailleray tout tant que j'ay, car
il me semble qu'elle n'a cure de me regarder,
ni de me veoir pour me donner confort en la
face. — Que te dis ce seigneur en l'oreille,
dit Alison, pense il que je face rien de ce qu'il
demande. — Dit Celestine : Il ne dit rien autre
chose, ma fille, si non qu'il prent grant plaisir
en ton amitié, pour ta personne tant honneste
en qui tout benefice sera bien employé. Approche toy en ça, negligent, honteux, car je veulx
veoir que tu sçays faire avant que je m'en voise.
Embrasse la icy dedans ce lit. — A ce, dit Ali-

son, il ne sera pas si discourtois d'entrer en lieu
deffendu sans licence. — Te mets tu en cour-
toisie et licence, dit Celestine, je ne m'entends
plus icy, je me obligeray que demain te leveras
sans douleur, et luy sans couleur, mais comme
un jeune coq qui la barbe point. J'entends que
en troys nuits ne luy muera la creste. De tels me
commandoint à manger en mon temps le medecin de mon pays, quant j'avoys meilleures dents.
— Alors Olivier baisoit Alison. — Ah! seigneur,
dit elle, ne me traitez pas en cette maniere, ne
prenez vous pas garde à l'ancienneté de cette
bonne vielle qui est icy presente. Oste-toy d'icy
car je ne suis pas de celles que tu penses, je ne
suis pas de celles qui sont publiquement à vendre leurs corps pour argent. Ainsi m'aide Dieu
que je m'en iray de céans jusques à tant que ma
tante Celestine s'en soit allée. Tu touches à ma
robbe. — Hé! qu'est cela, dit Celestine à Alison,
pourquoy fais tu ainsi de l'estrange! Qu'elle
nouveauté est-ce là? Il te semble, ma fille, que
je ne sçay que c'est et que jamais je ne vis estre
ensemble ung homme et une femme et que
jamais n'en fis autant, ni jouys de ce que tu
jouys, et que je ne sçay ce qu'ils devisent et ce
qu'ils font et ce qu'ils dient. O pouvre de celle
qui tel ouyt de ses oreilles comme moy, je te
advise que j'ay esté amoureuse comme toy et ay
eu plusieurs amoureux, mais jamais le viel ni
la vielle degettay d'auprès de moy, ni son conseil, ni en public ni en secret, je te jure par la
mort que je dois à Dieu, j'eusse mieux aymé
ung grant souftlet par le milieu de mon visage,
que d'ouyr la parole que tu m'as dite. Il semble

que je nasquis hyer, selon ta façon; pour te faire
honneste, tu me fais moi simple et sotte et de
peu de secret et sans experience et me des-
prise en mon office pour te exaucer au tien. Ne
sçay tu pas que de coursaire à coursaire ne se
gaingne que les barils. Je te loue plus en derriere que devant. — Mère, dit Alison, se j'ay
failly, pour Dieu que j'aye pardon et approche toy
plus en ça et que luy face tout ce qu'il vouldra,
car j'ayme mieux te tenir contente que non pas
à moy. Plustost me creveray œuil que de t'en-
nuyer. — Dit Celestine : Je n'ay desja plus
d'ennuy, mais je te le dis pour une autre foys.
Demorez; adieu, je m'en voys seulement pour
ce que me faites venir l'eaue en la bouche de
vous veoir ainsy baiser et jouer, car la saveur
m'en est encore demorée aux gencives, je ne la
perdis pas quant et les dents. — Dieu demeure
avec toy, dit Alison. — Mère, dit Olivier, veux
tu que je te accompaigne. — Hé! Dieu, dit
Celestine, ce seroit despouiller un saint pour
vestir ung autre. Dieu vous accompaigne, car
je suis vielle et n'ay point de paour que l'on me
preigne à force parmy ces rues, et adieu dit
elle.

Alors se met la vielle Celestine à chemin et
s'en vient en sa maison là où elle trouva Elicia
qui luy dit que l'on l'avoit demandée de plusieurs lieux et principalement une jeune femme
apellée Pasquiere, qui la congnoissoit de longtemps, car autre foys elle l'avoit fait pucelle
pour le mary que elle avoit, car par advent il
y avoit quelque honneste homme et riche qui
l'avoit entretenue. Alors demanda Celestine à

Pasquiere comme elle se portoit et si son mary
la traictoit bien et s'il ne s'estoit apperceu d'aucune de ses affaires. — Ah! ma mère, dit Pasquiere, je vous promets que aucunes foys il me
bat et me tourmente par trop tellement que n'en
suis pas contente et espere bien de m'en venger
quoiqu'il tarde. Il est tant avaricieux que il en
brusle tout et ne luy chault dont il vienne mais
qu'il en ait. Mais mère tu dois sçavoir que j'ay
quelque peu de reconfort, car il ne se soucie
point où je voise, mais que je apporte argent.
Et si d'avanture je demeure trop en quelqu'une
de mes affaires, je luy diray j'ay esté en telle
part ou en telle, j'ay taillé quelque chemise ou
taillé quelque ciel ou rideaulx, coyfe d'homme
ou de femme ou autre chose, j'ay gaingné cecy
ou cela, je luy baille l'argent et il se contente.
— Hé! encore n'est il pas des pires, dit Celestine. — Ah! mère, dit Pasquiere, il fait bien
encore mieux, car il amène bien jusques en
nostre maison prestres, moines et chanoines,
gens de cour et de ville et plusieurs autres, faire
grosse chere. Ils luy baillent de l'argent pour
aller au vin, à la viande, là où il demeure bien
une heure ou deux, il ne s'en soucie pas, mais
que ils ferrent la mule et qu'il ne luy couste
rien; et encore dira-t-il bien, entretenez la ma-
jesté tandis que j'iray au vin. Et s'il a bien convié quelque chanoine à gouter cheux nous, luy
disant trouvez vous à gouter à une heure après
midy, luy ne venoit qu'il ne fut plus de trois
heures sonnées et d'autres prestres qui venoint à
la maison, non pas pour l'amour de luy, quant ils
les ouyoit, il ne vouloit point entrer qu'ils ne

s'en fussent allés. Et s'il faut coucher quelqu'un
au logis ce luy est tout ung, mais qu'ils payent
bien. Et encore n'a pas longtemps qu'il me mena
disner cheux ung chanoine, puis après disner il
alla à l'esbat et me laissa toute seule avec le
chanoine; mais quant je me vis ainsi seule, je
cheuz toute esvanouye. — Ha! pauvre fille, dit
Celestine, que tu souffris grant mal. — Mère,
dit Pasquiere, il ne s'en soucioit pas, car aval
l'année il fait mains bons repas léans, et c'est
cela qu'il demande, car il ne luy couste rien.
Mais encore plus, il a bien fait quelque present
au chanoine, et luy disoit que c'estoit moy qui
luy envoyés afin que le chanoine m'aymast
mieux et qu'il fut tousjours le bien venu; et s'il a
bien convié à disner quelque moine cheux nous,
souvent après disner le moine l'envoyoit à
quinze ou vingt lieues de là pour quelqu'affaire.
Beaucop de gens de bien luy font bonne chere,
mais c'est tout pour l'amour de moy et luy est
advis que c'est pour l'amour de luy et s'il ne se
soucie pas fort de ce que je face, mais qu'il n'en
voye rien. — Doncques, ma fille, dit Celestine,
tu n'es pas trop pirement. — Non, mère, dit
Pasquiere, mais quant il se met à me battre, il
me dit tout plain d'injures de quoy il en est
cause, puisqu'il amène les marchans et aucunes
foys me met en tel point, à force de battre, que
j'en suis toute diffamée, mais il n'y gaigne gueres
car j'en fais pis que devant. Et quant je viens
de mon esbat et d'avanture il me demande d'où
je viens. De la messe, diray-je, du sermon, de
vespres, de confesse, de voyage, et si je demeure trop je viens de voir ma mère, ma sœur,

mon frère, ma cosine, ma tante, ma commère,
et puis nous faisons l'ung pour l'autre; tousjours
trouvay-je façon d'eschapper, et d'autre part je
trouve tousjours quelqu'un qui m'ayde à me
couvrir. — A ce, dit Celestine, que c'est une
bonne couverture que de la mère, mais viens çà,
ma fille Pasquiere, comment te trouvis-tu des
gens de l'ambassadeur d'Espaigne? Je te les
envoyay car ils me demanderent quelque femme
honneste, je les envoyai à ton logis. — Ah!
mère, je te diray, ils parlèrent à mon mary,
lequel s'accorda incontinent de les loger, car il
ne demande que argent. — Mais comme fis tu
la nuit. — Se m'aist Dieu! mère, je te le diray.
Ils soupperent quatre ou cinq en nostre maison,
et apporterent fort bien à soupper, et firent tant
boire mon mary que il le faillit aller coucher, et
estoint trois à le porter tant estoit saoul, puis
après soupper s'en allerent tous reservé ung qui
coucha tout seul en ung lit. Il me promit dix
escus, mais je luy dis que je n'estoye pas de
ceux là qui le faisoint pour argent, toutes foys
je me tins contente de luy. — Et qui estoit il,
dit Celestine. — C'estoit, dit elle, celuy qui
payoit les autres. — Tant mieux, dit Celestine,
car il avoit argent. — Mais, mère, tu dois sçavoir que le lendemain au soir, ils y vindrent encore soupper quatre ou cinq, mais luy n'y estoit
pas et mirent mon mary en tel point qu'il estoit
le soir de devent, car autrement ils n'eussent
pas fait leurs besongnes; tellement qu'ils estoint
encore trois ou quatre à le coucher. Puis après
nous devisames de plusieurs choses, chanter,
gaudir et faire grosse chère et parlèrent à moy

trois ou quatre, mais jamais je n'eusse pensé
qu'il m'eust fait le tour de m'envoyer d'autres
gens. J'en congnoye bien qui aymeroint mieux
estre pendus et estranglés que d'avoit fait le
tour. — Ah! mon enfant, dit Celestine, ne te
fye jamais en gens de cour pour te celer, car ils
font les ungs pour les autres, et sera d'aventure
se il ne le dit partout où il ira pour y en envoyer
encore d'autres. Et voilà comment tu seras
celée. — Je le crois bien, dit Pasquiere, mais
mère tu dois sçavoir que j'ay ung bon amy qui
m'ayme merveilleusement, je l'ay bien apperceu
tellement qu'il m'abandonne corps et biens et
aymeroit mieux estre mort que de me faire ung
vilain tour. Car je l'ay bien apperceu et desire
mon bien et mon honneur. — Doncques le dois
tu bien aymer et tenir cher, dit Celestine. — Si
fays-je, dit Pasquiere, mais il s'est apperceu de
mon fait, car il veoit bien le train que l'on menoit en ma maison, mais pour le reconforter je
m'en allay coucher avec luy quelque peu après
que mes hostes eurent souppé et s'en furent
allés, mais mon hoste, le payeur des autres, s'en
vint coucher bien tard, près de onze heures,
car il avoit souppé en la ville, et quant je l'ouye
venir je dis à mon amy: il faut que je m'en
voise, le cœur ne me dit pas bien, car j'avoye
promis à l'autre dès le vespre. Je me desparty de
luy et m'en vins en ma chambre. Le lendemain
il demanda à ma chamberiere sans y penser que
avoit dit l'hoste quant il vint, et elle luy respondit qu'il m'avoit demandée et qu'il falloit que je
allasse parler à luy, et elle luy fit response que
je y avoye esté autant qu'avec luy. Dont il eut

telle douleur au cueur, qu'il cuyda bien trepasser. Mais à force de jurer, je le reconfortay quelque petit, mais il a tousjours cela sur le cueur. — Or bien ça, mon enfant, dit Celestine, puisque tu as ung si bon amy que ne le gardes tu bien. — Si fais-je, mère, dit Pasquiere, mais s'il me vouloit tenir subjette à luy seul, il aroit tort, et aussi y met il bonne peine et regarde bien souvent là où je voys. Et d'autre part tant de gens me pourchassent avec le beau semblant que je leur fais que je ne sçay auquel entendre et principalement des prestres et autres qui me font la cour. — Je te promets, dit Celestine, que d'aucuns prestres ont bon cellier, car ils aroint aussi grant honte qu'il feut sceu comme toy, mais d'aucuns sont si traistres que s'ils ont fait leur plaisir de quelque dame, ils le diront les ungs aux autres pour en avoir à leur appetit et pour se mocquer de la dame, et voilà comme une fame est diffamée. — Ainsi m'aist Dieu, dit Pasquiere, il faut avoir les yeux vigilent et par tout, le cueur par tout, à tous rire et faire bonne chère, à tous bailler bonne response doulce et aymable et de ce que Dieu m'a donné faire service aux gens de bien, je n'en refuseray jamais ung : et principalement s'ils viennent de loin, leur feray bonne chere, et puis mère vous savez que c'est la mode de France quant quelqu'homme de bien vient de loin ou de près de l'aller baiser, sans penser en nul mal, et le mal que j'y pense me puisse advenir et puis que mon mary le veult bien et moy aussi. Car s'il amenoit quelqu'un en la maison et je luy faisoys mauvaise chère, il m'en

vouldroit mal et par ainsi j'ayme mieux leur
faire bonne chère, guigner de l'œil, baiser dessus
les dents, marcher sur le pied, taster en secret,
et monstrer à tous signe d'amour. — Ainsi
m'ayde Dieu, mon enfant, dit Celestine, tu fais
bien, car ton mary est bon Celestin et congnoye
bien à ceste heure que tu es large et habandon-
née. — Alors dit Élicia, la dame par amours
de Joachin : Mère Celestine, je vous promets que
je veux estre bonne femme. — Bonne femme,
dit Celestine ! une bonne femme est plus forte à
trouver que deux fenix ; sçay tu bien que c'est
d'une bonne femme ? C'est une femme qui ayme
bien son mary et qui aymeroit mieux morir que
de luy faulcer la foy et elle ne sçayt que savent
faire les autres hommes. C'est une bonne femme
celle là. Il y a encore d'autres femmes honnestes, et pour toy advertir, une femme honneste, c'est une femme qui fait son devoir envers son mary et ne luy vouldroit desobeir en
nulle manière et son mary la bat et tourmente
et luy fait plusieurs maulx. Cette femme icy fait
un amy par amours seul et ne s'abandonne que
à luy ; ceste là est honneste femme. Mais il y
en a d'autres qui se abandonnent à tous communement et n'en espargnent pas ung. Ceux là
sont ribaudes mariées et sont ceux qui me font
gaigner. — Mère, dit Elicia, comme tu congnois
bien tout ce train là. — Ah ! mon enfent, dit
Celestine, il y a longtemps je trouvay une fois
une bonne femme et fort belle et non obstant
qu'elles soyent fortes à trouver, de qui ung chanoine fut fort amoureux et me promist grant
argent pour luy faire avoir, j'en vins bien à

bout. — Hé! comment cela, mère, dit Elicia.
— Je te promets, dit Celestine, que je me des-
guisay en cinq manieres, premier que l'avoir;
et si cuiday bien estre bastue à l'une des foys,
car je fus congnue de quelqu'un, non obstant il
y eut ung de mes amis qui me sauva. L'une des
fois j'estoys frepiere, l'autre je portoys vendre
du fillet, la tierce vendre des poires et du frui-
tage, l'autre portoys nouvelles de ses parens et
amis de bien loing, et la derreniere, ah! je l'at-
trapay en demandant l'ausmone, et la menay au
chanoine. Et puis après pour y aller et venir
ces chandelliers font tousjours les bons messages et seurs. Où est il? Où est elle? A-t-il
esté icy? Elle a passé. Il viendra tantost, trouvez vous cy. Allez là, à telle heure et ne faillés
pas, le banquet est prest. — Oh! mère, dit
Elicia, il y a moult d'abileté en tes affaires,
mais je te veux dire ung mot : Voicy ung
homme de cueur qui se doubte de sa femme et
luy fait le guet. Il va après elle et la poursuit
jusqu'au lieu. — Et puis, dit Celestine, lesse le
faire. — Voire, mais s'il la rencontre à aller ou
entrer cheux quelque chanoine ou autre que ce
soit. — C'est tout ung, dit Celestine, garde le bec,
il luy faut faire entendant que ce n'est pas elle
et que il la prent pour un autre et qu'elle aymeroit mieulx estre morte que de faire cela, et que
il a la berlue, qu'il ne sçait qu'il dit, qu'il
rêve, qu'il radote, et tousjours ferme plus tost
mourir que rien confesser. — Ainsi m'ayst Dieu,
dit Pasquiere. Et Elicia : Mère Celestine, vous
en avez beaucop veu et estudié en vostre temps,
et avez fait et veu faire mains bons tours. —

Ah! mes enfens, dit Celestine, bien apparoist
que ne m'avez pas congneue en ma grande prosperité, il y a vingt ans, non obstant que vielle
suis à ceste heure et si ay six douzaines d'ans
sur mon dos, mais autrefoys j'ay triomphé, et
qui m'eut veu en ce temps là et qui maintenant
me voit, je ne sçay comment le cueur ne luy
rompt de douleur; j'ay veu, mes filles, en ceste
table icy où vous estes assises de vos cousines
neuf filles de jeune aage, la plus vielle ne passoit pas dix huit ans, et n'y en avoit nulle de
moins de quatorze. Le monde est ainsi fait,
laissons le passer, il tourne sa roue aux ungs
prospere et aux autres adverse. La loy de fortune est que nulle chose en ung estat peut longtemps durer permanable, son ordre est muance.
Je ne puis dire sans larmes le grant honneur
que alors j'avoye. Jà soit que pour mes pechés
peu à peu est venu en diminution et ainsi comme
declinent mes jours, ainsi se diminue mon proffit. C'est ung proverbe antique que tout ce
qui est en ce monde ou il croist ou il decroist.
Il n'y a chose qu'elle n'ait ses limites et son
degré, mon honneur monte jusqu'au comble
selon mon estat, il est de necessité qu'il diminue
et s'abaisse, car je voys près de ma fin. En cela je
congnois qu'il me reste peu de vie, mais je sçay
que je montay pour descendre, je fleuris pour
secher, je naquis pour vivre, je vesquis pour
croistre, je creus pour enviellier, je enviellis
pour morir, et puis qu'il est necessaire de ce
faire je souffrieray plus legierement mon mal,
jà soit ce que du tout ne se puisse expedier, le
sentiment pour estre faite de chair sensible. —

Alors dit Elicia : Tu avoys grant traveil, mère, avec si grant multitude de filles, car ce sont ouailles difficiles à garder. — Traveil, ma mye, dit Celestine, mais repos et allegement, elles me obeissoint toutes. D'elles j'estoye honnorée et prisée. Nulle sailloit de mon vouloir, ce que je disoye estoit le bon, je ordonnoye à chascune de son estat. Nulle issoit de mon commande- ment. Si je leur donnoye boyteux, aveugle, ou contrefait, celluy avoint pour saint, qui plus d'argent mien donnoit, mien estoit le proffit et d'elles le travail, et pour la cause d'elles avoye mille personnes à mon service, gentilshommes viels, jeunes abbés de toutes dignités, depuis les evesques jusques aux simples prestres. Quant j'entroye en l'esglise je veoyès oster bonnets en mon honneur, comme si j'eusse esté une du- chesse. Celuy qui moins avoit à faire à moy, s'estimoit pour meschant. D'aussi loin qu'ils me veoint ils lessoint de dire leurs heures, ung à ung, deux à deux, venoint là où j'estoye à veoir si je avoye nécessité de quelque chose et me demander chascun pour son amie, et en me voyant entrer ils se troubloint de telle maniere que tout ce qu'ils disoint ou faisoint alloit de travers. Les ungs m'appelloint madame; les autres tante, autres ma mye, autres bonne vieille, et là nous ordonnions quant ils devoint venir en ma maison, et quant je devois aller à la leur. Là on me donnoit argent, et là pro- messes, et autres dons.; baisant le bout de ma robbe et aucuns au visage pour me tenir plus contente. Maintenant la fortune m'a admenée en tel estat que tu vois. — Alors dit Joachin :

Mère, tu nous tiens esbahis et espouvantés de
telles choses que nous as comptées de ceste re-
ligieuse gent et benoistes couronnés : si que ce
ne seroint ils pas tous? — Non, mon fils, dit
Celestine, ni Dieu le veuille que telle chose je
dise, car il en y avoit plusieurs viels et devots,
desquels j'avoye peu de proffit et ne me pouoint
venir, mais je crois que c'estoit d'ennuy que les
autres parloint avec moy. Comme la clergée
estoit grande, il y en avoit de toutes manieres.
Les ungs moult chastes, les autres qui avoint
charge de maintenir celles de mon mestier. Ils
envoyent leurs escuyers pages pour m'accompa-
gner. Et à peine j'estoye arrivée en la maison
que entroint par la porte poules, poulets, oysons,
perdris, torterelles, jambons, cochons, chascun
comme il les recepvoit des dimes de Dieu, incontinent le venoint enregistrer afin que nous
les mangissions ces devotes et moy ; et puis du
vin tant et plus, du meilleur qu'il y avoit en la
ville, venu de diverses pars, de Beaulne, d'Or-
leans, et semblablement d'autres plusieurs lieux
et tant que encore que je aye la difference des
gouts et saveurs en la bouche je n'ay pas la di-
versité de leur pays en la memoire. C'est assez
d'une vielle comme je suis dire en sentant aucun
vin d'où il est. Et puis des autres prestres sans
rente ils n'avoint pas si tost receu leur offerande
ni le paroissien baisé l'estole, qu'ils envoint en
ma maison. Espais comme mouches à miel
entroint serviteurs par ma porte chargés de provisions. Un simple prestre qui n'avoit que sa
messe tous les jours, à grans peine estoit elle
achevée que j'en avoye l'argent ; je ne sçay

comment je puis vivre estant cheuste en tel estat. — Alors commença fort à plorer Celestine, et Elicia luy dit : Pour l'amour de Dieu, mère, puisque nous sommes venues pour avoir plaisir, ne pleure pas ni te fatigue, car Dieu y remediera. — J'ay assez que pleurer, ma fille, dit Celestine, quant je me recorde de si alegre temps et de telle vie, comme je tenoye et comme je estoye servie de tout le monde, car jamais il n'y avoit nouveau fruyt en la ville duquel ne goutasse, premier que on sceut s'il estoit fleury, on le trouvoit en ma maison quant quelque femme grosse en avoit envie. — Lors dit Joachin : Mère, nul profit donne la mémoire du bon temps, si on ne le peut recouvrer, mais tristesse, comme à toy maintenant qui nous as osté le plaisir d'entre les mains. Or laissons tout cela et nous en allons jouer. — Certes, dit Elicia, mère Celestine, j'ay prins grant plaisir à toy escouter compter de ce joyeux temps qu'as mené le temps passé. J'eusse été ainsi toute ma vie sans manger, en t'escoutant et pensant en la bonne vie que ces jeunes filles jouissoint, il me semble que je suis maintenant en elles. Oh ! Dieu, quelle participation tant douce, quelle conversation tant joyeuse. On ne dit pas en vain que mieux vault ung jour de conversation avec l'homme discret, que toute la vie practiquer avec ung sot et simple, et pour tant je me veux desliberer d'icy en avant me resjouir et faire tousjours grosse chere et le bon Dieu pourvoyra au demorent.

Et voilà comment la maquerelle Celestine conseilloit et enseignoit comment se devoint gouverner ses jeunes filles; mais à la fin tout n'en vault rien, car elle même fut tuée de deux ruffiens, et puis après ils furent pendus et estranglés tous deux pour la bonne vie qu'ils avoint menée le temps passé.

LE TRAIN D'UNE PUTAIN.

A dix ans pucelle,
A quinze ans putrelle,
A vingt ans putain parfaite,
A vingt cinq ans putain infecte,
A trente ans putain rusée,
A trente cinq ans putain usée,
A quarante ans chamberiere prestresse,
A quarante cinq ans putain maquerelle,
A cinquante ans hostesse bordeliere,
A cinquante cinq ans putain houlliere,
A soixante ans querent son pain,
Voilà la fin d'une putain.

LA CINQUANTE-DEUXIÈME NOUVELLE.

PAR LE GRENETIER DU PONT.

D'un bonhomme qui ne voulut pas donner à sa femme une robbe neufve, mais, à l'adveu de sa chambriere, elle trouva bien façon d'en avoir une d'un jeune gallent.

Au pays de Touraine advint une foys qu'il y avoit ung bon riche marchant, fort honneste homme, mais il estoit ung peu bien chiche et avoit espousé une jeune femme fort honneste en toutes choses, fors qu'elle estoit de gros cœur et dur et ne faisoit guères voulentiers cela que son mary luy commendoit, mais tousjours au contraire, qui est une chose dure et aspre à ung povre homme. Advint une nuyt entre les autres qu'ils estoint couchés ensemble, et le pouvre homme se vouloit resjouyr quelque peu avec sa femme, mais elle luy avoit torné le dos. — Si luy dit ma mie, tornés vous vers moy. La dame luy dit : Lessés moy, car je suis en grant malaise. — Hé de quoi ? dit le bonhomme, dictes moy que c'est ? — Certes, dit elle, il n'est ja besoin que le sachés, car c'est une chose que se je le vous avoye dit, vous n'en feriez compte, et vous sembleroit que je le fisse pour autre chose. — Certes, dit il, vous le me direz. — Puis qu'il vous plaist, dit elle, je le vous diray. Mon amy, vous sçavez que je fus l'autre jour à la feste, où vous m'envoyastes, qui ne me plaisoit gueres, mais quant je fus là, je croy qu'il n'y avoit femme, tant fut de petit estat, qui fut si mal abillée que moy. Combien que je ne le dy point pour moy louer. Là, Dieu mercy je suis d'aussi bon lieu comme dame bourgeoise ou damoiselle qui y fust; je m'en rapporte à ceux qui sçavent les lignages dont je suis. Ha! je ne le dis pas pour mon estat, car il ne me chaut, comment je soye vestue, mais que chauldement soye. Mais j'en ay honte pour l'amour de vous et de mes amys. — Hé, dea! dit le bonhomme, je vous prie, ma mye, ne vous courroucés point, et me baisez et me dictes quelles robbes avoint ces dames à celle feste, qui estoint tant belles. — Certes, dit elle, il n'y avoit femme si petite, de l'estat dont je suis qui n'eust robbe neuve d'escarlate de Paris, ou de bon fin noir, fourrée d'une bonne panne noire ou menu ver, à grandes manches et grandes cottes de camelot ou de Damas, ou d'une fine escarlate longue, et le bas renversé que l'on voye la doublure fine, et aussi le chapperon à l'avenant, et le tout fait à la nouvelle gorre avec la ceincture de mesme et aussi les patenostres bien ouvrées d'argent et les marches d'or, et les autres les avoint toutes de fin or. Et moy j'estoye là pouvre femme, cachée à un coing, qui ne m'osoye monstrer avec la robbe de mes nopces, qui est bien usée et courte, pour ce que je suis creue depuis qu'elle fust faicte, car j'estoye encore jeune fille, quant je vous fus donnée. Et si suis dejà si gastée, tant ay eu de peine que je semble mère à

celle de qui je seroye bien fille. Et, si avoye si
grant honte, quant j'y estoye que je n'osoye ne
sçavoye faire contenance. Encore me fit il plus
grant mal quant la femme de tel, advocat, me
dit devant tous que c'estoit grant honte, que
n'estoye mieulx appareillée. Par dieu elles n'ont
garde de m'y trouver mais en pièces si je ne
suis damoiselle, ou aussi bien accoustrée qu'elles
sont, car il me appartient comme aux autres et
si couste mains le veloux que le drap.

Quant le pouvre Jehan de mary eut bien escouté toutes les raisons de sa femme fut bien
estonné. Si luy respondit doulcement : Ma mye,
je vous prie, ne vous tabutez point trop de
cette affaire, si les dames que vous dictes se
sont mocquées de vous, ne vous en souciez,
nous n'emprunterons rien d'eux, et d'autre part,
vous sçavez que si l'on vous veoit changer
ainsi votre abit on se mocqueroit de vous, vous
sçavez bien que pour l'heure presente nous ne
avons pas grant argent. D'autre part, il nous
fault deux beufs pour nostre metairie, et cheut
l'autre jour le pignon de nostre hostel par faulte
de couverture. Et si sçavez bien qu'il me fault
aller à l'assise de tel lieu, pour le plait que j'ay,
pour votre terre, dont je n'ay rien eu, ou bien
peu, où il me fault faire grant despense. Et
pour ce, ma mye, je vous prye, contentez vous
pour ceste heure. — Ah ! de par tous les diables,
dit elle, je sçavoye bien que ne me sariez reprocher autre chose que ma terre. Puis elle se
torne de l'autre part du lit et dit : Pour Dieu,
laissez moy, car je n'en parleray jamais. — Que
diable, dit le mary, ma mye, vous vous cour-

recés bien sans cause. — Non fais, sire, dit
elle, car se vous n'avez eu rien ou peu, je n'en
puis mais, vous sçavez que on parloit de me
marier à plusieurs, à tels et tels, et qu'ils ne
demandoint que le corps tant seulement et vous
alliez et veniez si souvent par devers moy que
je ne voulus autre que vous, dont je suis mal
de mon père et de ma mère, par quoy je me
doys bien hayr, car je crois que je suis la plus
malheureuse et mal fortunée femme qui fut oncques. Je vous demande, dit elle, si les femmes
de tels et tels, qui me cuydoint bien avoir et
lesquels m'ont fait demander et requerir par
plusieurs foys, s'ils sont en tel estat comme je suys
ainsi acoustrée. Mieulx vallent leurs meschantes
et vielles robbes qu'elles donnent à leurs cham-
berieres que celle que je porte au dimanche. Je
ne sçays que c'est à dire, dont il meurt tant de
bonnes femmes; c'est grand dommage, mais
plaise à nostre Seigneur que je ne vive guères,
au moins serez vous despeché de moy, car
vous ne demandez que d'en avoir ung autre. —
Hé vous sçavez bien, dit il, que j'en ay lessé
une autre à qui j'avoye accordance pour vous
prendre, par Dieu ce n'est pas bien dit, car il
n'est chose que je ne fisse pour vous, mais vous
devez regarder en notre fait : tournés vous vers
moy, ma mye, et je feray tout ce que vous vou-
drés. — Pour Dieu, dit elle, lessez moy, car il
ne m'en chault. Pleust à Dieu que ne vous
en tenist non plus qu'il fait à moy; par ma foy
vous ne me toucheriez jamais. — Non, dit il ?
— Certes non, dit elle. — Lors, pour la bien
essayer, se luy semble, luy dit : Si j'estoye

mort, vous seriez tantost remariée à ung autre.
— Seroit-ce, dit elle, pour le plaisir que je y
ay eu ? Certes, jamais bouche d'homme n'atou-
cheroit à la mienne. Et si je savoye que je
deusse demorer après vous, je feroye tant que
je iroye la premiere. Et alors commence à plorer ou bien en fait le semblant, mais elle pense
bien le contraire de tout ce qu'elle dit. Le pouvre Jehan est bien ayse pour ce qu'il cuide
qu'elle soit ainsi froide femme et si chaste qu'elle
n'a cure de telle ordure et qu'elle l'aime bien
fort, et d'autre part est en malaise pour ce qu'il
cuide qu'elle pleure; mais la faulse beste s'en
rit entre les draps, car elle n'a pas envie de plorer. Le pouvre mary est là à escouter, pour
veoir se elle s'apaisera et ne sera jà aise jusques
à ce qu'elle soit apaisée. Puis après escoute
ung peu pour veoir s'elle dort et soupire et se
plaint, pensant comme il pourroit avoir celle
robbe qu'elle demande, mais il n'y trouve ni
envers ni endroit et elle fait semblant de dormir,
et le bon Jehan la taste et luy recouvre les bras
et la poictrine qui sont tous descouvers, puis
luy dit : Dormez vous, ma mye ? — Nenny, dit
elle. — Estes vous bien apaisée, dit il. — Adonc,
dit elle, mon courroux est bien peu de chose,
Dieu mercy, et elle soupiroit; j'ay assez de
biens puisqu'il plait à Dieu. — Lors luy dit le
mary : Ma mye, nous arons assez, ne vous chaille,
et si ay avisé que je vous mettray en tel estat,
que je me rens fort, que vous serez aux nopces
de ma cousine, qui seront d'icy à ung an au
plus tard et serez la mieulx acoustrée que femme
qui y soit, mais pour l'heure presente je n'y

puis bouter reméde. — Saint Jehan, dit elle, je
n'entreray à feste de dix ans. — Par Dieu, dit
il, si ferez et arez tout ce que vous demandez,
mais ce ne sera pas à ceste heure. — Et que
demanday-je? dit elle, certes je ne demande
rien. Se maist dieux, je ne le dis pas pour envye
que j'aye d'estre jolie, car je vouldroye que je
n'alasse jamais hors de vostre maison, que à
l'esglise, mais je le dis pour les paroles qui en
furent esmues, car j'ay bien sceu par ma commère qui en oyt assez des paroles qu'elle m'a
dit.

Alors le povre mary demore là en grant pensée, tant que s'y endort, et elle aussi jusques au
matin qu'ils furent levés, que le mary s'en va à
son affaire. Et la dame demora en sa chambre
avec sa chamberiere, qui estoit fine et rusée, et
qui savoit tout le secret de sa maistresse, et luy
commença à dire : Par Dieu, madame, vous
avez bien plaidé ceste nuyt avec mon maistre et
comme je pense n'avez rien fait. — Par Saint
Jehan ! dit la dame, tu dys vray, Jehanne, et
nous as tu bien ouy? — Il eust esté bien sourd,
qui ne l'eust ouy, dit Jehanne, mais pour tant
n'arez point de robbe que d'icy à ung an. —
Autant d'icy à ung an comme d'icy à deux, dit
elle. — Se m'aist Dieu, dit la chamberiere, il
ne tiendra qu'à vous, que vous n'ayés bonne
robbe et cotte de mesme. — Hé comment, dit
la dame? — De celuy que vous sçavés, dit Jehanne. Et pour le vous donner à entendre,
il y avoit ung jeune gallent de marchant, fort
riche, qui estoit merveilleusement amoureux de
la dame et par plusieurs foys luy avoit fait la

court et en estoit tant son amy qu'il en perdoit les
piés. — Comment, dit la dame à Jehanne en
est il sur ce point ? — Madame, dit Jehanne, il
en a les fiebvres blanches et en est tel qu'il ne
scet qu'il fait et m'en laissez faire, car puisque
vostre mary ne vous veut donner belle robbe,
cestuy là la vous baillera et cotte et chaperon.
— Se m'ayst Dieu, dit la dame, il est beau filz
et gracieux. — Certes, dit Jehanne, vous dictes
vray, et bien riche, et bien tranché d'aymer par
amours, et feroit assez de plaisir à sa dame. Et
la dame dit : Je ne puis riens avoir de mon
mary, mais il fait que fol s'il me hayt. Par Dieu,
Jehanne, ma mye,. j'ayme tant celuy que vous
sçavez, que jamais mon cœur ne se donneroit à
autre. Et la chamberiere luy dit : C'est folye de
mettre son cœur en homme du monde, car ils ne
font compte de pouvres femmes quant ils en sont
seigneurs, tant sont traistres. — Ouy bien, dit
la dame, d'aucuns en y a, car j'en congnois
qui aymeroint mieulx estre morts que de fayre
trayson à leur amye. — Or laissons ce propos,
dit Jehanne et me laissez faire et vous arez
robbe et chapperon. Si advint ung peu après
que la dame estoit allée à l'esglise, là où le
gallent se trouva et la salua bien humblement,
en luy jettant de l'eau benoiste, et luy donnant
ung doulx regard, mais elle n'en fit pas grant
compte, jusques à la sortie de l'esglise, que de
rechef la salua en luy presentant ung beau dyamant, mais elle n'en voulut riens prendre, mais
trop bien luy jetta ung regard doux et aymable
par quoy le gallent pouvoit bien congnoistre
qu'elle ne le hayoit point ; mais tant en y a de

ces femmes, qui jettent leurs regards putatifs à
ung homme par lequel, s'il est homme d'esperit,
peut bien entendre à quelle fin ce regard pre-
tend. Or se retira la dame en sa maison, après
le refus du dyamant, duquel elle compta le tout
à sa chamberiere, qui bien luy promit venir à
bout de tout.

Et ung jour après la dicte chamberiere s'en
alloit à la fontaine et rencontra le jeune gallent
qui luy fit la plus grant chere du monde, en luy
disant : Jehanne, ma mye, comment vous portez
vous, helas, j'ay bien à parler à vous. — Sire,
dit elle, dites moy ce qu'il vous plaira. — Helas,
ma mye, dit il, vous sçavez l'amour que j'ay à
vostre maistresse, et je vous prie que vous me
dictes si elle parle point de moy. — Par Dieu, dit
la chamberiere, elle ne dit que tout bien de vous
et sçay bien qu'elle ne vous veult point de mal.
— Jehanne, ma mye, dit il, souviengne vous de
moy et me recommandez à elle, et par ma foy
vous arez une robbe, car je suis seur que vous
la gouvernez toute et qu'elle fera cela que vous
luy direz. Tenez voicy six escus que je vous
donne pour vous avoir une robbe. — Ah! dit
elle, je n'en prendray point. — Certes, dit il, si
ferez et je vous prie que j'aye demain de vos
nouvelles, et Jehanne print ces six escus pour
estre celestine de sa maitresse, qui eut dejà
voulu y estre. Jehanne, ma mye, je vous prie à
jointes mains que me faictes bien ma besongne
et vous serez ma maistresse à jamais. — Et elle
dit : Je luy en parleray pour l'amour de vous,
mais oncques de telles choses ne me meslay. —
Helas, ma mye, conseillez moy que je feray, je

vous promets de luy bailler trente bons escus
pour avoir une bonne robbe. — Par mon serment, dit la chamberiere, le meilleur est que
vous parlez à elle, car la chose est venue à
point. Son mary luy a refusé une robbe qu'elle
vouloit avoir, dont elle est bien courrecée, et
par ainsi je vous conseille que vous soyez demain à l'esglise et la saluez et luy dictes vostre
fait. Combien que je sçay bien qu'elle ne prendra rien, mais elle vous en prisera beaucop
mieulx et congnoistra vostre largesse et honneur. — Helas! ma mye, dit il, j'aymeroye
beaucoup mieulx qu'elle print cela que luy vouldroye bien donner. — Par ma foy! dit Jehanne,
elle n'en prendra point, mais je vous diray que
vous luy pourrez faire. Après ce que vous luy
arés offert ce que vous luy vouldrez donner et
qu'elle l'ara refusé, vous le me baillerez, car je
feray tant si je puis qu'elle le prendra, au mains
j'en feray tout mon pouvoir. — Vrayement,
Jehanne, ma mye, vous dictes bien, dit le compaignon. Alors despartent d'ensemble et la
chamberiere vient à l'hostel, qui dit à sa maistresse : Madame, il y a longtemps qu'il ne fut
si à son ayse. — Qui, dit la dame? — Hé!
celluy que vous sçavez, dit Jehanne. — Voire,
mais lequel, dit la dame. — C'est celuy, dit
Jehanne, qui vous doit bailler la robbe. Il par-
lera demain au matin à vous en l'esglise et vous
comptera sa besongne. Gouvernés vous bien
gracieusement et sagement et si luy faictes bien
de l'estrange et ne l'estrangez pas du tout, tenez
le entre deux en bonne esperance.

La dame part le matin et s'en va à la messe

en grant devotion, Dieu le sçait. Là est desja
le gallent, passé à deux heures, qui luy donne
de l'eaue benoiste à elle et aux autres femmes
d'estat, qui sont avec elles, dont elles le remer-
cient, mais le gallent leur feroit plus grant plaisir s'il povoit et advise que la dame demeure
seule en son banc, qui dit ses heures et se con-
tient doulcement comme une ymage, et Dieu
sçait si elle est bien tissée et appareillée à son
povoir. Il s'approche d'elle et parlent ensemble,
mais elle n'y veut rien accorder et ne veult
rien prendre de luy ; mais elle luy repond tellement qu'il apperçoit bien qu'elle l'ayme et ne
craint que deshonneur, dont il est bien ayse. Il
se depart de la dame et vient à la chamberiere
et entrefont leur collation et concluent de leurs
besongnes. Puis après elles venues de la messe,
Jehanne dit à la dame : Madame, sçavez vous
qu'il y a ? il fault despecher cela. Je luy diray
que vous n'en voulez rien faire, dont je suis
marrye, mais puis après je luy diray que Monsieur est allé dehors et qu'il viengne devers le
soir et je le mettray en vostre chambre ainsi
comme si vous n'en sçaviez rien et faictes bien
semblant d'estre marrie et le faictes bien tra-
vailler afin qu'il vous en prise mieulx et dictes
que vous crierez à la force et m'apellés, et combien que n'ayez riens prins de luy avant la main
il vous en prisera mieulx que devant, mais j'aray
vers moy ce qu'il vouldra donner, car il doint
bailler trente escus, pour avoir la robbe et cotte
et quant je seray saisie devant luy, je vous diray
ce qu'il m'ara baillé. Alors vous me blasmerez
devant luy de ce que je l'aray prins et me direz

que je luy rende, mais quelque chose qu'il y
ait, je seray nantie, car il en y a de si rusés,
qui en ont trompé maintes. Or bien, dit la dame,
Jehanne, ma mye, fais comme tu l'entends. —
Si ne tarda guères que le gallent vint cercher
Jehanne, qui luy demanda des nouvelles, mais
elle luy dit : Je la treuve tousjours à recommencer, mais pour ce que je me suis si avant mes-
lée, je vous diray que venez à ung soir, mais
j'ay paour qu'elle ne se descouvre à son mary,
ou à ses amys, je sçay bien que si je peusse tant
faire qu'elle print ce que vous luy voulez donner, nostre besongne seroit faicte. Et par Dieu,
je m'y essayeray encore à luy faire prendre. Et
alors le gallent vient à la bourse et luy baille
trente escus, et s'il y en a mains c'est son dommage. Et quant Jehanne les tint elle dit : Monseigneur, sçavez vous que j'ay advisé ? Par Dieu
vous estes homme de bien, et ne sçay qui m'a
troublée, car jamais je ne fis pour homme, ce
que j'ay fait pour vous. Vous sçavez le peril où
je me mets s'il estoit sceu, il seroit fait de moy,
mais pour ce que j'ay en vous fiance, je vous
feray une chose, je me mets à l'aventure. Je
sçay de vray qu'elle vous ayme bien, et pour
ce que Monsieur n'y est point, vous viendrez
par l'huys de derrière, à telle heure secretement
et vous mettray dedans sa chambre. Elle dort
fort, car ce n'est qu'ung enfant, et vous vous
coucherez avec elle, car autre remede je n'y
voy. A l'aventure vostre besoingne ira bien, car
quant un homme est nu à nu avec une femme,
c'est grant chose. — Ha ! ha ! Jehanne, ma mye,
je vous remercye, dit le gallent, je voy bien que

par ce point ma besoingne se portera bien, et vous promets ma foy qu'il ne sera jamais, que vous n'ayez maille en mon denier.

Et quant la nuit fut venue le gallent vint ainsi comme Jehanne l'avoit ordonné et elle le mit dedans et alors se despouille et s'approche bien secretement de la dame et elle fait semblant de dormir. Il la veult embrasser, et elle tressault et elle dit qui est ce là. — Ma mye, dit il, c'est moy. — Ha! ha! par Dieu, il n'ira pas ainsi, elle se cuyde lever, et appelle Jehanne, qui ne sonne mot et elle dit : Ha! je suis trahye! Lors bataillent ensemble en maintes manieres et estorces et à la fin la pouvre femme n'en peut plus et entre en grosse hallaine et se lesse forcer, qui est grant pitié, car c'est peu de chose d'une pouvre femme seule. Et se ne fut le deshonneur elle eut bien crié haultement, plus qu'elle n'a fait, mais il vault mieulx s'en taire puisque ainsi est. Puis ils accordent leurs vielles et chalumeaux ensemble et entreprengnent d'eux donner du bon temps.

Et ainsi se font les besongnes au mary, et la dame a la robbe que son mary ne luy a pas voulu bailler. Laquelle fera entendent que sa mère luy a baillée devant son mary pour l'oster de toute suspicion qu'il pourroit avoir à cause de celle robbe. Et à sa mère la dame fera accroire qu'elle a achepté le drap de ces menues choses qu'elle a vendues. A l'aventure la mère sçait bien toute la besongne, laquelle chose advient souvent. Car il y en a et en congnois bien qui elles mêmes menent leurs filles jusqu'au dit lieu, pour les faire besongner et font grosse chère tandis que l'on besongne leurs filles, et ne font pas semblant d'en sçavoir riens. Elles ont bagues et anneaux, et autres menues choses, qui ne leur coustent guères. Ainsi se font les besongnes du mary comme j'ay ja dit. Et si se doubte d'aucunes choses qui ne luy plaist gueres, lors entrera en la maladie de jalousie, qui est mauvais mal, et voilà comment sont acoutrés les pauvres maris envers ces mauvaises femmes dont Dieu nous veuille garder.

LA CINQUANTE-TROISIÈME NOUVELLE.

Des trois jouvenceaux qui rencontrèrent trois fées, et ce qui leur advint des dons que lesdites fées leur octroyèrent.

R devez sçavoir qu'au temps passé advint, en Poictou, une aventure bonne à garder en mémoire. Vray est qu'à Luzignan estoint trois jouvenceaux, fils d'ung riche seigneur dudit lieu, lesquels s'aymoint moulx grandement pour ce qu'ils estoint beaux, gracieux et de nature débonnaire telle qu'il convient à jeunesse. Advint une foys qu'ils voyageoint, et qu'en traversant une forêt pendant la nuit, ils rencontrèrent trois jeunes fées de la cour de Melusine, belles, plaisantes et gracieuses à merveille. Voyant venir les jouvenceaux, elles les prièrent à danser avec elles quelques unes

des bonnes danses qu'elles souloint danser au
royaume de féerie. Les jouvenceaux s'accordèrent voulentiers à leur requeste, attirés par la
grand beauté d'icelles fées. Par quoy, chaque
fée print son jouvencel en telle maniere, qu'ils
dansèrent toute la nuit; si que, en dansant, ca-
pricolant, saultant, s'appellant, se respondant,
s'arrestant, se regardant amoureusement, se re-
posant, se cachant, voire même jouant à certain
ieu dont les fées ne se lassent mie non plus que
les femmes naturelles, le jour s'apparut dont
furent moult esbayes les fées qui ne l'attendoint
point si tost. Adonc la plus ancienne print la
parolle et dit aux jouvenceaux : O doux amis,
mes sœurs et moy sommes contrainctes de retourner au royaume de féerie avant le jour, mais
ô beaux jouvenceaux ! ayant veu vostre libérale
voulenté et la peine qu'avez prinse pour l'amour
de nous, semblablement le plaisir que nous
avez donné, nous vous octroyons à chascun
pour sa récompense ung don, à sçavoir, que le
souhait que chascun fera luy adviendra certainement, et pour tant, si vous estes sages ne
souhaitez chose qui ne vous soit proffitable ou à
honneur.

Aussi tost qu'icelle fée eust fini son dire, elle
disparut et les autres aussi et oncques depuis
les trois jouvenceaux n'en entendirent parler.

Demeurés seuls, les jouvenceaux furent moulx
esbays d'une telle aventure, mais peu à peu
ils reprindrent leurs esperits, et commencerent
leur chemin pour retourner à Lusignan; tout
en cheminant devisèrent longuement des trois
jeunes fées, de leur grant beauté et gentillesse.

Si va dire l'ung : Elles ne sont mye libérales
que belles ; ne vous souvient il plus du don
qu'elles nous ont octroyé en partant et des souhaits qui nous doivent advenir ? — Voire, dit
l'aisné ; mais pour moy je n'ay que faire de
souhaiter richesses, ne puissance, terre, ne
argent, je suis l'aisné et par loy d'héritage, le
chasteau de nostre père me doit advenir. Mais
vous autres, advisez et faites tels souhais qu'à
l'advenir ayez comme moy puissance et richesses à vostre souffisance. — Voire, dirent les
autres, nous souhaiterons bien ainsi, comme
vous dites, se Dieu plaist, mais ne ferons par
avant vous qui estes l'aisné ; faites vostre souhait qui puisse vous estre à honneur, à vous ou
à vostre maison. — Non feray, respondit il. —
Si ferez, dirent les autres, puisque êtes l'aisné.
— Et non, de par Dieu, dit l'aisné, puisque je
n'ay rien à souhaiter. — Ah ! Saint Jehan, dit le
puisné, puissiez vous perdre un œil, pour vostre
malle voulenté. Et aussitost qu'il eut ceste parole dite, il sortit ung œil de la teste de l'aisné
qui cheut à terre. Adoncques cestuy ci, se sentant borgne, se print à crier plus hault qu'ung
aveugle, et à mauldire son frère par mainte et
mainte parole, qui lui avoit ainsi souhaité son
mal ; et le plus jeune frère, voyant son frère
ainsné qu'il aymoit grandment ainsi devenu borgne, se print à plorer et à mauldire haultement
le malheureux souhaiteux, et dit dans sa colère :
Ah ! malheureux, toy qui à la malle heure as
souhaité que nostre aisné perdit ung œil, puisses
tu avoir perdu les deux ! Aussitost ceste parole
dite les deux yeux du puisné luy issirent de la

teste et cheurent à terre, et le dit puisné se print à crier et à mauldire son frère, disant haultement : Las! moy, que feray-je maintenant moy, qui par ton desloyal souhait ay perdu la vue et ne puis veoir ma route!

Lors se print à dire l'aisné : Mes frères, escoutez : Moy seul n'ay pas encore accompli mon souhait, pour tant que lors avoys tout à mon desir; il n'en est ainsi à ceste heure, par quoy il me convient souhaiter que nos yeux à mon frère et à moy soyent remis en l'estat comme ils estoint par avant, et quant l'aisné eut son souhait fait, il fut tost accomply, car il recouvra son œil et le puisné ses deux yeux. Et les trois jouvenceaux, honteux de s'estre mal souvenus des conseils des fées, retournèrent à Lusignan.

LA CINQUANTE-QUATRIÈME NOUVELLE.

Comment ung abbé trouva moyen d'espargner son vin que trop à la légère il avoit promis.

EN une belle abbaye de ceste province de Touraine, fut naguère ung abbé, moult pourvu de biens mondains, et pour tant qu'il avoit tels biens et richesses en quantité il estoit du tout avaricieux et chiche en toutes choses. Néantmoins ce beau père estoit gourmant et aymoit moulx la bonne

chère, le gibier, le poisson et les bonnes viandes,
comme lièvres, connils, perdris, ortolans, ge-
linotes sauvages ou du Mayne, alaudes d'Orléans, poissons de mer ou de rivière comme
lamproyes, anguilles, carpes, mullets, tanches,
turbots et brochés, volailles jeunes et grasses,
aygneaux rostis et autres morceaux, tels qu'ils
convient à gens religieux. Il avoit dans sa cave
des vins de tous pays, c'est à dire des meilleurs
crus, vins de Beaune et de Bourgogne, de
Bourdeaux, d'Orléans, de Bourgueil, de Roche-
corbon, voire aussi de Voivray, tous vins délectables et bien prisés du bon père. Advint un
jour par adventure, c'estoit le jour de sa feste,
que damp abbé fit un grant convive dedans son
logis. Moulx de gens estoint venus assister au
service dedans l'abbaye et luy faire honneur.
A la fin du convive qui fut bon et bien ordonné, l'abbé saichant qu'il en avoit sa part,
fit apporter ung certain vin grec, dont la bonté
et la qualité parfaicte firent exclamer les con-
vives. Le curé de Saint-Pierre des Cors surtout
crioyt plus hault que les autres, disant que ce
n'estoit pas du vin, mais bien de vrayes larmes
du bon Dieu et tant s'exclama que damp abbé
flatté en soy et que le vin qu'il aroit jà bu avoit
mis en gaieté, dit contre son usage : Il est à
vostre service, c'est ung petit tonneau que j'ay
receu n'a pas longtemps et que je viens de percer.
Le curé respondit : Dieu vous gart, dans deux
jours je festoys quelques amis ; s'il vous plaisoit
m'en donner une bouteille nous beurions à vostre
santé. Le curé n'eut pas plustost lasché ces
paroles, que damp abbé regretta les siennes.

Toutes foys comme il estoit trop tard, il dit que
ouy; et le curé bien resjouy à ung jour de là
envoya un sien valet au logis de l'abbé, avec
une bouteille d'assez forte amplitude, c'estoit
une de ces bouteilles que les faucheux ont coustume de porter aux champs au temps de la fe-
naison, tenant double pinte et le reste. Le valet
arrivé fit sa requeste à l'abbé, demandant qu'il
luy plaise luy donner la bouteille dudit vin. A
la vue de ceste bouteille damp abbé fut moulx
esbay, à peu fut qu'il ne pasmat. Il ne disoit
mot, pensent en soy quel moyen il trouveroit
pour espargner son vin et non remplir ceste
bouteille; incontinent qu'il eut ung peu songé,
il trouva son fait, et fit mettre la bouteille à
terre, puis dit au valet, qu'il falloit qu'il allast
appeler sa chamberière, qui estoit au jardin et
ce pendant qu'il y va, damp abbé ramasse dans
sa cour deux ou trois cailloux bien durs rentre
en la salle et les getta dans la bouteille. Quant
le valet et la chamberière furent arrivés. Or ça,
bel amy, dit l'abbé, par avant que de mettre
mon vin en ta bouteille, si faut il qu'elle soit
claire et nette. Sent-elle bon? Puis l'ayant
sentue : Oh que nenny! dit-il, elle ne sent pas
bon. Voilà de l'eau, rince la d'abord comme il
faut. Le valet met un peu d'eau dans la bouteille, puis la secoue en bas, en haut, à dextre
et à senestre, tant fort qu'il peut; mais en la
secouant les cailloux hurtent la bouteille, qui se
brise, et font que par les fentes l'eau issist de
toutes parts. Oh! double bélitre, mon amy,
qu'est cecy? s'escria damp abbé. Quoy ta
bouteille estoit donc fendue, et si j'avoye mis

mon vin dedans il se fut ainsi tout respandu. Hé que auroit dit ton maistre? Puis s'approchant de sa cheminée : Je ne veux pas, dit il, ce néant-moins, que tu retournes les mains vides vers le curé, mon amy. Et détachant une petite bou-teille, pendue à ung clou, qui estoit environ d'un tiers de pinte, il la fit emplir et la donna au valet en luy disant : Voilà pour réparer ta maladresse, mais dis bien à ton maistre, qu'une autre foys en te donnant une bouteille, il fasse plus d'attention à son épaisseur qu'à sa gran-deur.

LA CINQUANTE-CINQUIÈME NOUVELLE.

PAR JEHAN VITART.

D'un jeune gallent de marchant qui donna cent escus pour coucher avec son hostesse, puis après son mary par fortune en fut adverty et luy fit rendre les cent escus et à sa femme fit bailler ung petit blant comme à une paillarde.

Vous devez sçavoir que une foys advint entre Rouen et Paris, qu'ung jeune gallent de marchant, beau compai-gnon et honneste, se trouva en ung logis au dit chemin de Paris à Rouen, là où il y avoit au dit logis, une fort belle hostesse, mer-veilleusement belle à l'apetit du dit compaignon, et ne l'avoit jamais veue que ce coup là, mais tant

la regarda que soudain en fut amoureux, avec les
beaux semblant qu'elle luy monstroit. Sy vint à
deviser avec elle de plusieurs choses, et entre les
autres du deduys d'amours la pria tant, qu'elle
ne le vouloit esconduyre moyennant la somme
d'or de cent escus soleil, qu'il luy promist bailler, tant avoit grant devocion aux saints. Laquelle chose il bailla et delivra argent contant,
et coucha avec elle toute celle nuit, et Dieu scet
la chère qu'ils firent. Au matin le gallent se leva,
et pensa ung peu en son affaire, et se repentoit
jà d'avoir baillé les dits cent escus. Sy dit en
luy mesme, puisque le dit argent estoit baillé,
qu'il n'y avoit plus de remède, et que par le
sang bieu, il espleteroit son argent, et coucha léans trois ou quatre nuits, tant qu'à
la fin il s'en faillit aller, et print son chemin
droit à Rouen. Et fit son emplette au mains
mal qu'il peut. Peu de jours après partit du
dit Rouen, pour retorner à Paris, et en son
chemin trouva ung honneste homme, qui alloit
son chemin et tiroit devers Paris, et entre plusieurs autres choses vont deviser des affaires du
jeune gallent. Lequel luy compta tout son affaire, et comme il avoit couché avec une jeune
dame, à qui il avoit donné cent escus. Tant que
le dit marchant qu'il avoit rencontré, luy demanda là où c'estoit, et en quel lieu, et tant
s'en enquist à la malle heure, qu'il pensa bien
que c'estoit sa femme; mais bien luy dit : Or ça,
mon compaignon, arès vous bien ce credit de
me mener en ce bon logis que vous dictes et que
l'on nous face bonne chere ? — Ah ! sang bieu,
dit le jeune marchant, ne vous souciez, l'on

nous fera bonne chère, et si ferons gros feu et
à mes despens. Et tant cheminèrent qu'ils arri-
verent au logis. Mais quant l'oste vit que c'estoit cheux luy et que la chose estoit verifiée
fut bien estonné et ne sonna mot, sinon qu'il
luy dit : Mon compaignon, je vous prie que me
faciez ung service, c'est que ne sonnez mot jusques ad ce que j'ay parlé à la dame, et nous
tenions en quelque chambre secretement. Laquelle chose accorda le compaignon, qui riens
ne sçavoit de l'hoste. Lequel vint faire aprester
le soupper, puis après se mirent à table et firent
grosse chère. Après soupper l'hoste fit venir la
dame devant le compaignon, auquel il dit : Or
ça, mon compaignon, n'est-ce pas icy la dame
avec qui vous couchastes ? Le gallent fut bien
estonné, car il ne le povoit nyer par ce qu'il
avoit dit du commencement toute l'affaire. Et si
l'un fut bien esbay encore l'estoit plus l'autre,
et se regardoint l'un l'autre sans sonner mot,
tant que le maistre de léans va commencer
à dire à sa femme : Or ça, paillarde! tu vois certainement que ton cas est descellé ; mais scès tu
qu'il y a? Vas-t'en vistement chercher les cent
escus que ce jeune compaignon t'a baillé. La
dame vouloit différer à son dire, disant qu'il
n'estoit pas vray, mais le mary se leva de table
et la vint prendre par la gorge, la voulant estrangler en la présence du jeune compaignon,
lequel ne sonnoit mot, mais la regardoit bien
piteusement; tellement qu'elle fut contraincte de
confesser le cas, car elle ne le povoit celer, et
alla querir les cent escus, lesquels il fit rendre au
jeune compaignon et fit bailler à sa femme ung

petit blant, comme à une paillarde qu'elle estoit, et n'eut autre chose. Puis le dit hoste mary de la dame envoya querir les parens et amys de sa femme, et leur compta le cas comme il estoit advenu, et leur fit remener sa femme cheux ses parens, et demora en sa maison avec le compaignon, auquel il fit bonne chère jusqu'au lendemain matin, qu'il l'envoya sans riens payer. Et voilà comme les fortunes arrivent aulcune foys; et vauldroit mieux fermer l'huys de la cheville, car on ne scet qui va ne qui vient.

CY FINIT LE GRAND PARANGON DES NOUVELLES NOUVELLES FAIT ET ACHEVÉ D'ESCRIPRE PAR NICOLAS DE TROYES LE PREMIER JOUR DE MARS MDXXXVI.

TABLE DES MATIÈRES.

Nogent-le-Rotrou, imprimerie de A. GOUVERNEUR.

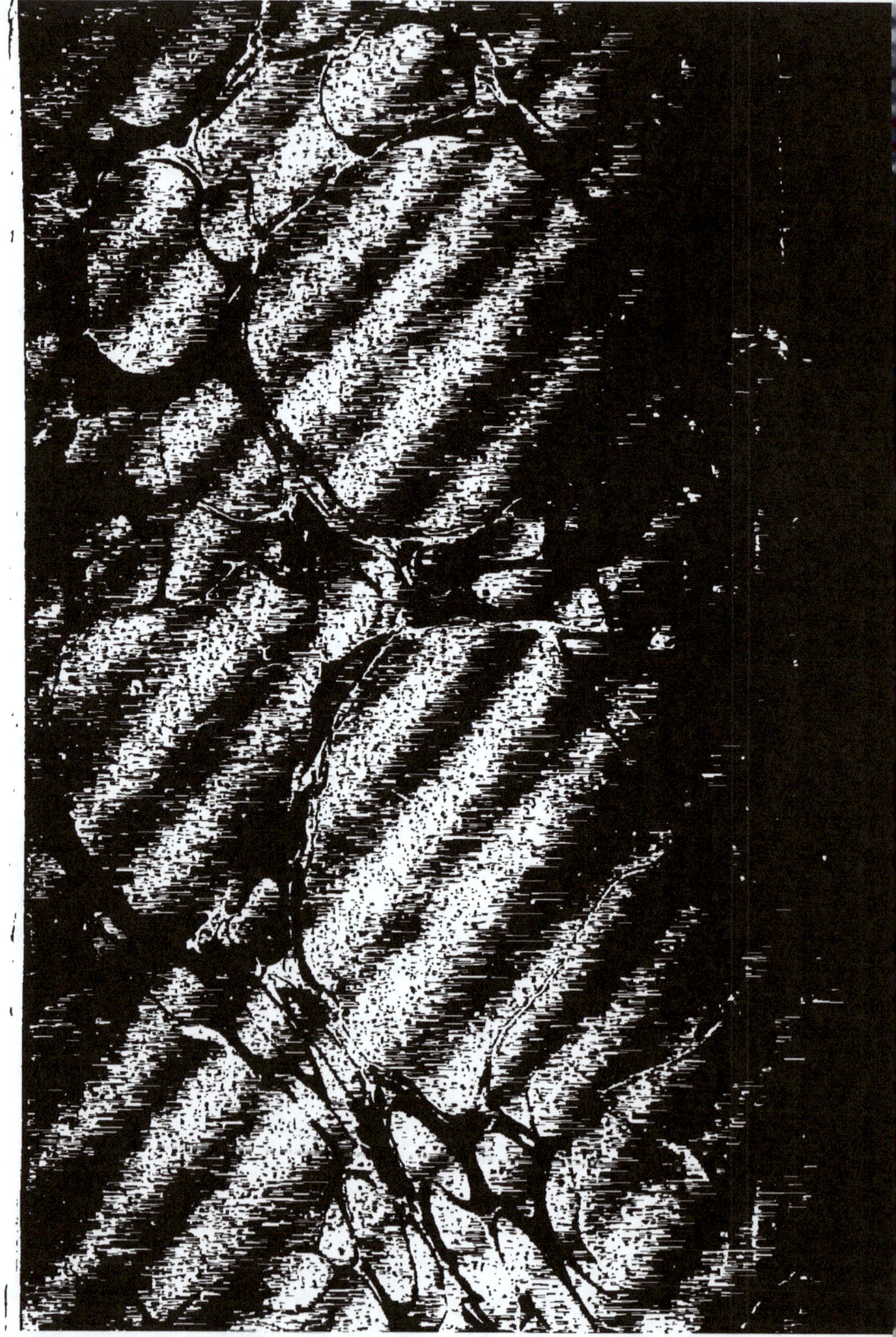

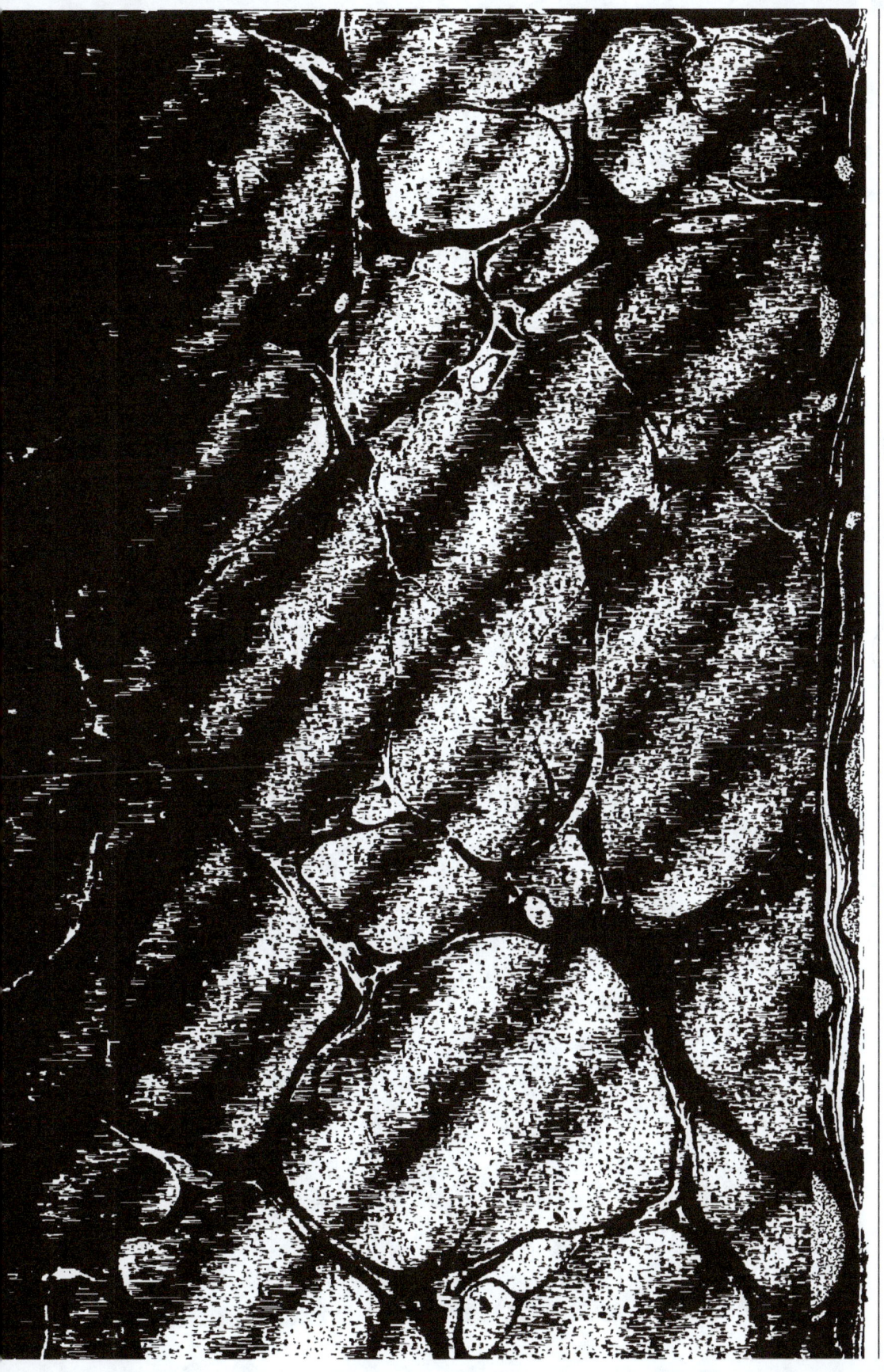

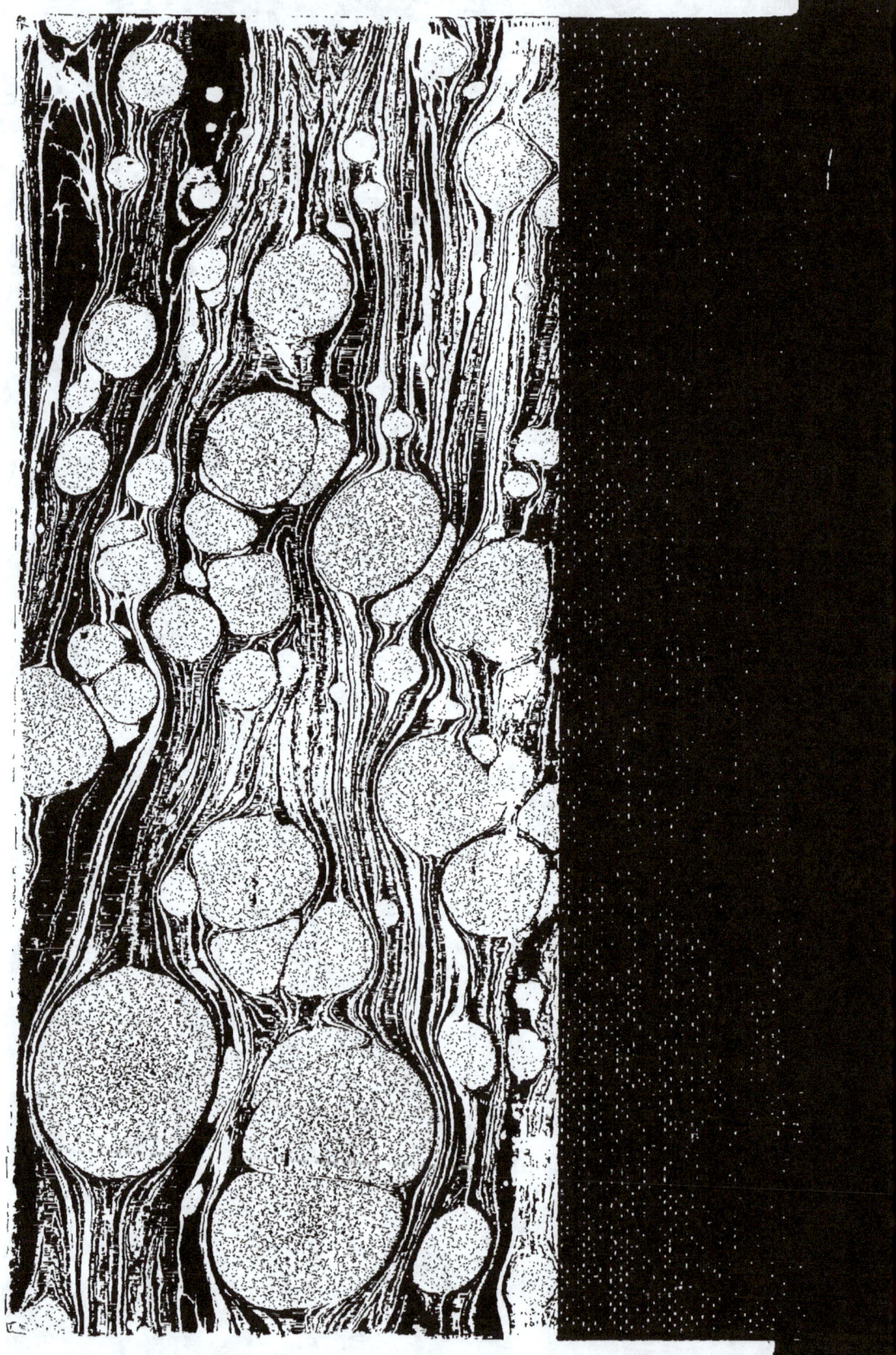

www.ingramcontent.com/pod-product-compliance
Lightning Source LLC
Chambersburg PA
CBHW070300030726
47505CB00004B/871